한국인은 무엇으로 사는가

한국인은 무엇으로 사는가

위기의 시대를 돌파해온 한국인의 역동적 생활철학

탁석산 지음

창비

일본 토오꾜오 근교의 타까오산(高尾山) 어귀.

"아무래도 이 코스가 더 편안하지 않을까 생각합니다만."

"예, 좋습니다. 내려올 때 계곡이라서 좋더군요. 서울의 북한산은 돌산인 데 반해 이 산은 흙산이어서 밟기에 좋았습니다. 그래도 힘든 건 마찬가지더군요."

"그럼 가시죠."

먹을 것도 준비하지 않고 물만 챙겨 넣고 3시간 예정으로 산에 오르기 시작했다. 서울에서는 매주 산에 갔지만 너무 먹어대서 체중은 전혀 줄지 않았다. 먹기 위해 산에 가는 느낌이 들 정도였으니까. 하지만 이곳에서는 도시락 정도만 볼 수 있을 뿐 엄청 먹는 분위기는 아니었다. 땀을 식히기 위해 잠시 쉰다.

"한국사람도 이 산에 자주 옵니다. 꽤 많이 오지요. 예전에는 한국하면 야만적이라고 하였는데 지금은 달라졌어요. 지금은 한국은 야성적이라고 합니다만."

"그래요? 야성적이라는 것은 역동적이다, 그런 뜻입니까?"

"뭐, 비슷한 말이겠지요. 일본사람들은 너무 순치되었어요. 살아 있다는 느낌이 별로 없어요. 조용하고 친절하지만 재미가 없다고 할 수 있을까요?"

"하지만 한국사람은 시끄럽고 거칠다고 할 수 있지 않을까요. 이런 점을 남성답다고 해서 요즘 일본여자들에게 한국남자가 인기가 있다는 말도 들었습니다."

"하하, 반가운 말이군요. 저하고는 상관이 없습니다만."

"그런데 한국이 역동적이라면 그 이유는 무엇일까요? 일본에서는 알기 어렵습니다만."

"글쎄요, 저는 실용주의라고 생각합니다. 물론 미국의 프래그머티즘과는 다른 것이지요."

"뭔가 어려운 이야기 같군요. 산에서 하기에는."

높이는 북한산과 비슷하지만 냄새는 전혀 다른 산이다. 밀림의 냄새가 난다. 곰이 나온다는 소문도 있어 몇몇 등산객은 방울을 달고 다니기도 한다. 곰도 쫓고 뱀도 쫓으려고. 착한 길이 나타났다. 걸으면서도 이야기를 할 수 있다.

"한국은 지난 몇십년간 엄청난 발전을 했어요. 일본에서도 많이 놀랐지요. 70년대만 해도 독재국가라는 이미지만 있었는데, 이제 민주주의는 일본보다 앞선 것 같고 살기도 잘 살잖아요. 그 이유가 뭐라고 생각합니까?

"음, 어려운 문제이긴 하지만 저는 우선은 한국이 조선의 전통과 단절한 데 그 이유가 있다고 봅니다. 철학, 종교, 정치 면에서 조선과의 단절은 새로운 가능성을 열게 한 것이지요. 유럽의 19세기와 거의 유사한 상황이었다고 할 수 있습니다. 다음으로는 실용주의가 갖는 힘이 큰 역할을 했다고 봅니다. 시대에 따라 적절하게 대상을 바꿔가면서 좋은 것을 추구한 결과라고 생각합니다."

"질문드린 게 미안합니다. 너무 큰 문제를 여쭤봤군요. 산에서는 역시 살아가는 이야기가 가장 좋은데."

"아닙니다. 다 사람 사는 이야기지요. 문화라는 것이 공연이나 문화재는 아니지 않습니까. 삶의 양식이 문화이고, 실용주의는 삶의 양식을 이끄는 중심이라는 것입니다. 너무 골치 아픈 이야긴가요?"

"조금 그렇습니다만 재미는 있습니다."

이런저런 이야기를 나누다 보니 벌써 정상에 올랐다. 북한산과 풍경이 별로 다르지 않다. 사람들이 무척 많고 옹기종기 모여앉아 먹고 마신다. 즐거운 모습이다. 다른 점이 있다면 맥주를 파는 가게가 있다는 정도일 것이다. 앉아서 조금 쉬려고 하는데 한국 가요가 들려온다. 아니, 여기까지 와서 한국 유행가를 듣게 되다니. 노랫소리 나는 곳을 찾아본다. 40대 초반으로 보이는 한 남자가 모임에서 일어나 한국 유행가를 큰 소리로 부르고 있었다. 제법 잘 부른다. 그래도 이곳 풍경과는 잘 어울리지 않는 것 같은데.

"역시 한국사람은 음주가무를 즐기는군요. 술도 참 잘 마시고 노

래도 잘해요. 일본남자들은 술이 그렇게 세지 않은 것 같은데 한국남
자들은 술이 세더군요."

"한국여자도 술 셉니다."

"왜 한국사람들은 음주가무를 좋아할까? 특별한 이유가 있습니
까?"

"저는 한국문화에 세 가지 특징이 있다고 봅니다. 현세주의, 인생
주의, 허무주의가 그것입니다. 현세주의는 이 세상이 전부라는 것이
고, 인생주의는 감각적 즐거움이 소중하다는 것이고, 허무주의는 원래
인생이 허무한 것이기에 그리 낙담하거나 좌절할 것 없다고 가르치는
것입니다."

"좀더 쉽게 말하면 어떻게 될까 궁금합니다만."

"쉽게 말하자면, 어차피 허무하고 한번뿐인 인생인데 즐겁게 사는
게 좋지 않겠느냐, 뭐 이 정도가 되겠습니다."

"허, 그렇습니까. 뭔가 진지하고 심각한 것은 보이지 않는다는 인
상입니다만, 좋습니다. 그런데 현세주의, 인생주의, 허무주의와 실용
주의는 어떤 관계입니까?"

"조금 복잡하기는 해도 분명한 관계입니다. 현세주의, 인생주의,
허무주의는 지난 100여년간 방법론으로 실용주의를 택했지만 이제는
실용주의가 중심이 되어 세 가지를 토대로 삼고 있다고 할 수 있습니
다."

"역시 간단하지 않군요."

바람이 분다. 산에 올라오면, 어느 산이든 정상에 서면 바람이 있

다. 여름에도 겨울에도 언제나 있다. 바람이 불면 아무리 심각하거나 재미있는 이야기를 하고 있더라도 자신도 모르게 자신에게 몸을 맡기게 된다. 완벽한 휴식이자 정지이다. 먹을 것도 없으니 이제 내려가야겠다. 맥주 한잔의 유혹을 떨쳐야 한다. 산에서 술을 마시면 아무래도 힘들기 때문이다. 내려가서 마시는 걸로 위안을 삼는다.

"참, 술 별로 안 드시죠?"

"그렇습니다. 건강을 생각해서 마시지 않고 있습니다. 불편한 일은 없습니다만."

"한국에도 이제는 술을 강요하는 문화는 아닙니다. 예전보다는 편하게 할 수 있죠. 역시 변하지 않는 문화란 없나 봐요."

"일본도 마찬가지입니다. 역시 젊은세대와 노인세대는 아주 많이 달라요. 회사에 대한 충성심도 그렇고 가족간의 관계도 아주 달라졌지요. 젊은세대는 인내심이 없어요. 개인주의적이라고 할까요. 뭐 그렇습니다."

"그래도 일본은 불교와 신도(神道)의 나라 아닙니까. 사상적인 면에서는 크게 변한 것은 없어 보이는데요. 표면에 드러나는 현상에서는 물론 많은 변화가 있었겠지만 기조는 유지되고 있다고 생각합니다."

"그렇게 생각할 수도 있겠네요. 그렇다면 한국은 변했다고 생각합니까?"

"예. 저는 그렇게 생각합니다. 더이상 한국에서 주자학이 지배적 이념이 아니지 않습니까. 그것은 조선의 것이지요. 한국은 한국이라고 생각합니다."

계곡을 따라 물이 계속 흐른다. 이곳은 내려오기에 편한 코스다. 틈틈이 쓰러져 있는 큰 나무를 보게 되는데 과거가 쓰러져 있는 느낌이 들곤 하였다. 다시 착한 길이 나왔다.

"참 조금 전에 한국은 한국이라고 말씀하셨는데, 그래도 주자학이나 불교가 지금의 한국에 영향을 끼치지 않았을까요? 문화가 무 자르듯이 단절되는 것은 아니라고 생각합니다만."

"물론 있습니다. 특히 불교는 허무주의에, 유교는 현세주의에 영향을 미쳤다고 볼 수 있죠. 불교의 타력구제(他力救濟)와 유교의 자력구제(自力救濟)가 각각 한국에 영향을 미친 점도 있습니다. 하지만 그 모든 것은 실용주의의 틀 속에서 작동하는 것이기 때문에 단절을 전제로 한다고 생각합니다."

"이런저런 이야기를 들으니 결국 한국문화란 무엇인가? 한국문화의 특징은 어떤 것인가? 이런 의문이 드는군요. 책으로 쓰신다면 정리된 견해를 볼 수 있을 것 같아 좋겠습니다만."

"써보도록 하겠습니다."

내려오니 메밀국수 집이 줄을 서 있다. 타까오산은 메밀국수로 유명하다. 줄을 섰다가 간신히 앉은 다음 우선 맥주를 시켰다. 그리고 나온 메밀국수. 역시 아무런 반찬이 없다. 삶의 양식을 규정하는 것이 문화라는 말이 맞는 것 같다. 서울에서는 메밀국수 시켜도 반찬이 나오는데.

"좀 편하게 말씀드리는 것입니다만 책을 써서 먹고 사는 것은 일본에서도 힘든 일입니다. 한국은 어떻습니까? 혹시 후원자가 있습니까?"

"운이 좋게도 있습니다. 충남 금산에서 삼남제약이라는 회사를 하면서 소아과 의사를 하고 있는 김호택이라는 친구가 있는데, 고등학교 시절부터 친구입니다. 지금은 제 후원자이기도 하고요. 아마 그 친구가 없었다면 책을 쓰는 일은 어려웠을 테지요."

"그럼 한국문화에 관한 책을 꼭 쓰셔야겠네요."

"재미있을지 모르겠군요."

맥주를 마저 들이켰다. 시원하고 명료한 글이 되길 바라면서.

차례

조선이 아니라 한국이다

조선의 선비는 아직도 지식인 모델로 유효한가? 나는 아니라고 생각한다. 한국문화는 어떤 시대를 대상으로 삼는가? 이 문제는 흔히 간과되어왔다. 유구한 역사와 전통이라는 말로 인해 한국문화는 고조선부터 지금까지 면면히 이어져 내려온 것이라는 생각을 너무나 쉽게 하는 것이다. 하지만 문화는 단절에 의해 발전되어왔다. 즉 고려와 조선은 각각 불교와 주자학이라는 화합할 수 없는 이념을 지닌 두 체제였다. 마찬가지로 조선과 지금의 한국도 양립하기 어려운 체제이다. 조선의 신분제를 받아들이면서 한국을 지탱할 수 있겠는가? 선거 없이 세습에 의한 왕조가 지금 가능하다고 누가 생각하겠는가. 문화는 단절에 의해 발전되어왔으며, 문화들 사이에는 공통점이 아니라 유사성이 있을 뿐이다. 그렇다면 조선의 문화와 한국의 문화는 다를 수밖에 없다. 즉 조선의 의미체계와 한국의 의미체계는 전혀 다르다는 말이다.

한복을 예로 들어보자. 한복은 조선시대에는 일상복이었고 신분의 표상이었다. 하지만 지금은 명절에 입는 예복이며 외국에 한국을 알리는 도구가 되었다. 한복이 갖는 의미는 조선과 한국에서 전혀 다르다. 따라서 조선문화의 특성을 아무리 잘 논구해도 그것은 조선의 이야기일 뿐이고, 아무리 호의적으로 해석해도 현재와 유사성만이 있을 뿐이다. 그럼에도 불구하고 조선의 이야기를 한국의 이야기처럼 하는 경우가 흔하다.*

한국문화는 조선문화가 아니며 지난 100여년을 대상으로 한다. 그렇다면 지난 100여년을 어떤 시대로 보아야 할지 말해보자.

1. 한국은 지난 100여년이다

'지금 여기'를 이야기하자

한국에 관한 논의는 조선이나 고려가 아닌 현재를 대상으로 해야 한다. 그럼 현재는 구체적으로 어느 시기를 말하는가? 나는 19세기 말

---

* 건축에 관한 김봉렬의 발언도 한 예가 될 것이다. "집합적 관점은 다른 문화권의 건축과의 비교나, 현대건축이 갖지 않은 한국적 가치를 인식하게 하는 유용한 관점이기도 하다. 이러한 관점에서 다시 한번 '한국 건축은 집합이다'"(『한국인은 왜 틀을 거부하는가』, 소나무 2002, 314면)라고 말한다. 여기에서 집합이란 건물 하나만을 보는 것이 아니라 "건물과 건물, 건물과 담장, 또는 어떠한 구성의 요소들이 모인 집합체만이 비로소 건축적 자율성을 지닌다. 따라서 그 집합되는 방법을 바로 건축의 유형이라 할 수 있다"(같은 책 312

부터 지금까지라고 생각한다. 그것은 지난 100여년간이 하나의 제목 아래 포함될 수 있는 속성을 지녔기 때문이다. 문화는 단절에 의해 변화·발전하는데, 현재 한국에는 고려나 조선과는 확연히 다른 이념과 가치체계가 만들어졌다. 즉 지난 100여년간은 크게 보아 개인의 발견, 자유 확장, 민주주의 실천, 그리고 행복추구가 주된 흐름이었다. 이는 조선에서는 찾아보기 힘든, 아니 조선과는 확연히 구별되는 특징들이다. 그렇다면 조선과는 어떻게 다른 체계였는지를 시대별로 좀더 구체적으로 검토해보자. 즉 지난 100여년 안에서도 각기 구별될 수 있는 시대가 있다는 것이다. 조선과의 단절을 꾀하면서 현재까지 어떤 시대를 거쳐왔는지 살펴봄으로써 현재성이 무엇인지가 더욱 확연해질 것이다. 먼저 조선과 한국의 단절이 무엇을 의미하는지 생각해보자.

19세기 말 한국인이 의식하고 있지는 않았을지라도 한국이 놓인 상황과 한국인이 대처한 방법은 분명히 20세기 유럽과 미국의 흐름과 궤를 같이하고 있었다고 생각한다. 그렇다면 어떤 근거에서 그런 주장을 할 수 있는가? 우선 20세기 서양철학의 흐름을 보자.

하이데거로부터 로티는 특히 서양철학의 본질로 이해되는 형이상학은 종식되었으며, 이제 진정한 물음은 또다른 새로운 것으

면)는 뜻이다. 김봉렬은 한국적 가치를 지닌 건축을 다른 문화권의 건축이나 현대건축과 대조시키고 있다. 즉 그가 한국적이라고 생각하고 있는 것은 현재의 아파트가 아닌 조선이나 고려의 건축물이다. 이런 입장이라면 한국 건축에 관한 논의가 아니라 조선이나 고려 건축에 관한 논의라고 해야 한다. 아니면 전통건축이라고 하는 편이 더 나을 수도 있겠다.

로 넘어갈 때가 되었다는 생각을 받아들인다. 만약 고전철학의 물음들이 더는 우리들의 물음들이 아니라면, 이는 이 물음들이 서구 문화에서 플라톤과 함께 시작된 시대에 속하는 물음들이며, 또한 그 시대 고유의 언어 내부에서만 의미를 지니기 때문이다. 우리가 20세기에 겪고 있는 이런 시대의 종말과 함께, 그 시대의 낡은 언어는 스스로 해체되고, 이와 함께 오래된 물음들도 사라진다. 그 물음들은 영원하기는커녕 단지 역사적 관심의 대상일 뿐이며, 따라서 우리는 그것들을 폐기할 수 있다.[1]

이 발언에서 몇가지 점을 주목해보자. 첫째, 20세기 유럽과 미국에서는 전통적인 형이상학이 종말을 고했다는 것이다. 그런데 이에 앞서 17~18세기 계몽주의는 신학으로부터 사람들을 자유롭게 해주었다. 즉 서양은 두 단계를 거치면서 새로운 시대에 들어서게 된 것이다. 첫번째는 신으로부터의 해방이었고, 두번째는 형이상학으로부터의 해방이었다. 이 두 단계를 거치면서 서양은 현대를 맞이했던 것이다. 그렇다면 한국은 어떠한가? 한국은 이 두 가지가 한꺼번에 이루어졌다. 즉 주자학이 종말을 고하면서 종교와 형이상학의 동시 종말을 가져왔다. 어떻게 해서 이런 일이 가능했을까? 조선에서 주자학자는 철학자이자 사제이자 정치가였다. 따라서 주자학의 종말은 조선 형이상학과 종교의 종말을 뜻하는 것이었고, 또한 정치세력의 근본적인 교체를 뜻하는 것이었다.

철학·종교·정치의 동시 단절

이를 이해하기 위해서는 주자학이 조선에서 종교이며 동시에 철학이고 또한 정치원리라는 것을 알아야 한다. 우선 널리 알려진 바와 같이 주자학은 형이상학이다. 이기일원론(理氣一元論), 사단칠정론(四端七情論) 등 형이상학적 논쟁은 이미 충분히 알려져 있다. 하지만 주자학이 철학이기만 한 것은 아니었다. 유학자들은 주자학을 바탕으로 사제의 역할을 수행했다. 유학자들은 제사를 주관하였고 종교적 공간을 절대적으로 장악하고 있었다. 최봉영(崔鳳永)은 다음과 같이 말한다.

조선시대 선비들은 이학에 바탕하여 천인성명(天人性命)과 예악형정(禮惡刑政)에 관한 논리를 구성하고, 통치자와 사제의 역할을 수행하였다. 그들은 이것을 위해 고려시대까지 승려가 수행해오던 사제의 신분을 빼앗아 문사적 바탕 위에서 관료와 사제의 역할을 통합하였다. 이와 함께 그들은 숭문천무의 기풍을 조성하여, 무사에 대해서도 문사로서의 자질을 요구하는 철저한 문사 중심의 사회를 만들었다. 따라서 그들은 고대국가가 형성된 이후 지속되어온 통치자와 사제 간의 이원화를 극복하고 일원화를 실현하여, 통치자인 동시에 사제로서 역할하였다. 그들은 역사상 유례없는 강력한 정교일치적 통치집단을 구성하여 유교문화의 전일성을 극대화하였다. 선비들이 살았던 삶의 과정(life cycle)은 주자가 편찬한 『소학』의 첫머리에 제시되어 있었다. 그들은 가정, 학교, 왕궁으로 이어지는 세 개의 집에서 부자, 사제, 군신의 인륜을 중심으로 삶을 전개하였다. 그들의 생활이 전개되는 가정, 학교, 왕궁의 중심에는 각각 종교적 의례공간인 가묘, 문묘, 종묘가 자리하고 있었고, 그 속에 신주의 형태로 모셔져 있는 가통, 도통, 왕통은 종교적 제향의 대상이 되었다. 이것을 통해서 그들의 삶은 삼통(三統)의식, 즉 가통·도통·왕통 의식에 기초하고 있음을 알 수 있었다. 그들에게 삼통의식은 '조상 대대로 이어져 나를 거쳐 자손만대로 이어지는 것'으로, 시간의식과 역사의식의 근간이 되었다.[2]

서양에서는 중세에 이미 종교와 정치가 형식상으로라도 분리되어 있었다. 즉 교황과 왕이 공존했는데 교황의 권력이 더 큰 것뿐이었다. 계몽주의 시대에 접어들면서 종교는 권위를 잃기 시작해 왕의 세력이 강화되었으며, 근대에 민족국가가 성립되면서 왕마저 사라지게 된다. 그리고 20세기에 플라톤 이래의 형이상학도 종말을 고하게 된다. 이런 길고 먼 작업이 한국에서는 주자학의 종말로 일시에 달성되었다. 예를 들어보자. 서양에서 어떤 사람이 사회적 문제를 일으킨 경우 왕의 법률을 피할 수 없다면 성당이나 교회에 의지할 수 있었다. 다시 말해서, 정교분리의 사회였던 것이다. 철학은 종교로부터 사람들을 자유롭게 했고 그후 사람들은 20세기에 들어서 철학조차 폐기하게 된다. 하지만 조선은 사정이 달랐다. 어떤 사람이 문제를 일으킨 경우 왕의 법을 피할 수 없다면 달리 의지할 곳이 없었다. 유학자는 철학자이자 모든 제사를 주관하는 사제였고 또한 현실정치인이었다. 다시 말해서, 정교일치의 사회였던 것이다. 이런 사회는 매우 강고해 보인다. 지금의 이란과 같다고 할 수 있다. 한국에서 유신독재가 기승을 부릴 때에도 사람들은 성당이나 교회에서 숨을 쉴 수 있었다. 조선은 그런 장치가 애초에 없었던 것이다.

개인을 억압하는 장치를 하나씩 제거해온 것이 서양의 역사라고 한다면, 한국의 경우는 모든 것이 하나인 사회였던 조선이 붕괴하면서 일시에 개인을 억압하는 장치가 제거되었다. 서양이 종교, 왕, 형이상학을 차례로 제거했다면, 한국은 종교, 왕, 철학을 일시에 제거한 것이다. 곰곰이 생각해보면 이상한 일이 있다. 조선은 무려 500여년이나 지속된 왕조였는데 일본의 지배가 끝난 후 어째서 한국에는 왕당파가 없었을까? 36년의 지배로 모든 혈육이나 흔적을 지울 수 없었을 텐데 왜 왕당파의 존재를 느낄 수 없었을까? 유럽에서는 몇몇 나라가 아직도 왕이라는 흔적을 유지하고 있는데 한국에서는 그런 낌새조차 전혀 느낄 수 없다. 아마도 조선의 왕은 주자학이라는 장치 위에 놓인 장식물과 같았기 때문일 것이다. 정도전(鄭道傳)이 왕과 유학자를 같은 선상에 놓고 협의체제로 국가를 이끌도록 제도를 만들어놓았기 때문에 유학자를 떠받치고 있던 주자학이 종말을 고하면서 자연스럽게 주자학의 장식들이 사라진 것이다. 순서가 있었는가 아니면 일시에 일어났는가의 차이만 있을 뿐, 서양과 조선은 20세기에 거의 같은 환경에 놓였다. 즉 개인을 억압하던 종교와 철학 그리고 왕은 사라졌던 것이다.

그렇다면 일본은 어떠했는가? 일본은 종교적으로는 15세기에 본각사상(本覺思想)이 등장함으로써 종교적 자유를 획득한다. 본각사상이란 우리 자신을 포함하여 현실세계가, 노력하면 부처가 될 수 있는 것이 아니라 모든 것이 이미 깨달은 존재라는 주장이다. 즉 우리는 도를 닦아 깨달을 수 있는 존재가 아니라 이미 깨달은 존재인 것이다. 초목성불(草木成佛) 사상으로도 알려져 있는 이 교리는 종교적 억압에서 개인을 해방시키는 결과를 가져왔다. "본각사상의 현세주의 입장에 서면 현세에서 중생구제를 하는 신이 있으면 되기 때문에, 부처는 필요없게 되어버립니다"[3]라는 입장이 성립한다. 따라서 자연스럽게 근대와 연결된다.

근세사상은 중세의 불교 등의 종교적인 세계관을 부정하고 인간중심적·현세주의적 세계관을 확립한다. 그러나 본각사상이 현상세계를 중시하고 범부의 일상성을 중시한 것은 그같은 근세사상으로의 이행을 원활하게 하는 원인의 하나였다고 볼 수도 있다.[4]

일본도 근대로의 이행을 내부에서 착실히 준비하고 있었던 것으로 생각된다. 그럼 앞의 서양철학의 흐름에서 두번째로 주목할 만한 점을 논해보자.

문화는 박물관에 살지 않는다

앞의 발언을 다시 한번 상기해보자. "만약 고전철학의 물음들이 더는 우리들의 물음들이 아니라면, 이는 이 물음들이 서구문화에서 플라톤과 함께 시작된 시대에 속하는 물음들이며, 또한 그 시대 고유의 언어 내부에서만 의미를 지니기 때문이다. 우리가 20세기에 겪고 있는 이런 시대의 종말과 함께, 그 시대의 낡은 언어는 스스로 해체되고, 이와 함께 오래된 물음들도 사라진다. 그 물음들은 영원하기는커녕 단지 역사적 관심의 대상일 뿐이며, 따라서 우리는 그것들을 폐기할 수 있다." 이런 주장이 당혹스러운 것은 사실이다. 하지만 만약 이 주장이 옳다면 우리가 지금 조선시대의 도(道)나 예(禮)를 논하는 것은 시대착오적인 일이 될 것이다. 왜냐하면 도나 예는 조선시대의 물음에 속하는 문제이고 또한 이런 물음들은 그 시대 고유의 언어 내부에서만 의미를 지니는데, 지금은 조선시대가 아니기 때문이다. 지금 우리가 조선시대의 도나 예에 대해 논한다면 그것은 단지 역사적 관심의 대상이기 때문일 것이다. 실제로 우리는 그런 물음들을 폐기할 수 있다는 것이다. 나는 이런 견해에 동의한다. 예를 들어보자. 어느 코미디 프로그램에서 미래를 배경으로 설정하고는 요강이 어떤 용도로 쓰였는지를 추측하는 장면이 있었다. 요강은 물건으로서는 매우 단순하지만 요강이 방에 있으려면 당시의 생활조건과 사회환경을 고려해야만 한다. 요강은 당대의 문맥 속에서는 나름의 역할과 의미를 갖고 있지만 문맥이 사라지면 홀로 외롭게 대상으로 돌아오게 된다. 우리가 박물관에서 옛것을 아무리 많이 보아도 문화를 느끼기 힘든 이유도 여기에 있다. 박물관에 놓인 모든 전시품은 배경이 사라진 무대에 선 배우와 같이 당대의 의미를 박탈당한 물건일 뿐이다. 그것을 보고 아무리 당대의 문화를 복원하려 해도 지금 이 시대의 사람은 그 문화를 이해할 수 없다. 지금은 그 시대가 아니기 때문이다. 박물관에서 문화를 찾으려면, 박물관에 온 사람들이 어떤 행태를 보이는가를 관찰해야 할 것이다. 떠

박물관에 놓인 전시품은 배경이 사라진 무대에 선 배우처럼 당대의 의미를 박탈당한 물건일 뿐이다.

드는지 조용히하는지 단체관람을 좋아하는지 어떤 음식을 박물관 안에서 가장 많이 먹는지 혹은 어떤 전시품을 가장 좋아하는지 등을 관찰하면 현대의 문화를 이해하게 될 것이다.

문화가 그 시대 내부에서만 의미를 갖는다는 예를 조광조(趙光祖)의 상소문에서 살펴보자. 조광조는 소격서(昭格署) 혁파를 주장하는 상소를 올렸는데, 지금의 문화 속에는 존재하지 않는 도교의 제사기구를 없애야만 한다고 주장한다. 얼마나 공감하고 이해할 수 있을까?

중종 034 13/08/01 (무진)001 / 전일한 왕도와 순수한 왕정을 위해서 소격서의 혁파를 조광조 등이 아뢰다. 홍제관 부제학 조광조 등이 상소하였다.

도(道)가 전일하면 덕(德)이 밝지 않음이 없고, 정치가 순수하면 나라가 다스려지지 않음이 없습니다. 도가 전일하지 못하고 정치가 순수하지 못하면 '도와 정치'가 둘로 갈라져서 어둡고 잡스러워 어지럽게 되는데, 전일하고 순수함과 갈라지고 잡스러워지는 것이 모두 이 마음에 근원하지 않음이 없습니다. (⋯) 이제 소격서(昭格署)를 설치하는 것은 도교(道教)를 펴서 백성에게 사도(邪道)를 가르치는 것인데, 기꺼이 따라 받들고 속임수에 휘말려서 밝고 밝은 의리에는 아득하고 탄망(誕妄)한 현상에는 밝습니다. 이는 실로 임금 마음의 사(邪)와 정(正)의 갈림길이요, 정치교화의 순수하고 잡스러움의 원인이요, 상제(上帝)의 기뻐하고 성냄의 기미이니, 왕정(王政)으로서는 끊고 막아야 할 것입니다.

우선 단어를 보자. 도(道), 덕(德), 상제(上帝), 왕정(王政) 등의 어휘로 조광조가 왕에게 말하고자 했던 바를 우리는 알기 어렵다. 현대에 상제나 왕정은 전혀 실감나지 않는 박물관 어휘이고 도나 덕도 현재 우리가 쓰고 있는 것과 일치하지 않는다. 더욱이 도교의 폐해를 막기 위해 소격서를 없애야 한다고 주장하면서 목숨이라도 걸 것 같은 자세를 지금의 우리가 어떻게 이해할 수 있겠는가. 유비(類比)를 통한 간접이해는 가능할지도 모르겠지만, 조광조의 기개나 의도는 당대의 언어 내부에서는 통했을지 몰라도 이 시대에는 통하지 않을 것이다. 단지 역사적 관심이나 학문의 대상이 될 뿐이다.

과거의 문화를 되살린다는 것

어떤 물음이 그 시대 고유의 내부에서만 의미를 지닌다면, 우리가 지금 조선의 선비정신을 되살리자고 주장하는 것은 헛된 일인가? 헛된 일은 아닐지라도 현재의 관점에서의 편의적 해석이라는 점을 인정해야 할 것이다. 즉 과거의 사건을 끌어들여 자신의 주장을 강화하려는 것이지 조선의 정신을 제대로 이해하거나 알리고자 하는 것은 아니다. 나는 문화는 당대의 것이라고 생각한다. 조선의 선비가 그토록 지키고자 했던 도와 예는 이제는 예전의 의미가 아니다. 더이상 제사는 옛날의 의미가 아니다. 조선의 사대부는 지금의 민주주의를 이해할 수 있을까? 모든 사람이 법 앞에서 평등하다는 것을 이해할 수 있을까? 문화는 당대의 문맥에서만 의미를 갖고 작동한다. 한 시대가 끝나면 그 시대의 문화적 의미와 역할도 끝나는 것이다. 조선이 끝났을 때 조선의 문화도 의미를 잃었다. 지금은 이 시대의 문화가 작동하고 의미를 획득하고 있다. 이성시(李成市)는 광개토왕 비문을 둘러싼 해석 논쟁에 대해 다음과 같이 말하고 있다.

일찍이 광개토왕비는 왕릉이 소재하던 신성한 공간 일각에서 고구려 5부인의 경의와 복종을 거두기 위해 신체를 위압하며 우뚝 서서 법령 선포의 매체로서 광개토왕의 수묘인들을 지켜보고 있었다. 원래 1775자로 이루어진 비문은 어디까지나 고구려의 문화적 콘텍스트에 기인하는 고구려 지배 공동체 5부인들의 텍스트였다. 고구려가 멸망하고 왕릉을 둘러싼 여러 제도가 소멸함과 동시에 비문의 독자를 잃은 비석은 원래의 기능을 멈추었다. 그로부터 약 1200년 후 비문은 새로운 독자를 얻게 되었다.[5]

문화적 콘텍스트를 잃은 광개토왕의 비문과 마찬가지로 조선 사대부의 문화도 콘텍스트를 잃고 새로운 독자를 얻게 된 것이다. 그런데 새로운 독자는 현대의 문맥에서 그리고 현대의 구조 내에서 사유하고 바라본다. 그럼 어떻게 문화는 한 시대에서 다른 시대로 넘어가는가? 문화가 당대의 문맥에서만 의미를 획득한다면 어떻게 성격이 전혀 다른 시대로 넘어가는가를 알아야 한다. 고려에서 조선으로, 조선에서 근대국가로 어떻게 문화는 전환했는가? 한국문화를 논할 때 이 문제는 보통 정치적 측면에 기대어 은근슬쩍 넘어가는 경향이 있어왔다. 고려 말의 부패와 승려들의 횡포 그리고 중국의 분열 등으로 정권이 바뀌었다는 것이다. 그렇다면 왜 신라에서 고려로 정권이 바뀌었지만 문화의 중요한 부분은 그대로 전승되었는지 설명하기 쉽지 않게 된다. 신라와 고려는 둘 다 불교국가였고, 똑같이 귀족적 성격을 띠고 있었다. 이런 문제는 한국문화를 논할 때 중요하다. 그것은 문화를 어떻게 보는가 하는 보편적 척도와 관련이 있기 때문이다. 단순히 왕조별로 문화를 나누는 것을 지양하고 문화 내부의 발전에 의해 문화를 시대구분해야 한다. 여기에서 다시 한번 현대철학의 성과를 적용시켜보자.

문화는 불연속적으로 진화한다
한국사람들은 유독 아파트에 많이 산다고 한다. 이는 통계로도 입중이 되는데, 불과 몇십년 전만 해도 아파트에 사는 것보다는 땅이 있는 단독주택에 사는 것이 더 문화적인 것으로 여겨졌다. 사람은 역시 땅에 붙어 살아야 제대로 기운을 받을 수 있고 인간답게 살 수 있다고 하였다. 하지만 지금은 농촌에서도 일은 논밭에서 하지만 살기는 아파트에서 사는 경우가 많다. 1세기 전에 초가집이나 기와집에서 살던 때와 비교하면 매우 커다란 변화이다. 이런 변화를 설명하려는 시도는 물론 많이 있었다. 최근 강준만(姜俊晩)은 아파트 52% 시대의 의미를 이렇게 분석하고 있다. "한국은 매우 높은 '중앙·상층 지향성'을 갖고 있는 나라다. 시련과 고난으로 점철된 근·현대를 거치면서 전통 귀족 계급이 몰락했거나 크게 쇠락한 덕분에 한국인은 '사람 팔자 시간 문제'라는 믿음을 갖게 되었다. 이는 적잖은 부작용을 낳기도 했지만, 한국이 세계에서 가장 빠른 경제발전과 민주화를 이룬 원동력이 되었다."[6] 이런 분석이 일리가 있는 것은 분명하지만 이런 분석 이전에 문화는 연속적으로 변화하거나 진화하는 것이 아니라 불연속적으로 진화한다는 현대 서양철학의 성과에 귀를 기울일 필요가 있다. 즉 문화에는 반드시 단절이 있다는 개념을 받아들여야 한다는 것이다.

앞서 바슐라르와 코이레가 말했듯이, 인간의 사유는 사실상 불연속적인 방식으로 진화한다. 각각의 시대에 있어서 사유는 경험적으로 결정된 구조가 부여하는 한계들에 갇혀 있으며, 그 구조는 그 시대의 문화를 뒷받침한다. 푸꼬는 이 구조를 에피스테메라 명명하는데, 왜냐하면 이 구조가 일반적인 방식으로 모든 형태의 지식에 공통되는 토대를 구성하기 때문이다. 따라서 에피스테메가 변화하기 위해서는, 사유할 수 있는 것의 한계들이 바뀌기 위해서는, 한마디로 세계를 '다른 방식으로' 사유하는 것이 가능하기 위해서는, 우리가 세계를 고찰하는 방식에 있어서 은밀하고 급작스러우며 세상에 알려져 있지 않은 어떤 단절이 반드시 필요하다.[7]

여기에서 마지막 문장에 주목해보자. '세계를 다른 방식으로 사유하는 것이 가능하기 위해서는, 우리가 세계를 고찰하는 방식에 있어서 은밀하고 급작스러우며 세상에 알려져 있지 않은 어떤 단절이 반드시 필요하다.' 이 주장을 고려 말과 조선 초에 적용해보자. 불교라는 사유체계에서 주자학이라는 사유체계로의 전환을 어떻게 설명할 수 있을까? 사유체계의 변화로 주지하다시피 고려와 조선은 전혀 다른 문화를 갖게 된다. 또 구한말과 현재를 비교해보아도 마찬가지다. 주자학의 사유체계에서 민주주의와 시장경제를 신봉하는 체제로의 전환을 어떻게 설명할 수 있는가? 외세, 정치적 변혁, 세계질서로의 편입, 전쟁 등 여러가지 후보가 있을 수 있겠지만 일단 서로 다른 사유체계 사이에 단절이 있다는 것을 인정해야 한다. 왜 한국인이 부처를 믿으면 구제될 수 있다는 타력신앙에서 수양을 하여 스스로를 구해야 한다는 주자학으로 전환했는가를 설명하는 데 가장 좋은 방법은 두 사유체계 사이에 단절이 있다는 것을 인정하는 것이다. 은밀하고 급작스럽고 세상에 알려지지 않은 어떤 단절이 있었다는 것이다.

'한국 고유의'라는 억지

나는 이 견해에 동의한다. 고려 말 정도전이 『불씨잡변(佛氏雜辨)』을 구상하고 있으리라 누가 생각했겠는가. 구한말에 누가 왕이 없는 사회가 도래하리라 생각했겠는가. 누가 한국이 이토록 민주주의와 시장경제가 자리잡고 번창할 줄 알았겠는가. 은밀하고 갑작스러운 단절이 존재한다는 것을 인정한다면 한국문화의 역사를 설명하는 데에 제기되는 많은 어려움이 제거된다. 지금까지의 어려움은 서로 다른 문화, 즉 고려와 조선, 조선과 근대를 연결하려 애쓰는 데에서 비롯되었다. 연결방식 중 가장 일반적인 것은 많은 외적 변화가 있었지만 기저에 흐르는 한국 고유의 또는 한국 특유의 '그 무엇'은 계속되었다고 상정하는 것이다. '그 무엇'에 가장 빈번하게 등장한 후보는 샤머니즘이었다. 어떤 시대 어떤 문화에서도 샤머니즘은 한국인을 그 바탕에서 지배해왔다는 이론은 이런 배경에서 생겨나 자란 것이다. 따라서 샤머니즘의 특성으로 한국문화를 설명하고자 하는 시도가 당연히 뒤따랐다. 오방색, 신바람, 굿거리 등은 잊힐 만하면 등장하는 단골 메뉴이다. 한국문화에는 단절이 없으며 면면히 이어져오는 그 무엇인가가 있다는 믿음은 너무나 널리 유포되어 때로는 모순적인 발언도 자연스럽게 하게 된다. 김철준(金哲埈)은 조선이 고려의 문화를 청산했다고 인정하면서도 그같은 작업이 한국 전통으로 돌아간 것으로 해석한다. "필경 조선사회가 전기 중세사회인 고려시대의 문화가 갖고 있는 고대적 잔재를 청산하고 유교문화 정신에 배치되는 모든 것을 제거해버린 것은, 결과적으로 민족문화의 기저에 흐르고 있는 전통적 체질로 다시 돌아가서 새 문화를 재구축하게 한 것이다."[8] 민족문화의 기저에 흐르고 있는 전통적 체질이란 도대체 무엇을 말하는가? 조선 이전에는 불교가 전통을 형성하고 있었는데 조선은 불교를 제거하였다. 그런데 다시 돌아갈 전통적 체질이 어떻게 남아 있을 수 있는가? 조선은 샤머니즘이나 도교까지 탄압했는데 어떻게 이런 주장을 할 수 있을까? 아마도 그것은 한국문화의 전통에는 변하지 않는 그 무엇이 있다는 믿음에서 비롯되었을 것이다. 20세기 현대 서양철학에 그런 것은 존재하지 않는다. 문화나 사유체계의 진화에는 반드시 단절이 필요하고 또한 불연속적이라고 말하고 있다.

시베리아 정착 한인의 문화 단절

단절이 필요하다고 주장하는 이유는 한국이 어떻게 개항 이후 발전에 성공했는가를 설명하기 위해서이다. 즉 한국과 서양은 20세기 초에 역사적 배경은 달랐지만 결과적으로는 매우 유사한 환경에서 근대화를 시작하였다는 것이다. 종교, 왕, 그리고 철학에서 벗어나 해방된 개인이 탄생했다는 것이다. 해방된 개인이 갖는 위력은 구한말 시베리아로 옮겨가 정착한 한국인의 성공에서 증거를 찾을 수 있다. 시베리아에 정착한 한인들은 주자학의 체계에서 벗어남으로써 일시에 자유를 받아들이게 된다. 그들은 서양인과 똑같이 성공적인 삶을 영위한다. 같은 시기 조선사람들이 굶주리고 고통에서 벗어나지 못했다는 것을 생각해보면 놀라운 일이다. 같은 환경에서 지내던 사람들이 한쪽은 여전히 그 체제 아래 있고 다른 한쪽은 그 체제를 벗어났다는 차이밖에는 없는데, 한쪽은 여전히 고통 속에 있었고 다른 한쪽은 번영했던 것이다. 1894년 겨울과 1897년 봄 사이 네 차례에 걸쳐 한국을 답사한 영국의 지리학자 이사벨라 버드 비숍(Isabella Bird Bishop)은 시베리아로 이주한 한국인에 대해 다음과 같이 기술하고 있다.

> 끄라스노예와 노보끼예프 사이의 촌민들은 러시아 이주 한국인들의 표본이다. 길은 꽤 좋고 길과 맞닿아 있는 수로는 잘 관리되었다. 위생법은 엄격하게 실시되었고 촌장은 마을 청결에 대해 책임져야 했다. 가난하고 초라하고 불결한 반도의 한국 마을과 달리 이곳은 한국식으로 회반죽된 진흙과 기와로 단정하게 지붕이 이어져 있었고, 주택지구와 농가의 안뜰은 회반죽된 담 혹은 단정하게 짠 갈대로 만들어진 높은 울타리로 둘러싸여 있다. 그것들은 매일 아침 청소되는 것처럼 보인다. 심지어 돼지우리조차도 지역 경찰의 아르고스를 증거하고 있다.[9]

이 글은 러시아로 이주한 한국인의 성공적 정착을 묘사하고 있는데, 두 가지 점에서 관심이 간다. 첫째는 같은 시기의 조선은 가난하고 불결하였는데 어떻게 같은 시기의 러시아 정착민은 전혀 다르게 살 수 있느냐이고,* 둘째는 한국인이 일본의 지배를 거치지 않고도 훌륭하게 근대화를 이루고 있다는 사실이다.** 첫번째에 대해 비숍은 다음과 같이 말한다.

한국에 있을 때 나는 한국인들을 세계에서 제일 열등한 민족이 아닌가 의심한 적이 있고 그들의 상황을 가망없는 것으로 여겼다. 그러나 이곳 쁘리모르스끄에서 내 견해를 수정할 상당한 이유를 발견하게 되었다. 이곳에서 한국인들은 번창하는 부농이 되었고, 근면하고 훌륭한 행실을 하고 우수한 성품을 가진 사람들로 변해 갔다. 이들 역시 한국에 있었으면 똑같이 근면하지 않고 절약하지 않았을 것이라는 점을 명심해야만 했다. 이들은 대부분 기근으로 부터 도망쳐나온 배고픈 난민에 불과했었다. 이들의 번영과 보편적인 행동은 한국에 남아 있는 민중들이 정직한 정부 밑에서 그들의 생계를 보호받을 수만 있다면 천천히 진정한 의미의 '시민'으로 발전할 수 있을 것이라는 믿음을 나에게 주었다.[10]

비숍은 한국인들이 아주 다른 모습을 보이는 것의 원인으로 '정직한 정부'를 지목하고 있다. 즉 정직한 정부가 민중들의 생계를 보호만

---

* 당시 한국개발연구원(KDI) 부원장이었던 김준경 박사가 사석에서 이 문제를 제기하여 나에게 상당한 지적 자극이 되었다. 이 책이 대답이 되었으면 한다. 좋은 문제를 던져준 김준경 박사에게 감사를 표한다.

** 일본의 식민지배가 한국 근대화에 기여했는가에 대해 여전히 논쟁이 계속되고 있다. 러시아 이주민의 성공적인 근대화 사례가 논쟁의 진전에 도움이 되길 바란다. 즉 일본과 관계없이 근대화에 성공한 사례가 있다면, 일본의 식민지배가 근대화에 끼친 영향은 제한적일 수밖에 없을 것이다. 나는 일본이 한국의 근대화를 도왔다든가 혹은 일본의 식민지배가 한국 근대화의 거름이 되었다고 생각하지 않는다. 그보다는 대중이 일본을 이용해 근대화를 이루었다고 생각한다. 국가는 존재하지 않았지만 한국인은 존재하였고, 일본의 지배조차 이용할 줄 알았다는 것이다. 물론 이때 한국인은 대중을 말한다.

해준다면 '진정한 의미의 시민'이 될 것이라고 생각하게 된 것이다. 다시 말하면 조선의 정부가 제대로 작동하지 못하기 때문에 백성들이 기근에 시달린다는 것이다. 이에 반해 러시아에 정착한 한국인들은 지방 자치정부 형태의 지원 덕분에 부유해지고 훌륭해졌다는 것이다. 비숍은 달라진 한국인에 대해 최상급의 찬사를 보낸다.

그러나 이것보다 더 의미심장한 것이 있다. 한국남자들의 기풍이 미묘하지만 실제적인 변화를 보여준다는 것이다. 이곳의 한국 남자들에게는 고국의 남자들이 갖고 있는 그 특유의 풀죽은 모습이 사라져버렸다. 토착 한국인들의 특징인 의심과 나태한 자부심, 자기보다 나은 사람에 대한 노예근성이, 주체성과 독립심, 아시아인의 것이라기보다는 영국인의 것에 가까운 터프한 남자다움으로 변했다. 활발한 움직임이 우쭐대는 양반의 거만함과 농부의 낙담한 빈둥거림을 대체했다. 돈을 벌 수 있는 많은 기회가 있었고 만다린이나 양반의 착취는 없었다. 안락과 어떤 형태의 부도 더이상 관리들의 수탈의 대상이 되지 않았다.[11]

여기에 묘사된 한국인의 특징은 마치 지금의 한국인의 것과 흡사하다. 지금의 한국인은 주체성, 독립심 그리고 영국인의 것에 가까운 터프한 남자다움, 활발한 움직임으로 특징짓기에 충분하다. 그리고 경제적으로 부유하다. 즉 시베리아의 정착 한국인은 지금의 남한의 한국인이라고 말할 수 있을 것이다.

이런 성공의 원인이 '정직한 정부'에만 있는 것은 아니다. 시베리아의 한인 정착민들은 문화 단절을 성공적으로 수행한 것이다. 낯선 타국 땅이기에 문화 단절은 더 신속하게 그리고 더 전면적으로 이루어졌다. 주자학의 세계관과 형이상학에서 벗어난 시베리아의 정착민들은 글자 그대로 새로운 문화를 맞이했던 것이다. 조선 말기에 상투를 자르는 행위는 주자학과의 결별을 상징적으로 보여주는 사건이었다. 머리카락을 조금씩 잘랐던 것이 아니라 어느날 한번에 몽땅 잘랐던 것이다.

2. 근현대의 시대별 특성

조선과 결별한 후 한국이 걸어온 길은 결코 순탄하지는 않았지만 시대가 지향하는 가치를 향해 전진해온 것은 사실이다. 몇단계로 나누어 고찰해보자. 각 단계별 특징은 다음과 같다. 즉 생존-생활-행복-의미가 될 것이다. 이런 특징들은 한국이 고려나 조선과 다른 새로운 문화체계에 들어섰다는 것을 말해준다. 하지만 단계별 시대구분이 한국문화의 특징을 말해주는 것은 아니다. 한국문화의 특성은 이런 모든 특징을 만들어내거나 이끌어온, 사상이나 철학에서 도출될 것이기 때문이다. 먼저 생존의 시대를 보자.

생존의 시대: 각자 알아서 요령껏

조선의 몰락부터 1961년의 꾸데따까지를 생존의 시대라 할 수 있을 것이다. 크게 보자면 국가 세우기에 해당하는 시기인데, 국가 세우기도 생존의 울타리를 위해 필요했다. 왕조의 몰락은 새로운 국가 설립을 절실하게 요구했지만 식민지, 분단, 전쟁 등으로 인해 좌절을 겪었다. 전쟁 후에 성립된 국가는 불행히도 무능했다. 국가적 과제를 처리할 능력이 없었던 것이다. 이런 과정에서 인간의 삶에 가장 기본적인 의식주 문제가 해결되지 않았다. 결국 '못살겠다 갈아보자'라는 구호가 이승만정권 마지막 선거에서 많은 호응을 얻게 된다. 국가 설립이 가장 긴요한 과제였으나 막상 국가가 설립된 후에 국민에게 가장 필수적인 것을 제공하는 데는 실패하고 말았던 것이다. 이 시기의 특징에 대해 권태준(權泰埈)은 다음과 같이 말한다.

특히 타국의 식민지배로 인한 충격과 변혁은 그 나름의 유별난 파급효과가 있을 수밖에 없다. 피지배자의 입장에서 구체제는 이제 더이상 생존의 의지(依支)가 될 수 없기에, 각자 자신의 생존방법은 스스로 개척하는 수밖에 없다고 믿게 됨은 어느정도 자연스럽다. (…) 이런 뜻에서 수백년 이어져온 구체제와 그 기반 사회구조에 대한 식민화 충격의 파급효과는 각자 스스로 생존과 정체성 모색을 하지 않을 수 없는 일종의 사회적 무질서(anomie) 상태가 될 터이다. 해서 적어도 개인적 생존과 사회적 적응에 관한 한, 앨버트 허시만이 정의하는 '집단중심적 변화관'에 대비되는 '자기중심

적 변화관'(Hirschman 1958)이 지배적 상태가 된다. (…) 해방 이후에
도 상당한 기간 동안 형편이 크게 다르지 않았다. 제1장에서 살폈
듯이 식민시대보다 오히려 더 어려워진 민생에다 새로운 국가의
미숙한 능력 탓에, 각자 스스로의 삶을 꾸려나가야 하는 생존경쟁
은 한층 더 치열할 수밖에 없었다.[12]

권태준에 의하면 이 시기는 예상과 달리 집단중심이 아니었다. 생
존의 문제를 해결하기 위해 각자가 알아서 그야말로 요령껏 살아가지
않으면 안되는 시기였던 것이다. 다 함께 잘살기보다는 나 먼저 살고
보기가 일반화되지 않을 수 없었다. 이런 환경에서는 전통적인 가치나
사고가 끊어질 수밖에 없었다. 우리는 흔히 한국인이 집단주의적 사고
를 갖고 있다고 말한다. 과연 그럴까? 적어도 이 시기에는 해당되지 않
는다고 할 수 있다. 실용주의란 어느 시기에는 천해 보이기도 하지만
당대의 가장 절실한 문제를 해결하기 위해 어떤 것이 가장 유용한가를
찾아내 실천에 옮기는 것이다. 생존이 지상의 과제였을 때 예의라든가
도덕군자라는 개념이 도대체 어떤 유용성이 있다는 말인가. 생존을 위
해 집단이 더 유용한지 각자가 알아서 사는 것이 더 유용한지는 당시
의 상황에서 판단할 일이다. 이 시기에 한국인들은 각자 알아서 요령
껏 사는 것이 가장 유용하다고 판단한 것으로 생각된다. 식민지배, 동
족상잔의 전쟁, 그리고 무능한 국가. 이런 시대를 살아오면서 민주주
의를 꿈꾸었겠는가. 생존을 위해 각자 알아서 요령껏 살아가는 것이
유용한 시대였다. 생존의 문제가 해결된 것은 다음 시대였다.

생활의 시대: 역동성과 경쟁사회의 도래

꾸데따 이후 본격 가동된 경제개발계획은 생존의 문제를 해결했다. 이 시기는 꾸데따 이후 문민정부 이전까지를 말하는데, 산업화시대라고 할 수 있다. 기본적인 의식주를 해결하고 인간다운 생활을 누리기 시작한 시기이다. 이 시기는 또한 격렬한 민주화항쟁의 시대로 독재에 맞서 민주화가 한쪽에서 진행되고 있었다. 정치인이나 지식인들은 독재타도를 외치면서 목숨을 걸고 싸웠지만 대중은 3선개헌과 유신에 찬성표를 던지고 있었다. 사람들은 생존의 문제를 해결하고 여가를 누릴 수 있는 생활을 맛보고 싶어했기 때문에 군부에 대한 지지를 철회하지 않았다. 박정희, 전두환, 노태우로 이어지는 군부는 경제를 앞세워 민주주의에 대한 열망을 비켜가고 있었다. '하면 된다' '잘 살아보세' 등의 구호가 이 시기에 유독 호응이 있었던 것은 개인의 능력으로 사회적 신분의 상승이 가능하고, 민주주의보다는 여가를 즐길 수 있는 생활이 더 우선한다고 보았기 때문이다. '마이카' 시대가 주는 기쁨을 다른 것으로 대체하기는 어려웠다. 대중은 민주주의의 가치를 몰랐던 것이 아니라 유보시켰던 것이다.

산업화로 명명할 수 있는 이 시기에 대해 권태준은 도시화의 수치를 근거로 제시하면서 "이런 수치들을 감안하면 이 나라의 도시화는 1960년대 초 이후 한 20여년간이 폭발적이고 가장 역동적인 시기였으며, 그 전기(轉期)적 동인(動因)은 무엇보다도 산업화와 경제성장과 그에 따른 산업구조의 '대전환'이었다. 이야말로 우리네 역사상 전무후

무한 '민족대이동'이라 해도 과언이 아니다"[13]라고 말한다. 또한 그는 이 시기에는 개인의 능력만으로 자기 인생을 개척하는 것이 가능했다고 본다. "게다가 이 무렵 그 충격의 현장에 뛰어든 사람들은 대부분 누구의 후원도 없는 채 감히 자신의 능력과 용기만 믿고 떠난 사람들이다. 다시 말해서 어떤 이가 적절히 표현한 대로 개인적·'경쟁적 이동'(contest mobility)이었다. 그 무렵 유행하던 '무작정 상경'이니 '하면 된다'느니 하는 말들이 그 증언이다. 훗날 지식인들이 '민중'이라고 부른 이들이 대부분 이런 용감한 개인적 이동결정을 한 사람들이었다. 이에 견주어 저들의 사정을 잘 안다고 자처하는 지식 엘리뜨층의 많은 이들은 오히려 부모·형제·친인척 또는 학력·배경 등으로 '후원받은 이동'(sponsored mobility)자들이었음이 사실 아닌가"[14]라고 말한다.

여기에서 두 가지 점을 주목해보자. 첫째는 민족대이동으로 표현되는 역동성이고, 다른 하나는 '하면 된다'로 표현되는 경쟁사회의 도래다. 민족대이동은 한국 집단주의 문화의 대표적 사례로 자주 등장한다. 한국사람들은 추석이나 설에 거의 모두 고향을 찾아 이동한다. 이른바 민족대이동이 이루어지는데, 이러한 현상이 가족이라는 집단을 중심으로 하는 한국문화의 특징을 잘 나타내준다는 것이다. 그토록 많은 사람이 그렇게 고생을 하면서도 고향을 간다는 것은 집단의식, 우리의식에서 나온다는 것이다. 현상적인 관찰로는 그럴듯한 분석이다. 하지만 좀더 깊이 들어가보자. 애초에 왜 고향을 떠났을까? 고향을 떠나 서울로 향한 사람들 마음속에는 물론 가족이 존재하고 있었겠지만 그보다는 개인적인 용기와 결단이 우선이었겠고, 이와 아울러 개인의 노력으로 출세하고 부자가 될 수 있다는 사회적 분위기가 자리하고 있어야 했다. 개인의 능력과 노력으로 성공할 수 없는 사회적 분위기였다면 누가 상경을 감행했겠는가? 거의 모든 사람에게 가능성이 열려 있었기에 서울로 무작정 올라왔던 것이다. 성공의 가능성이 열려 있는 사회적 분위기가 한국 역동성의 원인이라고 본다. 그리고 그 밑에는 집안의 배경이나 혈연, 학연에 의존하지 않아도 성공할 수 있다는 믿음이 있었다. 성공한 후에 인정받고 자랑하고 싶은 마음에 고향에 내려온다는 것도 무시할 수 없다. 단순히 집단주의 문화로 설명하기에는 부족하다. 집단주의 문화 저류에는 개인의 약진이 고동치고 있었다. 그리고 이 시기부터 한국은 경쟁사회로 접어들었다. 기업이 생겨나기 시작했고 또 성장을 거듭하는 중이었기에 언제나 인력이 부족했다. 따라서 개인의 능력과 노력에 의해 얼마든지 신분상승이 가능했으므로 경쟁이 본격적으로 시작된 것이다. 그전에는 사회적 지위를 누릴 자리도 별로 없었고 그 자리마저 경쟁에 의해 얻을 수 있는 것이 아니라 가문과 권세에 의해 정해지는 것이었다. 한국사회는 개인간의 경쟁을 통해 더욱더 역동적으로 변했다.

생존에 여가를 더하면 생활이 된다. 인간이 생존 다음에 생활을 택하는 것이 보편적인 현상은 아니다. 종교적 국가에서는 생존으로 만족하기도 하고, 여가나 민주주의보다는 사회적 이데올로기를 우선하는 북한과 같은 곳도 있기 때문이다. 한국은 종교, 이데올로기, 전통에서 자유로웠기 때문에 실용주의를 택하게 되었고, 실용주의는 그 시대에 필요한 것들 중 최우선하는 것을 택하는 특성이 있다. 민주주의도 곁에 있었으나 생활에 밀려 있었다. 하지만 대중은 생활을 어느정도 해결한 뒤에는 민주화를 택했다.

행복의 시대: 경제적 지위와 정치적 권리를 바탕으로

사람들은 어느정도의 사유재산이 생기면 그것을 지키기 위해 정치적 권리를 요구하게 된다. 재산이 없을 때에는 정치적 자유나 인권보다는 생존에 우선순위를 두게 된다. 이것은 서양도 마찬가지였다. 서양에서도 사유재산이 형성된 후에야 시민의 자유와 권리를 보장하는 민주주의가 싹을 틔웠던 것이다. 자신의 재산을 누구로부터 지키는가? 서양에서는 국왕으로부터 지키려 했다. 따라서 국왕을 견제하는 많은 법이 만들어졌고, 점차 시민이 중심이 되는 제도가 정착되었다. 시민들은 자신들의 재산과 자유를 지키기 위해 민주주의를 택한 것이다. 한국도 상황은 비슷했다. 산업화를 통해 개인들이 재산을 소유 내지 축적하게 되자 자신의 재산과 정치적 자유를 지키는 방법을 택하게 된 것이다. 1960년 4·19혁명 때나 유신독재 시절의 반정부 시위 때와는 달리 넥타이를 맨 일반시민이 드디어 거리에 나서게 된 것이다. 1987년 6월항쟁이 그것이다. 고문사건으로 촉발된 항쟁은 지식인이나 학생이 중심이 아니라 일반시민이 다수를 차지했다는 점에서 한국에 민주화시대가 왔다는 신호탄이었다. 이후 대중은 김영삼, 김대중이라는 민주화 기수를 대통령으로 택함으로써 자신들이 무엇을 원하는지 분명히 보여주었다. 이 시기는 산업화시대에 비해 경제성장이 더디고 사회갈등이 표출되기 시작하지만, 이미 대중은 사적 재산을 어느정도

축적하였기에 큰 요동 없이 지탱할 수 있었다.

여가를 즐길 만한 경제적 지위는 정치적 권리도 요구하지만 동시에 행복에 대한 열망도 불러온다. 민주화시대에 사람들은 행복해지고 싶었다. 개인의 행복이란 것이 지금 우리가 생각하듯 당연한 가치는 아니었다. 불교를 문화의 중심으로 삼았을 때는 극락왕생이 지상목표였고 자비를 베푸는 것이 으뜸 덕목이었다. 불교문화에서 개인의 행복이라는 말은 낯설다. 인간은 행복을 위해 사는 것이 아니다. 아무리 타력구제(他力救濟) 신앙이라 할지라도 중심은 여전히 부처와 아미타불에 있는 것이지 개인에게 있지 않기 때문이다. 자신보다는 남을 먼저 생각하고 자비를 베푸는 것이 당연한 것이 된다. 이런 불교문화에서 개인중심의 행복론은 자리가 없다. 그렇다면 주자학에서는 어떤가? 주자학 역시 남에게 베푸는 인(仁)을 우선한다. 자신을 위해 행하는 것은 비난의 대상이 된다. 도를 위해 가문을 위해 그리고 왕을 위해 행하는 것이 우선인 것이다. 이때 개인의 행복론은 자리하기 힘들다. 현재 우리에게 당연하게 생각되는 개인의 행복추구는 사실은 얼마 되지 않은 낯선 개념인 것이다. 생존의 시대에도 생활의 시대에도 개인의 행복은 우선하는 가치가 아니었다. 하지만 생활이 안정되고 정치적 자유가 보장되면서 행복이 서서히 삶의 중심에 들어서게 되었다.

많은 문화쎈터가 생겨나고 구민회관이 들어서기 시작했으며, 사람들은 더이상 백화점에 물건만 사러 가지는 않게 되었다. 부모들은 자식들에게 행복하게 살라는 충고를 하고, 자식들은 이미 자신의 행복을 우선시하는 삶을 살고 있다. 행복의 기준이 사람마다 다르긴 하지만 행복하지 못한 사람은 자신을 패배자로 느끼기 시작했다. 행복이 화두가 되면서 비로소 정신적인 면이 해방 후 처음으로 전면에 등장하게 되었다. 행복이란 단순히 외적 조건의 문제가 아니라 내면의 정신적 문제임을 실감하게 되었던 것이다. 전에는 돈만 있으면, 집만 있으면, 출세만 하면 행복할 것이라고 여겼지만, 그것으로 충분하지 않음이 증명되었기 때문이다. 사람들은 이 문제를 해결할 방법을 찾기 시작했다.

의미의 시대: '~은 나에게 무엇인가'라는 질문

노무현정부가 집권에 성공할 수 있었던 원인 중에 한국이 의미추구 시대에 접어들었다는 것도 분명 있을 것이다. 즉 행복을 넘어서 인생의 의미를 탐색하는 시대가 도래한 것이다. 행복한 삶이 물론 좋지만 행복하면서도 의미있는 삶이 더 좋다고 생각하기 시작한 것이다. 사람답게 살아보자는 구호가 효과가 있었다. 사람답게 산다는 것은 생존이나 생활문제를 해결하는 것을 말하지 않는다. 그것들을 바탕으로 사람을 사람답게 하는 의미를 찾고 있다는 뜻이다. 배부르고 등 뜨듯하고 마음에는 행복이 느껴지지만 뭔가 부족한 것이 있다는 것이다. 그것이 무엇인가? 바로 의미다. 자식 키우는 것을 예로 들어보자. 일단 자식이 건강하게 자라길 바란다. 즉 생존의 시대이다. 다음으로는 공부를 잘해줬으면 바란다. 생활의 문제이다. 그런데 자식이 건강하게 자라 좋은 직장을 얻었다. 그렇다면 자식이 행복하길 바란다. 자식이 결혼해 행복하게 사는 것 같다. 그런데 문득 이런 생각이 든다. 자식이 나에게 무엇인가? 그리고 자식에게 인생은 어떤 의미일까? 이렇게 자문하면서 스스로 답을 찾으려 하는 것이 의미의 시대이다.

봉사와 기부가 널리 퍼지고 있는 것도 인생의 의미를 찾는 모습 중 하나이다. 자신보다는 남을 위해 무엇인가를 하는 것이 의미있는 인생을 만드는 길이라고 생각하는 것이다. 또 동호회를 통해 의미를 찾기도 한다. 인터넷에 개설되는 수많은 동호회가 그것을 보여준다. 여행 역시 의미탐색의 한 방법이다. 길을 떠나 무엇을 찾겠는가. 미국에 대해서도 '미국이 우리에게 무엇인가?' 하는 질문이 대통령에 의해 공개적으로 제기되었다. 반미(反美) 하면 안됩니까? 이런 발언이 공식적으로 나오게 된 시대가 된 것이다.

의미추구는 절반의 성공밖에 거두지 못하고 있어 보인다. 그것은 의미라는 것 자체가 추상적이어서 손에 잘 잡히지 않을 뿐 아니라 개인적이어서 공감대를 형성하기가 어렵기 때문이다. 제각기 의미를 추구하고 있지만 의미란 본래 추상적이어서 발견하기가 쉽지 않다는 것이다. 그런데 이와 함께 의미의 시대에 의미를 찾기 어려운 다른 원인이 있다. 그것은 뒤에 기술하겠지만 한국의 문화가 허무주의를 택하고 있기 때문이다. 인생은 허무하다고 여기는 것과 의미를 찾는 것은 그다지 잘 어울리지 않는다. 별 의미가 없다고 한편으로 생각하면서 다른 한편으로는 인생의 의미를 찾고 있다. 이런 상황은 쉽사리 나아질 것 같지 않다. 즉 교착상태에 빠진 것이다. 따라서 최근 선진화라는 구호도 별 호응이 없다. 민주화 다음은 선진화라고 여야를 가리지 않고 소리 높여 외쳐도 공허하다. 세계화란 구호는 반발과 함께 경계심을 일으킬 뿐이고, 한국이 나아갈 방향이 보이지 않는 것이다. 이런 교착

상태는 한동안 계속될 것이다. 교착을 타개하지는 못하고, 눈에 보이는 경제라든가 안보라든가 하는 문제가 일단은 대중의 호응을 받을 것이다. 이명박정부의 탄생이 이를 말해준다. 하지만 이들이 큰 흐름을 바꾸지는 못할 것으로 예측한다. 즉 의미 문제를 제기하는 쪽이 다시 흐름을 장악할 것으로 생각한다.

"지금 이 세상이 전부이다"
현세주의

아침에 버스를 타러 가다 보면 길바닥에서 간밤에 구워놓은 피자를 몇번은 볼 수 있다. 겨울에는 그래도 좀 낫지만 여름에는 냄새가 난다. 물론 보기 싫지만 한국에서 술을 마시고 길바닥에 피자를 구운 경험이 없는 남자는 별로 없을 것이기에 서로 그런가 보다 하고 지내는 것 같다. 길바닥에 피자를 구워도 관대한 나라가 한국이다. 왜 한국인은 이런 일에 관대할까? 한국인이 술을 많이 마신다는 것은 널리 알려진 사실로 보인다. 한국남자는 술에 강하다고 생각하는 외국인도 많다. 접대를 하지 않으면 사회생활이 어렵기 때문에 술을 마시지 않을 수 없는 사회적 분위기 때문인가? 아니면 원래 술을 즐기는 풍속이 있었던 것인가? 여러가지 가설이 가능하겠지만 나는 한국의 문화는 현세주의, 인생주의, 허무주의에서 비롯된다고 생각한다.* 즉 이 세 가지를 바탕으로 하여 우리가 관찰할 수 있는 다양한 문화현상이 일어나고 있다는 것이다. 다시 말해서, 이 세 가지로 수많은 대중의 현재의 삶의 양식을 설명할 수 있다고 생각한다. 술에 관대한 문화도 한국인이 '하나뿐인 세상에 태어나 한번뿐인 인생인데, 그 인생은 허무한 것이기에 인생을 즐기자'라는 믿음체계 속에서 나온다고 여긴다. 그럼 현세주의가 무엇인지에서 시작하자.

1. 사후세계는 없다

우리 동네에서 장사를 하는 한 아저씨가 있다. 그는 절에 열심히 다녔다. 그런데 얼마 후 성당에 다닌다는 말이 들렸다. 열성적으로 다닌다는 것이다. 그리고 또 얼마 지나지 않아 교회에 다니고 있다고 했다. 이런 일이 한국에서는 드문 일도 아니고 심각한 일도 아니다. 드문 일이 아니라는 것은 꽤 많은 사람들이 절, 성당, 교회를 골고루 다니고 있으며, 특히 노인이 되면 절에서 성당으로 옮기는 일이 흔하다. 이런 현상을 놓고 더 생각해봐야 할 것은 소위 개종(改宗)이라는 심각한 문

---

* 한국문화의 특성을 밝히는 데 졸저 『한국의 정체성』에서 제시되었던 판단기준인 현재성, 대중성, 주체성이 적용된다. 그것은 현재 대중이 택한 삶의 양식을 대상으로 하기 때문이다. 나는 한국의 각 분야의 공통속성을 찾아낸다면 그것이 한국의 정체성이 될 수 있겠으나 발견하기 어려울 것이라고 말했다. 이때는 물론 작품을 대상으로 작업을 한다는 뜻이었다. 문화라는 말이 일상적으로는 예술작품을 칭하기도 하므로 이런 작업도 가능할 것이다. 하지만 이 책에서는 문화를 삶의 양식으로 규정하여 예술작품과는 분명하게 구별한다.

제가 전혀 심각하게 여겨지지 않는다는 것이다. 서양에서 개종은 심각한 문제다. 기독교도가 불교도가 되었다면 삶의 양식이 실제로 바뀌며, 주위 사람들도 그것을 진지하게 받아들인다. 물론 무신론일 경우도 마찬가지로 심각한 주제가 된다. 이론물리학자 스티븐 호킹(Stephen Hawking)은 자신의 이론 때문에 무신론자라는 비난을 받은 적도 있다. 한국에서는 물리학자가 자신의 이론 때문에 무신론자라든가 기독교신자라든가 하는 도마 위에 오르는 일은 없다. 다시 말해서, 한국에서 개종은 진지한 문제가 아니다. 사람들은 필요에 따라 종교를 쉽게 바꾸기도 하고, 때때로 종교를 잊기도 한다.

현세에서 복을 구하는 종교풍속

종교가 한국사회에서 문제가 되는 경우는 두 가지 정도인 것 같다. 하나는, 결혼할 때이다. 기독교 집안과 불교 집안의 혼사가 오가면 종교 때문에 결렬되는 경우도 물론 있지만, 보통은 한쪽이 임시적으로 다른 쪽 종교를 택하는 형식을 취함으로써 해결된다. 처음부터 종교문제를 절대적 요소로 고려하는 것이 아니라, 되도록 같은 종교면 좋겠다는 식의 태도를 취하고 있는 것은 아닐까. 다른 경우는, 종교단체에서 설립한 학교에 교원으로 들어갈 때이다. 해당 종교단체에 다니고 있다는 증명서를 요구하는 경우가 종종 있는 모양이다. 그렇다고 해서 엄격하게 심사하거나 실사를 하지는 않으며 나름의 해결방식이 존재하는 것 같다. 종교적 문제가 실제 갈등으로 번지는 경우는 별로 없다고 봐야 할 것이다. 외신에 나오는 종교분쟁이나 텔레비전의 다큐멘터

한국의 종교문화는 종파를 막론해 내세보다 현세를 중시한다.

리에서 볼 수 있는 티베트의 오체투지 같은 것은 한국에서 대중적인
현상으로 찾아보기 힘들다. 많은 사람이 이미 말했듯이 한국의 종교는
현세구복적이기 때문이다.

　현세구복적이란 말은 언뜻 가볍고 세속적으로 보이지만 좀더 진지
하게 고찰해볼 필요가 있다. 왜 내세가 아닌 현세에서 복을 구하는가?
현세구복적이란 현세만을 유일한 세계로 인정한다는 것과 현세에서
초월이 아닌 세속적 복을 염원한다는 것을 의미한다. 물론 현세구복적
이란 말을 내세도 인정하는 것으로 보아, 현세에서는 복을 내세에서는
영생을 염원하는 것이라 해석할 수도 있겠으나, 한국에서의 함의는 그
렇지 않은 것 같다. 그럼 지금 이 세계가 유일한 세계라는 믿음은 무엇
을 뜻하는가? 그것은 죽은 후의 세계를 믿지 않는다는 의미, 다시 말해

서 내세를 믿지 않는다는 의미이다. 이런 사고는 한국인에게는 심대한 영향을 끼치는 세계관이다. 여기에는 현세가 내세를 위한 준비단계라든가 내세가 참된 세계이고 이 세계는 그림자에 불과하다는 식의 사고가 존재하지 않는다. 유대인을 이해하는 중요한 방법 중 하나는 유대인이 신약을 읽지 않는다는 것을 이해하는 것이다. 즉 신약은 예수의 부활을 주장하기 때문에 유대인들이 받아들이지 않는 것이다. 유대인에게 부활, 즉 내세는 없다. 죽어서 부활하여 심판을 받는다는 사고는 존재하지 않는다. 기독교에서는 부활절이 매우 중요한 의미를 갖지만, 유대교는 부활을 인정하지 않는다. 따라서 예수도 유대교에서는 선지자 중 한 명일 뿐이다. 유대인들은 여호와를 믿으면서도 내세를 인정하지 않는 독특한 믿음체계를 갖고 있기에 확고한 믿음 속에서 현실세계 지배를 꿈꾸며, 그들의 눈부신 성공과 생존력은 이런 믿음체계에 기인한다고 생각한다. 이에 반해 내세를 신봉하는 인도의 경우 가난에서 벗어나기 힘들어 보인다. 이 세상이 저 세상으로 가는 징검다리일 뿐이라면 무엇 하러 성공하려 애쓰겠는가. 오히려 명상을 통해 저 세상으로 가는 준비를 하는 것이 현명하지 않겠는가. 미국에서 한국인이 청과상을 비롯하여 몇몇 분야에서 유대인을 제치고 성공을 거두는 바람에 종종 두 집단을 비교하곤 하는데, 나는 그들의 성공에는 현세주의라는 공통점이 있다고 생각한다.

이 세계가 이 세상이 전부이다. 내세가 있다는 종교적 믿음이 위안을 줄지는 몰라도 삶의 양식을 바꾸지는 못했다. 기독교가 지난 1세기 동안 한국에서 상당한 세를 불렸어도 과연 한국인의 삶의 양식을 바꾸었는가? 근본적인 변화는 서양의 삶의 양식을 따라간 것에서 비롯된 것이지 기독교 때문은 아니다. 하지만 이런 반론이 가능하다. 기독교는 그렇다고 쳐도 불교에서는 분명히 지옥을 상정하고 많은 사람들이 연기론(緣起論)을 믿고 있지 않은가. 전생에 죄를 지어서 지금 고통받고 있다든가 현세에서 적선(積善)을 하면 내세에서 복을 받는다는 것을 믿고 있는데, 어떻게 한국문화가 내세를 부정한다고 주장할 수 있는가? 물론 가능한 반론이라고 생각한다. 그리고 주자학에 대해서도 똑같은 반론이 가능하다. 즉 제사를 지내지 않느냐는 것이다. 죽은 후의 세계를 믿지 않는다면 왜 제사를 지내는가. 제사가 중시된 것만으로도 한국인이 현세주의라고 말하는 것은 성급하다는 반론이 가능하다. 그리고 기독교도 부활을 인정하고 있으므로 역시 죽은 후의 세계를 인정한다고 보아야 한다는 반론도 가능하다. 이 모든 것에 대해 불교와 주자학은 근현대의 사상이 아니기 때문에 현재성에 어긋난다고 답할 수도 있으나 옹색한 답변이 될 것이다. 왜냐하면 불교의 믿음이나 주자학의 제사는 지금도 여전히 광범위하게 퍼져 있기 때문이다. 즉 현재성과 대중성을 동시에 갖고 있는 것이다. 그렇다면 불교나 주자학이 과연 현세주의인가 아닌가를 검토해야 한다. 검토를 통해 현세주의의 성격이 좀더 분명히 드러날 수 있기 때문이다. 그럼 주자학을 먼저 검토해보자.

귀신과 제사를 통해 본 주자학의 현세관

주자학에서 현세주의를 찾으려면 주자학이 귀신을 어떻게 다루고 있는가를 살피는 것이 효과적이다. 귀신을 인정한다면 저승이라는 또 하나의 세계를 인정하는 것이 될 터이고, 귀신을 인정하지 않는다면 이승만을 인정하는 현세주의라고 말할 수 있기 때문이다. 드라마 「전설의 고향」에 나오는 친근한 귀신에 대해 주자학은 어떤 입장을 취하고 있는가? 과연 이승이 아닌 저승을 인정하고 있는가? 결론부터 말하자면 주자는 귀신을 인정하지 않았다. 박성규(朴星奎)는 다음과 같이 말한다.

> 주자에게 있어서 귀신은 두 기의 양능(즉 屈伸往來)이니 만물의 생성발전과 변화과정〔造化〕그 자체의 두 측면을 가리킨다. 따라서 일물(一物)로서의 귀신은 철저히 부정되고 윤회설은 거부된다. 인간 역시 모든 사물처럼 '기가 모이면 생기고, 기가 흩어지면 죽을' 따름이다. 주자가 여귀(勵鬼)의 괴이현상〔怪〕을 인정하여 도덕적 불균형성의 시정을 모색했고, 또 조상의 정신혼백의 존재를 인정한 듯한 발언을 한 것은 유교의 전통적 제사관을 옹호했기 때문이었지 일반인이 생각하듯 일물로서의 귀신이나 조상의 혼령의 존재를 인정했기 때문은 아니었다.[15]

여기에서 두 가지 점을 주목해보자. 첫째는 일물로서의 귀신은 없다는 것이다. 즉 강시나 목 없는 미녀는 없다는 것이다. 독립된 개체로서의 귀신이 존재하지 않는다는 주장은, "사람은 죽으면 곧 전부 흩어져 없어진다" 혹은 "죽으면 기가 흩어져 아주 흔적이 없어지는 것이 정상이다. 도리가 그런 것이다"라는 주자의 주장에서도 확인된다. 사람이 죽으면 즉시 흩어져버려 아주 흔적이 없어진다면 제사를 지낼 때 찾아온다고 하는 조상은 어떤 존재인가? 귀신이 일물이 아니라고 하더라도 즉 조상이 강시와 같은 모습을 하고 있지 않다고 해도 흩어진 기가 찾아온다고 할 수 있는가? 이에 대해 주자는 아니라고 답한다.

주자는 유교의 제사관을 설명하며 제사감격설(祭祀感格說)을 주장한다. 사람은 죽으면 결국은 흩어지지만 곧바로 완전히 흩어지지는 않기 때문에, 제사의 예에서 자손이 정성과 공경을 다하면 바로 조상의 혼백을 불러올 수 있다고 설명한다. 그래서 그는 "사람은 죽으면 혼기는 하늘로 올라간다"는 『예기』의 말에 동의한다. 그러나 이른바 '하늘로 올라간 혼기'가 '공중으로 흩어진 연기'처럼 공중에 남아 있다는 식으로 이해하지 않는다. 제사 때 '조상의 기가 있다(찾아온다)'는 의미는 조상의 기가 '자손에게 남아 있다'는 의미라고 주자는 풀이하기 때문이다.[16]

제사 때 조상의 기가 공중의 연기처럼 존재하는 것이 아니라 자손에게 남아 있다면 제사를 올릴 수 있는 자손, 자손 중에도 특히 남자, 남자 중에서도 장손에 대한 집착이 대단했을 것이라고 쉽게 추측할 수 있다. 한국의 남아선호 풍조, 장자우대 풍조가 제사에 대한 이런 사고방식에서 기인했을 가능성이 매우 크다. 현대에 들어서 남아선호 풍조는 많이 잦아들고 있지만 제사에 대한 부담이나 조상신에 대한 두려움은 여전히 남아 있다. 그렇다면 자손이 없다면 제사는 무의미해지는가? 이에 답하기 위해서는 제사의 본질이 무엇인지를 알아야 한다. 제사의 본질은 도리(道理)이다.

주자에 따르면 감통(感通)의 도리는 단순한 혈연관계에만 있는 것은 아니기 때문이다. 주자는 이미 외손도 제사를 드릴 수 있다는 말을 하고 있고, 또 『예기』「왕제」를 인용하며, "제후가 이전 왕조에 제사를 지내는 것은 제사를 받들 후손이 없는 옛 왕조를 제사지내는 것인데, 먼저 그 나라를 주관하였던 까닭에 예법상 제사하는 것이다"(『어류』 3:57)라는 설명을 한 바 있다. 즉 제사를 지내야 할 합당한 도리가 있다면 제사를 드려야 하고 드릴 수 있다는 것이다. 따라서 혈통이 없는 양자라도 '조상의 유업을 받드는' 등 일정한 도리를 다하면 제사할 수 있다. 즉 "제사지내야 할 대상이라면 그 정신혼백과 감통하지 못할 바가 없다"(『어류』 3:75)는 것이 주자의 입장인 만큼, 진순의 주장은 지나치게 교조적인 해석이라고 하겠다.[17] (여기에서 『어류』는 『주자어류(朱子語類)』를 가리킨다 — 인용자)

혈통이 없는 양자(養子)라도 조상의 유업을 받드는 등 일정한 도리를 다하면 제사를 할 수 있다는 주장은 일본에서 관습으로 자리잡았던 것 같다. 일본에는 가업을 잇는 데 양자가 적합하다면 적자(嫡子)가 있어도 양자가 모든 것을 물려받고 제사를 지내는 문화가 존재한다. 한국은 핏줄에 대한 집착이나 끌림이 유독 강하다는 평이 흔히 있는데,

이는 주자학을 너무 교조적으로 해석한 데에서 비롯된 것으로 보인다. 제사의 본질은 인간의 도리를 다하는 것이다. 조상을 잊지 않고 조상의 훌륭함을 기리고 본받고자 하는 데 있다는 것이다.

제사는 도리의 문제이기도 하지만 마음의 문제이기도 하다. 제사음식 놓는 순서를 따지면, 사람들은 제사는 다 마음의 문제이니 형식은 크게 신경쓸 것 없다는 말을 하곤 한다. 생전에 고인이 자장면을 좋아했다면 자장면을 놓을 수도 있고 피자를 즐겨 드셨다면 피자를 놓을 수도 있다고 말하는 사람도 늘고 있다. 주자도 아마 이런 현상에 반대하지 않을 것이다. 왜냐하면 주자는 "제사의 이치는 역시 자손의 정성이 있으면 조상의 신이 있고(이르고), 정성이 없으면 신이 없는 것 아닙니까?" 그리고 "귀신의 이치는 바로 이 마음의 이치이다"(『어류』 3:61)라고 말하고 있기 때문이다.

귀신이 일물이 아니라는 것에서 시작해서 제사의 본질이 무엇인가를 말했다. '일물로서의 귀신은 없다'에 이어 주목해야 할 두번째 것을 보자. 주자는 여귀의 괴이현상을 인정하여 도덕적 불균형성의 시정을 모색했다고 한다. 다시 말해서 귀신 현상으로 여겨지는 것들이 있기는 하나, 그것은 사람들이 억울함을 풀기 위해 만들어낸 것에 불과하기 때문에 억울함이 풀리면 사라진다는 것이다. 괴이한 현상을 인정하는 듯하지만 근본적으로는 부정하고 있는 것이다. 그렇다면 옛날이야기에 나오는 귀신 이야기는 모두 허구인가? 어렸을 때 들었던 어른들의 귀신 체험담도 모두 꾸며낸 것인가? 주자는 그렇다고 한다. 하지만 꾸며냄에는 이유가 있다. 그것은 사람들이 무지하기 때문이기도 하고 또한 약자가 억울함을 풀 길이 없을 때 생겨나기도 한다는 것이다. 주자는 "세속의 귀신 이야기 중 대체로 8할은 엉터리이지만, 2할은 역시 그 까닭이 있다"(『어류』 63:132)고 말하면서 2할의 배후에는 도덕적 불균형이 있다고 한다. 어렸을 때 읽었던 귀신 이야기들이 생각난다. 괴이한 일이 벌어지고 새로 부임한 사또는 수사에 착수한다. 수사 끝에 귀신을 대면하고 억울한 사연을 듣게 되고 결국 가해자는 처단된다. 그러면 귀신은 사또에게 고맙다는 말을 남기고 떠나게 되어 다시 마을에 평화가 찾아온다는 줄거리가 꽤 많았다.

주자에 따르면 "귀신의 이치는 마음의 이치이므로"(『어류』 3:61) 그 논리대로 백유라는 여귀의 앙화는 흉흉한 민심의 반영이었으며, 그러한 민심을 달랜 자산의 행위는 정치적 암투로 희생된 사람이 당한 도덕적 불균형을 시정해준 의미가 있었던 것이다. 그래서 주자는 "자산이 후사를 세워 여귀를 달래자 앙화가 그쳤다"는 설명을 매우 좋아하였던 것이다(『어류』 3:19, 43, 44).[18]

귀신 이야기를 만들어낸 이유는 억울함을 풀기 위한, 즉 도덕적 불균형을 시정하기 위한 것이었다. 이런 이유 외에도 주자는 귀신이 없다는 것을 먼저 일깨우지 않고 귀신의 사당을 철폐하는 것을 서두르면 귀신 이야기가 생겨난다고 말한다. 즉 사람들의 무지도 한몫한다는 것이다.

56

주자나 남헌과 같은 지식인들은 음사(淫祠)의 미신을 믿지 않기 때문에 그런 것들을 철폐하는 데 전혀 거리낌이 없을 수 있다. 그런데 인식능력이 부족한 백성들의 경우는 그리 간단한 문제가 아니다. 사당을 부수고 귀신의 상을 없애는 것이 능사가 아니고, 백성들을 일깨우는 일이 중요하다. 백성들은 일깨워지지 않았고 오히려 어떤 귀신의 상을 신봉하고 있는 상태에서 돌연 예컨대 귀신상의 목이라도 베어버린다면, 도리어 민심이 흉흉해지고 그런 흉흉한 민심은 '베인 목에서 사리가 나왔다'는 유언비어를 진실이라고 믿게 만들어버린다. '베인 목에서 사리가 나왔다'는 신령성(영괴성)은 바로 뭇사람들의 마음이 만들어낸 산물이라고 주자는 설명하는 것이다.[19]

정리하자면 주자학은 귀신을 인정하지 않는다. 따라서 주자학에는 저승이란 없다. 기와 이가 지배하는 우주이고 인간은 여전히 기와 이에 따르지만, 현세만이 존재할 뿐이다. 귀신에 대해 다음과 같은 관점도 적절한 것 같다. "귀신이 사는 곳이 인간의 말 속이라는 것은, 달리 표현하면 귀신이라는 것은 인간의 담론 속에 존재한다는 것입니다. (…) 인간의 말 속에 비로소 존재하게 된 귀신을 마치 언어 밖에 실재하는 것처럼 생각했기 때문에 환영의 귀신을 좇는, 영원히 끝나지 않을 유무의 논의가 발생하게 된 것입니다. 또 역으로 귀신을 존재하게 만든 인간의 언어로 인해 우리는 다시 혼란스러움에 빠지게 되는 것입니다."[20]

불교의 현세주의: 윤회설과 구제론

그럼 불교는 어떤 점에서 현세주의를 띠고 있는가? 사람은 죽어서 어떻게 되는가? 이 질문에 불교는 어떻게 답하는가? 윤회설을 따르면, 사람은 죽어서 윤회를 거듭한다. 따라서 저 세계가 존재한다고 말할 수 있다. 하지만 불교는 윤회에서 벗어나는 것을 목표로 하기 때문에 깨달음에 의해 윤회의 사슬을 끊어야만 한다. 그런데 깨달음을 얻은 자인 불타는 생애를 마치면 영원히 사라져버린다. 즉 윤회에 속하지 않게 된다는 것이다. 그렇다면 깨달은 자에게는 저 세계는 존재하지 않는다. 정리하자면 깨달은 자에게 저 세계는 존재하지 않고, 깨닫지 못한 자에게는 저 세계가 존재한다. 그렇다면 불교는 저 세계를 인정하는 것인가? 목표가 해탈의 경지에 올라 윤회의 굴레에서 벗어나 영원히 사라지는 것이라면 저 세계를 인정한다고 말할 수 있을까? 석가모니는 답을 유보했다고 한다.

석존은 사람이 죽은 후에 어떠한 존재로 되느냐 하는 질문에 대해서, 그 답을 유보하고 있다. 이를 '무기(無記)' 혹은 '사치기(捨置記)'라고 부른다. 형이상학적 문제에 대해서는 확실한 대답을 할 수 없을뿐더러, 그같은 문제를 가지고 시간을 낭비하느니보다는 오히려 살아 있는 현재의 생활에 전력을 다하는 것이 더욱 중요한 것이라 하여 대답을 유보한 것이다. 이 이야기는 불교의 실천적이고도 실존적인 성격을 잘 나타내주는 것이지만, 바로 이것이야말

로 '출세간적' 차원에 연결되어 있는 것이다.[21]

석가모니가 사후세계의 존재에 대해 답을 유보한 것은 공자의 태도와 유사하다. 현실세계도 다 모르는데 죽은 후의 세계를 어찌 알겠는가. 지금의 세계에 힘을 쏟으라는 의미로 보인다. 사정이 이렇다면 불교는 근본적으로 현세주의적 성격을 띤다. 죽은 후의 세계에 대해 답을 하지 않는 것은 현재 눈에 보이는 세계가 전부라는 뜻이 되고 말기 때문이다. 죽은 후의 세계에 대해 알 수 없고 알 필요도 없는 것이라면, 지금 눈으로 보는 세계가 전부라고 믿고 최선을 다하는 수밖에는 없기 때문이다. 지옥도 현세에 최선을 다하라는 자극으로 해석된다. 죄를 짓고 죽으면 다음 생에 소로 태어난다고 말하는 것은 지금 착한 일을 하라는 권유를 극적으로 하는 것뿐이다. 석가모니는 사후의 세계에 대해 답을 하지 않았다. 기독교처럼 죽은 후에는 심판이 기다리고 있다는 이원화된 세계관을 갖고 있지 않다는 것이다.

한국의 불교는 전래 당시부터 이미 말법시대(末法時代)의 특징을 지니고 있었다. 즉 깨달음의 종교에서 이미 믿음의 종교로 바뀐 것이다. 이 점은 미륵반가유상으로 대표되는 불교유물에서도 찾아볼 수 있다. 미륵은 미래불로서 현재 고통의 구제를 주임무로 한다. 다시 말해서, 스스로 수행을 하여 해탈의 경지에 이르러 저 세계마저 없이 사라져버리는 것을 목표로 삼지 않고, 세상을 구제해줄 미래불에게 모든 것을 의탁하는 종교로 바뀐 것이다. 문제는 해탈이 아니라 현재의 고난을 피하는 것이었다. 이것이 현세주의의 모습이다. 내세주의라면 현세의 고통을 피하지 않고 고통을 수행의 도구로 삼아 깨달음을 얻어 해탈하려 했을 것이다. 현세보다는 내세가 참된 세계이므로 현세의 고통은 오히려 축복이 될 수 있다. 하지만 현세주의자는 현세가 모든 것이므로 현세가 고통스럽다면 당연히 피하려 한다. 그리고 자신의 행위가 아니라 자신의 믿음으로 피하는 것이 더 경제적일 것이다.

이런 요구에 부응한 것이 바로 관세음보살이다. 관세음보살이라는 말은 아주 친숙하다. '나무관세음보살'이라는 말은 일상어처럼 흔히 쓰인다. 그런데 사람들이 왜 '부처'를 외지 않고 '관세음보살'을 외는가? 왜 부처 대신에 관세음보살이 사람들 입에 붙어 있을까? 그것은 현재의 고통을 담당하는 존재가 관세음보살이기 때문이다. 관세음보살이 현세의 고통을 해결해주는 존재이기에 사람들은 관세음보살을 외고 의지하는 것이다. '관세음'이란 칭호 자체에 그 의미가 담겨 있다고 한다.

관음의 신앙은 관세음(avalokitasvara)이라는 칭호 가운데 이미 종교의 원리를 포함시키고 있다. 관세음의 원명 avalokitasvara는 '관(觀)되어진 세음(世音)'이라 번역되지만, '관(觀)되어진 것'은 절대자를 의미하고, 세음(世音)이란 세간 중생의 음성이고 현실의 세상에 괴로워하는 중생의 절규이다. 다시 말해 관세음은 현실에 괴로워하는 중생의 음성을 듣는 절대자이고 세간 사람들의 음성을 계기로 해서 나타난 보살이라고 보는 것이다. 즉 avalokitasvara라는 칭호는 '관(觀)되어진 것' '관(觀)하는 것'과의 결합명사이고, 구

함을 바라는 중생의 지극한 서원과 청원에 의해 나타나는 구세주임을 명확하게 나타내는 것이라 하겠다.[22]

그런데 왜 사람들에게 관세음보살이 가장 친숙한 존재가 되었는가? 그것은 두 가지 원인이 있어 보인다. 하나는 관세음보살이 현세, 현세 중에서도 현실적 고통을 다루기 때문이다. 관음보살은 저 세계가 아닌 이 세계를 담당하고 있으며 이 세계에서도 고통을 해결해주는 역할을 하고 있다. "관음보살은 공관(空觀)의 실천을 통해 피안의 세계에 도달한 보살이다. 그는 비록 괴로움을 극복하여 이미 부처가 되었지만 보살로 있기를 자처한다. 중생을 괴로움에서 건지는 일에 전적으로 헌신하고자 그는 피안(彼岸)에서 차안(此岸)으로 돌아와 고난의 중생들을 건지는 데 몸을 바친다. 보살의 이런 마음이 곧 대자대비인 것이다. 관음보살이 피안에서 차안으로 돌아올 때 비로소 제법(諸法)의 실상(實相)은 더욱 확연해질 것이다."[23] 피안에서 차안으로 돌아왔고 괴로운 중생을 건지는 일에 전적으로 헌신하는 존재는 현세주의에 아주 적합하다. 다른 하나는 수행이라는 힘든 과정을 거치지 않아도 관세음보살의 이름만 부르면 현재의 고통을 제거해준다는 편리성에 있다. 이름을 부르기만 해도 모든 것이 해결된다면 그보다 더 편한 것이 있겠는가. 다음을 보면 더 명확해진다. "『관음경』이라 불리는 『법화경』 권7 「보문품」에서는 '제고뇌(諸苦惱)할 때 관세음보살의 명호를 듣고 일심(一心)으로 칭명(稱名)하면 관세음보살이 즉시에 그 음성을 관(觀)하시어 모두 해탈(解脫)케 하나니라'고 말한다. 계속해서 「보문품」에서는 관세음보살이 구고구난(救苦救難)의 서원을 세운 보살이며, 위신력(威神力)을 지닌 보살임을 되풀이 강조하고 있다. '보살은 서원에 의해 생하여 서원에 의해 살고, 항상 서원을 실천해가는 것에 보살의 생명과 본질이 있다.'"[24]

기독교에 뿌리내린 타력구제

그렇다면 기독교는 어떠한가? 기독교는 부활을 믿지만 한국의 기독교는 부활보다는 성령에 의한 치유와 가정의 행복을 더 믿는다. 한국의 기독교는 현대판 불교라고 생각된다. 즉 염라대왕-천국의 심판, 아미타불-예수, 염불-기도가 대칭적 구조를 이룬다. 그리고 자신의 힘에 의하지 않는 타력구제라는 공통기반을 지닌다. 타력구제 신앙은 인간의 약한 면을 보여준다. 인간 스스로 운명을 개척하거나 스스로의 힘으로 세상을 헤쳐가지 못하기 때문에 자신보다 더 힘이 센 존재에게 기대는 것이기 때문이다. 이런 성향은 좀처럼 사라지지 않을 것이다. 한국도 예외는 아니다. 타력구제 신앙인 불교가 여전히 남아 있지만 타력구제라는 면에서 불교와 별 차이가 없는 기독교가 뿌리를 내렸기 때문이다. 한국 기독교에 대해서도 기복적이라는 비판이 항상 따라다녔는데, 물론 기복적인 면이 강하게 있지만 근본적으로 기독교는 불교와 마찬가지로 타력구제 신앙이다. 원래 기독교의 모습이 어떠했는지는 모르겠으나, 한국에서 기독교문화는 기본적으로 예수를 거쳐 하느님이 신자의 모든 것을 주관하는 구조로 되어 있다. 즉 불교에서 아미타불을 거쳐 부처님이 모든 것을 주관하는 구조와 기본적으로 동일하다. 기독교 역시 스스로를 수양하거나 선행을 하는 것보다는 예수를 믿는 일이 더 중요하다. 스스로의 힘으로 천국에 갈 수는 없다. 예수를 통하거나 성당을 통하거나 중개자를 통해야 한다. 기본적으로 타력구제 신앙인 것이다. 한국에 기독교가 비교적 짧은 기간에 뿌리를 내리는 데 성공한 이유 중 하나는 불교와 기본적 구조가 다르지 않았기 때문으로 추측된다. 즉 믿는 대상이 부처에서 하느님으로, 아미타불에서 예수로 바뀌는 것뿐이다.

이같이 한국에서는 종교라 할지라도 근본적으로는 현세주의라고 할 수 있다. 하나뿐인 이 세계를 위해 천국도 지옥도 설정되는 것이고, 제사도 지내는 것이다. 저 세상이 없다는 것은 한국인의 삶의 양식에 지대한 영향을 끼치는 아마도 가장 중요한 요소일 것이다. 그럼 현세주의가 어떤 특징을 띠고 영향을 끼치고 있는지 살펴보자.

2. 이분법적 사고가 없다

영화 「스타워즈」 씨리즈는 초창기 미국에서 대단한 흥행을 기록했으나, 한국에서는 반응이 그리 뜨겁지 못했다. 「스타워즈」가 미국에서 큰 성공을 거둔 원인은 여러가지가 있겠으나, 이 영화가 선과 악이라는 이분법을 매우 분명하게 취하는 데에도 기인한다고 생각한다. 흰옷은 좋은 나라, 검은옷은 나쁜 나라라는 식의 단순한 이분법이 효과적이었던 것이다. 물론 선악의 대결이 이 영화의 축이다.

선과 악, 참과 거짓을 가르는 서양문화

선과 악의 이분법적 사고방식은 성경에서도 분명히 나타나 있다. 성경은 하느님과 악마의 대결 서사시라고 할 수 있다. 빛과 어둠은 타협할 수 없으며, 인간은 신과 악마 중에서 양자택일해야만 한다. 기독교는 두 세계를 가지고 있다. 부활절은 예수가 육체적 죽음을 뛰어넘어 이 세상이 아닌 다른 세상에서 다시 살아났음을 믿는 행사이다. 다시 말해, 이 세계에서 저 세계로 넘어간다는 것을 확실하게 보여주는 사건인 것이다. 이 세상은 저 세상으로 가는 예비단계이며 이 세상에서 어떻게 했느냐에 따라 저 세계에서 준엄한 심판이 있을 것을 알려주는 것이다. 기독교는 서양에 이 세상과 저 세상의 확고한 이분법을 심어주었다. 그리고 기독교문화가 시작된 이래 지금까지 서양은 악의 처리와 씨름해왔다.

하느님이 절대능력을 가진 선한 신이라면, 도대체 악은 어디에서 나온 것이며, 인간은 왜 악의 유혹에 빠지는가? 악인은 믿음만으로 죄사함을 받을 수 있는가? 문제의 근원에는 언제나 선과 악의 이분법이 존재했다. 기독교가 조로아스터교의 선과 악의 이분법을 극복하였다고 주장하나 악은 선과 함께 언제나 서양문화 근원에 자리하고 있었다. 서양 이분법의 근원은 성경 외에서도 찾아볼 수 있다. 플라톤의 이데아론도 이데아 세계와 현실세계를 철저히 분리한다. 이데아 세계가 참된 세계이고, 이 세계는 그림자에 불과하다는 사상이 많은 영향을 끼쳤다. 근대에 이성과 감성을 분리한 것도 이분법적 문화의 영향으로 보인다. 즉 인간과 자연은 이분법적으로 분리되었고, 분리되었기에 인간과 자연의 문제는 지금까지 논쟁의 대상이 되고 있다. 정리하면 서양은 이 세계와 저 세계, 선과 악, 이데아 세계와 그림자 세계, 논리의 참과 거짓, 이성과 감성, 인간과 자연의 이분법적 대립구도의 문화라고 할 수 있다. 이중 가장 큰 영향을 끼친 것은 기독교와 플라톤의 이분법일 것이다.

한번뿐인 세상, 영원한 분리와 대립은 없다

예전에 미국영화 「드라큘라」를 보면서 나는 왜 한국영화는 악의 어두운 면을 심도있게 그려내지 못할까 하고 생각한 적이 있었다. 한국의 「전설의 고향」은 무섭기는 하지만 악의 심연을 맛보기에는 적합하지 않았다. 어쩐지 미국이나 유럽 영화가 더 멋있고 격이 있어 보였다. 「양들의 침묵」을 보면서도 같은 생각을 했다. 주인공은 결국 악마의 대리인일 뿐 그를 없앤다고 해서 악이 제거될 것 같지 않았다. 반면 「여고괴담」은 학교문제가 잘 해결되면 다시는 그런 일이 일어나지 않겠구나 하는 안도감을 주었다. 또한 한국사람들은 논리학을 싫어한다. 무슨 말을 논리적으로 하면 "세상은 그렇게 논리적이지 않아"라는 대꾸가 돌아오기 일쑤이고, 논리학 강의에서조차 사람의 생각을 모두 논리적으로 포착할 수 있다는 주장에 동의할 수 없다고 한다. 한국문화에서 선과 악, 논리의 참과 거짓은 별로 영향력이 없어 보인다. 그것은 한국문화가 현실세계인 이 세상만을 유일한 세계로 인정하기 때문에 이분법적 사고가 근본적으로 자리하고 있지 않기 때문일 것이다.

하나의 세계만이 존재한다고 믿는 것은 두 가지 의미가 있다. 첫째는 유일성이다. 이 세계가 유일한 세계라면, 모든 것은 이 세계에서 완결된다. 이 세상이 저 세상으로 가는 준비단계가 아니기 때문에, 이 세상에서 모든 것을 이뤄야 하고 모든 것을 마쳐야 한다. 따라서 이 세상은 모든 것으로 인식되며, 자신의 인생의 끝이 세상의 끝이 된다. 한국 사람들은 밤새 술을 마시는 일이 많다. 젊은 세대는 그런 문화에서 벗어나고 있으나 중년 이상의 세대들은 아직도 "끝까지 가는 거야!"를 외치며 2차, 3차로 술자리를 이어가서 결국 새벽에 포장마차에서 헤어진다. 왜 이토록 술을 마시는가? 아마도 밑바닥에는 이 세상이 전부라는 것, 이 세상이 모든 것이기 때문에 지나가는 시간이 아깝고 아쉽다는 생각도 깔려 있는 것은 아닐까. 종교가 문화의 중심을 이루는 나라에서는 술이 금지되거나 제한된다. 한국처럼 술취한 사람이 길에서 함부로 다닐 수 있는 나라도 별로 없을 것이다. 한국은 하루하루가 축제이다. 사람들은 집에 안 가고 삼삼오오 모여서 회식을 하거나 한잔 걸친다. 왜? 이 세상이 유일한 세상이기 때문에 이 세상을 충분히, 그리고 악착같이 즐기려고 하기 때문일지도 모르겠다.

저곳이 없으므로 이곳에서 화해하자

둘째는 이른바 융합의 사상이다. 흔히 서양 물질문명의 위기를 논하면서 동양사상이 대안이 될 수 있다고 말하는데, 그 근거 중 하나가 융합사상이다. 즉 동양은 서양의 이분법과는 다른 인간과 자연의 하나됨을 추구하기 때문에 친자연적이고 친환경적이며 평화지향적이라는 것이다. 나는 동양사상이 서양의 것보다 더 친환경적이고 더 평화지향적인지는 모르겠다. 하지만 한국문화는 이분법적이지 않기 때문에 화해할 수 없는 문제는 거의 없다. 종교분쟁은 중재나 타협이 가능하지 않다. 천년이 넘도록 이슬람과 기독교는 적대적이다. 민족문제도 마찬가지다. 아일랜드와 영국의 분쟁은 끝이 보이지 않는다. 하지만 한국은 지역감정도 계층적 갈등도 결국은 해결해나갈 것이다. 왜냐하면 지금의 갈등을 저 세계로 가져갈 수 없다는 것을 갈등의 당사자들이 잘 알고 있기 때문이다. 분쟁이나 갈등의 배후에 어두운 악의 세력이나 악마는 존재하지 않는다. 이 세상은 눈에 보이는 이 세상 하나뿐이다. 분쟁이 있다면 그것은 그때의 환경이나 시대적 배경 탓이지 배후에 인간이 도전할 수 없는 힘이 있기 때문이 아니다. 즉 이 세계를 넘어서 저 세계는 존재하지 않으므로 여기에서 융합해야만 한다. 한국사람은 잘 싸운다. 싸우는 것을 보면 다시는 안 볼 사람들처럼 큰소리를 지르면서 온갖 욕을 하고 상대의 치명적 약점을 들추고 공개적으로 모욕을 주기도 한다. 이 사람들은 다시는 안 만날 것이라 생각하기 쉽지만, 현실은 전혀 그렇지 않다. 다음날 아무 일도 없었다는 듯이 만나서 "어제는 내가 심했지"라고 서로 말하면서 또 한잔하러 간다. 일본인들이 큰소리로 싸운다면 그것은 다시는 보지 않겠다는 결심이 선 후에나 있는 일이라고 한다. 한국인은 열심히 큰소리로 싸운다. 하지만 돌아서면 이 세상이 다이고 시간에 갇혀 있다는 것을 곧 알게 된다. 그렇다면 잘 지내는 것이 좋지 않은가.

3. 눈에 보이는 것만 믿는다

아파트 평수는 한국사람들의 성공의 척도다. 아이들도 서로 몇 평에 사느냐고 묻는다. 관심사는 평수만이 아니다. 어느 지역에 사느냐도 중요하다. 강남에 사느냐, 강남에 산다면 어느 구의 어느 동인가, 같은 동이면 몇 동 몇 호인가까지 묻는다. 이런 현상에 대해 지식인들이나 언론에서는 정신적 황폐화와 물질만능주의를 거론한다. 한마디로 고상한 정신문화가 사라지고 천박한 물질문화가 들어선 것에 대해 개탄하는 목소리다. 물론 그런 면도 있지만 현상의 밑바닥을 살필 필요가 있다. 한국인들이 아파트 평수를 묻고 아파트에 관심이 많은 것은 단순히 아파트가 살기 편하다거나 재산형성에 도움이 되기 때문만은 아니다. 아파트는 눈에 보이는 것에만 가치를 두는 현세주의의 특징을 보여주는 한 사례이다. 즉 현세주의는 눈에 보이지 않는 것에는 가치를 두지 않는다. 오감으로 느낄 수 있는 세계만 존재가치를 인정하는 것이다. 다시 말해서, 손으로 잡을 수 없는 세계는 존재하지 않으므로 추상적이고 관념적인 논의는 별 효과가 없다는 뜻이다.

정신적 황폐화와 물질주의

한국은 산업화와 민주화를 거치면서 성장하고 발전했다. 성장과 발전을 무엇으로 측정할 수 있을까? 교양이 척도가 될 수 있을까? 한국에서 교양으로 대접받는 경우는 극히 드물다. 강연회의 강사비가 좋은 예가 될 것이다. 어떤 강사가 특히 실용이 아닌 교양에 관련된 지적인 강연회에서 한 시간을 강연하려면 오랜 시간 갈고 닦은 내공이 있어야 한다. 실용 강의도 어려운데 눈에 보이지 않는 추상적인 주제로 강연하는 것은 매우 어렵다. 그런데 강사료는 기껏해야 몇십만원 정도이다. 언제나 예산이 없다고 한다. 하지만 단체회식비로 몇십만원씩 쓰는 것이 예사 아닌가. 말로 하는 것은 돈이 들지 않는다고 생각하는 것이 현세주의의 한 면이다. 한국인이 책을 읽지 않는다는 평가는 꽤 오래 전부터 있어왔다. 내가 어렸을 때도 그러했고 지금도 그렇다. 왜 한국인은 책을 읽지 않을까? 여러 이유가 있겠지만 책이 성공하는 데 별 도움이 되지 않는다는 것이 가장 큰 이유일 것이다. 성공에 도움이 되는 책은 실제로 잘 팔린다. 부자 되는 법이나 웰빙에 관한 책, 그리고 참고서나 영어책은 잘 팔린다. 하지만 인문학 서적은 골치 아프고 성공에 별 도움이 되지 않기 때문에 팔리지 않는다. 한국에서 교양서적의 규모는 5000부라는 말이 있을 정도다. 역시 눈에 보이는 것에 관심이 있을 뿐이지 추상적 논의에는 관심이 없다.

눈에 보이는 것에만 가치를 두는 성향은 남을 의식하는 풍조를 낳았다. 내 눈에 보이는 것은 남의 눈에도 보일 뿐 아니라 측정 가능하기 때문이다. 아파트 평수도 딱 숫자로 나와 있지 않은가. 35평이 27평보다 크지 않은가. 그렇다면 더 좋은 아파트이고, 더 나은 삶을 누린다고 생각한다. 눈에 보이는 모든 것은 측정할 수 있고 서열을 매길 수 있다. 그리고 그런 것은 모두 비교대상이 된다. 평준화제도를 보아도 이런 성향을 알 수 있다. 고교평준화를 시행하였지만 눈에 보이는 것에

한국인이 지닌 측정과 비교 및 서열화의 심성을 잘 보여주는 대상인 아파트.

만 관심이 있는 현세주의는 진정한 평준화를 용납하지 않는다. 명문고
를 없앴지만 특목고가 그 자리를 대신한 것에 지나지 않았다.

측정과 비교의 강박

왜 이런 현상이 벌어질까? 그것은 이 세계가 전부이기 때문이다.
만약 저 세계가 한국문화의 중심에 있다면 모든 것은 눈에 보이지 않
는 것을 기준으로 평가될 것이다. 수양을 어느 정도 쌓았는지 덕을 어
느 정도 베풀었는지 그리고 어느 수준의 깨달음인지에 따라서 저 세계
와 얼마나 가까이 있는지가 평가될 것이다. 이런 평가는 한국에서는
찾아보기 힘들다. 눈에 보이는 것에만 관심이 있다면 측정과 서열은
자연스러운 것이다. 한국에서 '왜 소형 자동차가 잘 팔리지 않는가?'

하는 물음이 있다. 국토도 좁고 사람도 많고 도로도 넓다고 할 수 없는데 왜 중형 자동차가 대세인가에 대해 과시욕, 체면중시 등을 말한다. 물론 수긍할 수 있는 분석이다. 하지만 왜 과시욕, 체면중시가 생겼는가를 묻는다면 조선의 주자학, 군사문화 등을 말한다. 과연 그럴까?

과시욕, 체면중시 밑에는 눈에 보이는 것만이 가치있다는 믿음과, 측정과 비교를 하는 성향이 자리잡고 있다. 학벌을 예로 들어보자. 한국은 학벌사회라는 비판이 높다. 능력이 아니라 학벌로 사람을 평가한다는 것이다. 나는 그 이유로 능력은 눈에 보이지 않고 측정하기 곤란하지만, 학벌은 눈에 보이고 측정하기 쉽기 때문이라고 생각한다. 자동차와 마찬가지이다. 2000cc, 1300cc, 측정하기 편하지 않은가. 통장의 잔고는 측정하기 쉽지만 남에게 보이기는 어렵다는 점에서 집보다는 선호도에서 뒤진다.

성형수술이 한국에서 인기있는 것도 눈에 보이는 것만 믿는 현세주의의 영향 때문일 것이다. 인격이나 능력은 포착하기 힘들다. 눈에 쉽게 보이지 않는다. 하지만 얼굴이나 몸매는 아무 생각 없이 보아도 한눈에 들어온다. 그 사람의 영혼이 어떤지에 대한 관심은 별로 없이 얼굴이나 몸매로 사람을 판단하게 된다. 살림살이가 썩 좋지 않은 사람들도 돈을 모아 성형수술을 받는다. 쌍꺼풀을 하고 코를 세운다. 자기만족이고 자신감을 갖게 된다고 말은 하지만, 그 저변에는 눈에 보이는 것만 믿는 현세주의가 있다. 이승보다 저승이 더 중요하고 육신보다 영혼이 더 중요하다면 썩어 없어질 육신에 왜 칼을 대겠는가. 저승보다는 이승이 중요하고, 이승에서도 눈에 보이는 것이 눈에 보이지 않는 것보다 중요하기에 성형수술은 한국에서 성업중이다. 또 성형수술은 젊어 보이려고 하는 목적도 있는데, 한국에서도 이제는 젊어 보이는 것이 미덕인 시대가 되었기 때문이다. 예전에는 일부러 나이가 있는 척하기도 했으나 현세주의라면 젊음이 미덕이 된다. 지는 해 잡을 수 없어 슬픈 것처럼 이 세상이 전부라면 이 세상을 사는 동안 젊게 살고픈 것이 기본 욕망이기 때문이다. 이승을 저승에 가기 위한 단계로 여기는 문화라면, 젊게 보이려고 돈을 들여 수술하는 것은 우스꽝스러운 일이 될 것이다. 하지만 이승이 전부라면, 악착같이 젊음을 붙잡아야 하지 않겠는가.

4. 나름 합리적이다

이승밖에 없다는 현세주의의 장점은 무엇인가? 두 가지를 들 수 있다. 하나는 나름 합리적이라는 것이다. 현세주의자는 이승이 전부이기 때문에 이 세상에서 최대한 자신에게 이익이 되는 방향으로 행위한다. 종교적 고행이나 생애를 바치는 순례를 찾기 힘들고, 합리적으로 세상일을 해결하려는 점이 긍정적이라고 할 수 있다. 여기에서 합리적이라는 것은 상황에 따라 최대의 행복을 추구하는 자세를 말한다. 조선시대의 백성은 게을렀던 것 같다. 특히 구한말에는 매우 게을렀던 것으로 보이는데, 이것을 비난할 수도 있으나 다른 측면에서 보면 나름 합리적이다. 양반의 착취가 심하고 아무리 일해봐야 자신에게 돌아올 것이 없는 구조라면 게으름을 피우는 것이 합리적 선택이 될 것이다.

상황에 따른 최대의 행복추구

하지만 구조가 바뀌어 일하는 대로 자신에게 이익이 된다면 밤낮을 가리지 않고 일하는 것이 합리적일 것이다. 해방 후 한국의 모습이 바로 이런 합리적 선택의 결과이다. 북한에도 이런 모습이 있는 것 같다. 사회주의를 표방하고 일을 열심히하면 모두가 평등하게 잘살 수 있다는 믿음이 효과가 있을 때에는 열심히 일을 했고 성과를 거뒀다. 하지만 사회주의와 폐쇄정책이 더이상 인민들에게 식량을 줄 수 없다는 것이 증명된 후에는 모두가 자신의 식량을 구하기 위해 눈물겹게 노력하고 있다. 만약 한국이 이슬람이나 힌두교 국가였다면 가난은 극복해야 할 대상이 아니었을 것이다. 신에게 가는 고행의 길이 오히려 축복인 문화로 보자면, 밤을 밝히면서 일하거나 하루 5시간 정도 자는 시간을 제외하고는 입시공부에 매달리는 한국의 모습은 분명 기이할 것이다. 왜 꼭 32평 아파트로 가야만 하고 일류대학을 나와야만 하는가? 신의 목소리를 듣고자 히말라야 산기슭에서 가만히 앉아 명상에 잠기는 것이 훨씬 더 의미있는 일이 아닐까. 하지만 현세주의의 장점은 현실에 나름 합리적으로 대처하면서도 최대한 행복해지려 노력한다는 것이다. 이것은 두번째 장점인 경제개발에 큰 도움이 된다는 것으로 연결된다.*

---

* "신(God)과 마몬(Mammon, 신약성경에 나오는 부의 신)이 싸우면, 대체로 마몬이 이긴

압축적 경제개발의 동력

현세주의를 택하는 나라는 보통 경제개발에 성공한다. 일본, 한국, 중국이 그 사례가 될 것이다. 세 나라는 시차만 있을 뿐 경제개발에 성공을 거뒀거나 거두고 있는 나라다. 주어진 세상이, 이 세상이 전부라면 물질적으로 풍요한 것이 더 좋다. 풍요로운 삶이 행복을 가져다줄 가능성이 훨씬 더 높고, 행복한 삶은 바람직한 것이다. 이에 반해 신의 나라를 꿈꾸는 사람들에게 물질적 풍요는 영혼의 고결성에 대한 위협이고 신에게서 멀어지는 타락일 뿐이다. 한국은 현세주의를 택함으로써 경제발전에 성공할 수 있었다. 이런 면에서 보자면 한국의 앞날은 밝다고 할 수 있다. 물론 부침이 있겠지만 현세주의를 버리지 않는 한 경제적 발전을 지속할 것으로 본다. 그것은 시장경제와 민주주의라는 두 버팀목을 이미 마련한 상황이기 때문이다. 이런 상황에서의 현세주의는 개개인이 스스로 노력하고 애쓰는 흐름으로 갈 수밖에 없다. 조선시대와 같은 지주제도가 도입된다면 또다시 게을러질 가능성이 있지만, 현세주의를 버리지 않는 한 후퇴하는 일은 없을 것이다.

다." 미국의 시사월간지 『어틀랜틱 먼슬리』는 최신호(3월호)에서 세계 44개국의 국민소득과 종교적 신앙심의 관계를 조사한 퓨리서치센터 보고서를 인용해, "종교의 힘이 강한 나라일수록 가난하고, 1인당 국민소득이 높아질수록 종교의 영향력이 줄어든다"고 보고했다. 잡지는 또 "9·11테러 이후 종교의 영향력이 다시 부활한 것처럼 보이지만, 실제로는 많은 나라에서 소득증가와 함께 세속화 경향이 뚜렷하다"고 분석했다. (조선일보 2008.2.21)

억척스러운 한국인, 의지의 한국인이라는 표현은 현세주의의 긍정적인 면을 잘 나타낸다. 자신의 노력으로 자신의 삶을 개척하고 성공할 수 있다면 얼마든지 열심히 노력할 자세가 되어 있고, 또 실제로 노력하는 사람들이라는 뜻이기에 그렇다. 나름의 합리성과 경제발전의 원동력이 된다는 긍정적인 면과 함께 현세주의는 조급성과 결과주의라는 부정적 측면도 갖는다.

5. 축적이 없다

중국집에 가서 앉자마자 자장면을 시키고, 빨리 안 나온다고 성화를 부리는 한국인에 대해서는 그동안 많은 사람들이 언급했다. 서울의 교통을 보라. 앞다투어 성급히 가느라 질서가 엉망이라고 비판하는 말 또한 너무 흔하다. 분명히 부정적인 면이다. 하지만 조금 다른 각도에서 볼 수도 있다. 빨리빨리 현상은 나름 합리적이라는 것이다. 생존이 문제가 되었던 시대에는 남보다 한발이라도 빨리 움직여야 먹고 살 수 있었기 때문에 빨리빨리하는 것은 합리적인 대응이었다. 생존을 해결한 후의 생활의 시대까지 빨리빨리는 남아 있었지만, 행복과 의미의 시대에 빨리빨리는 일반적인 현상이 아니다. 이제 사람들은 줄을 서고 새치기하는 사람은 거의 없다. 동사무소에서도 급행료를 내는 시대가 아니다. 예약이 정착되어가고 있으며 식당에 가서도 기다리는 것이 보통이다. 요즘에는 중국집에서 자장면 빨리 달라고 소리치는 사람을 보기 힘들다. 환경이 변했기 때문에 사람들은 나름의 합리적 대응을 하고 있다. 이런 점에서 빨리빨리가 한국문화의 특징 중 하나라고 할 수 없다.

죽으면 끝, 그러니 여기서 '빨리빨리'

그렇다면 현세주의의 단점인 조급성은 어떤 뜻인가? 마음에 평안이 없고 장기계획에 약하다는 뜻이다. 현세주의는 한마디로 닫힌 세계관이다. 이승은 저승으로 연결되어 있지 않다. 죽으면 그것으로 끝이다. 따라서 생몰에 갇힌 세계이다. 이런 세계관에서 마음의 평안을 찾기란 쉽지 않다. 지금 이 시간 이곳에서 결정나지 않으면 안될 것 같은 압박감이 언제나 함께하기 때문이다. 억울한 일은 당하면 바로 풀어야 한다. 저 세상은 존재하지 않으므로 이곳에서 해결해야만 한다는 절박감이 늘 존재한다. 그리고 때때로 좌절이 깊을 경우 자살이라는 형태로 표출되기도 한다. 저승이 이승의 일부로 존재하거나 저승이 이승보다 더 진실된 세계라면 한국인들의 스트레스는 상당 부분 감소할 것이다. 흔히 홧병이라고 불리는 한국적 현상은 조급성이 가져다준 것이다. 지금 여기에서 해결되어야 하는데 해결이 안되면 마음이 급해지고 마음의 병이 홧병으로 도진다. 홧병을 한국 특유의 병이라고 하는 것은 한국의 정신세계, 한국문화와 관련이 있다는 말이다. 짧은 인생에서 할 일은 많고 해야 할 일도 많은데 생각대로 되지 않는다. 설상가상으로 억울하고 기막힌 일들이 생긴다면 홧병이 안 생길 수가 없다. 즉 조급성이란 특정한 행동을 두고 하는 말이 아닌 것이다. 마음의 상태를 일컫는 말이다. 이승이 아니라면 저승에서, 지금 아니면 20년 후에. 이런 마음가짐이 어렵다는 것이다.

현세주의가 반드시 조급성이란 단점을 동반하는 것은 아니다. 현세에서 모든 것이 이루어진다고 할 때 대기만성의 자세로 천천히 그리고 꾸준히 행위하는 것이 오히려 이롭다는 것을 깨닫게 된다면 조급성은 사라질 것이다. 중국인이 현세주의를 택하면서도 '만만디(慢慢地)'로 행위하는 것은 이 경우에 해당될 것이다. 하지만 중국에서도 빨리빨리가 유행하기 시작했다고 한다. 사적 재산이 허용되고 경제발전의 틀이 잡히면서 빨리빨리하는 것이 이익을 증대시킨다는 것을 알게 되었기 때문일 것이다. 한국인의 조급성도 상황의 산물일 뿐이다. 사회가 산업화에서 민주화를 거쳐 선진화로 나아가고 있는 이 시기에는 생존을 위해 빨리빨리 행위하던 습관은 사라지고 있다. 장기적 관점에서 일을 꾀해야 이익이 되는 시대가 오고 있는 것이다.

느긋함의 패러다임이 온다

하지만 한국에서 장기계획을 시행하는 것은 아직 어렵다. 교육이 백년대계라고 기회 있을 때마다 외치지만 1년 앞을 내다보지 못하는 것이 현실이다. 정부가 '2030 플랜'을 발표해도 그거야 그때 가봐야 아는 것 아니냐는 냉소적 반응이 돌아올 뿐이다. 내일을 알 수 없다. 내일 일은 내일이 돼봐야 안다는 사고방식이 널리 유포되어 있는 것이 현실이다. 하지만 이제는 장기계획이 필요한 때이다. 사회는 자리를 잡아가고 있으며, 제도도 필요한 만큼은 마련되었다. 그때그때의 대응

책이 유용하지 않다는 것도 하나씩 증명되고 있다. 따라서 현세주의가 갖고 있는 장기계획의 부재라는 단점은 다소의 시간이 걸릴 뿐 점차 사라질 것으로 보인다.

현세주의가 이 세상이 전부라고 여기는 믿음이라면, 이 세상에는 크게 보아서 인간과 자연이 존재한다고 할 수 있다. 물론 인간중심적 분류이긴 하지만 자연스러워 보인다. 현세주의는 이 세상에 존재하는 인간과 자연 모두에게 가치를 둔다. 왜냐하면 저 세상은 존재하지 않고 이 세상만이 존재하는데, 이 세상은 인간과 자연으로 구성되기 때문이다. 물론 이때 인간은 광범위하게 언급되었다. 인간이 만든 제도, 습속, 건축물 등을 포함하기 때문이다. 다시 말해서 인간과 작품 그리고 자연으로 구성된다는 것이다. 그럼 지금부터 말하고자 하는 인생주의는 무엇을 중시하는가? 인생주의는 이 모두가 아닌 인생 자체를 중시한다. 자연이 아니라 인간을, 인간이 만든 제도나 작품이 아닌 인생을 중시하는 것이다. 신을 중심으로 하는 사회는 결코 인간중심 사회가 될 수 없고, 인간중심이 아니라면 인생주의도 생겨날 수 없다. 하지만 인간중심주의라고 해서 인생주의가 되는 것은 아니다. 그것은 인간의 제도나 인간이 만든 작품에 삶 자체보다 더 큰 가치를 두는 것이 가능하기 때문이다. 한국문화는 자연이나 인간의 제도나 작품이 아닌 인생 자체에 가치를 부여하는 인생주의이다.

제3강

"감각의 즐거움을 좇는다"

인생주의

한국 드라마는 미국 드라마와 어떤 점이 다른가? 이에 대해 한 일간지에, 병원을 배경으로 한 드라마의 내용을 놓고 한국과 미국의 차이를 정리해놓은 것이 있다. 크게 보면 한국 드라마에만 있는 것은 가족, 작가, 스타, 불치병 등이고, 미국 드라마에만 있는 것은 직업, 비밀, 씨즌, 제목 등이라고 한다. 특히 흥미가 느껴지는 가족과 직업을 인용해보자. 먼저 한국 드라마에만 있다는 가족이다.

관계를 중시하는 한국 드라마의 특성상 얽히고설킨 혈연이 적나라하게 드러날 수밖에 없다. 한국 드라마에서는 3대가 함께 사는 가정도 많이 등장하지만 미국 드라마에서는 부부와 한두 명 자녀로 끝이다. 양국의 문화차이도 많이 작용하지만, 주인공의 직업이 드라마의 주축이니까 그의 사생활에 관심을 두지 않는 것 같다.[25]

이에 반해 직업은 미국 드라마의 특징이라고 한다. 우리나라는 병원을 배경으로 해도 의사, 간호사들이 연애하는 장면이 대부분이지만 미국 드라마는 다르다. 어떤 직업을 다뤄도 전문가가 봐도 납득이 갈 정도로 실제적 장면으로 일관한다. 「CSI」「그레이 아나토미」「ER」은 물론이고, 성형외과 의사를 주인공으로 내세운 「닙턱」 같은 씨리즈의 섬뜩하고 세밀한 직업 묘사는 정말 놀랍다.

실제로 한국 드라마를 보면 직업이나 일은 연애나 가족 이야기를 하기 위한 배경이나 도구로서 놓이는 것 같다. 다시 말해서 직업이나 일은 사람들의 이야기를 위한 장치일 뿐이다. 연애가 어떻게 될 것이며, 가족간의 비밀은 언제 밝혀질 것인가에 관심이 간다. 직업으로서 일이 정교하게 사실적으로 다뤄져야 한다는 주문은 별로 없다. 드라마를 보면 한국 회사에는 온통 연애사뿐이고, 경찰서의 형사도 한가하게 애인과 애정싸움에 골몰한다.

가족과 직업으로 대비되는 한국과 미국 드라마의 특징은 두 문화의 특징이라고 해도 무방하다. 한국은 사람을 중심에 놓으며 사람의 문제 중에서도 직업이나 일이 아닌 삶에 중심을 두는 반면, 미국은 사람의 삶 자체보다는 과제나 성취에 중심을 둔다. 미국을 상징하는 구호는 '아메리칸 드림'이다. 아메리칸 드림은 미국에 와서 열심히 노력하면 스스로의 힘으로 성공할 수 있다는 뜻인데, 미국인의 가치관 중심에 사회적 성공이 자리하고 있다는 점도 알 수 있다. 하지만 한국에서는 사회적 성공도 중요하지만 삶 자체가 더 중요하다. 한국에서 건강보조식품이 이해할 수 없을 정도로 많이 팔리는 것도 건강을 잃으면 모든 것을 잃는다는 믿음에 기초한 것이다. 삶이란 생명을 유지하는 한 의미가 있는 것이다. 생명이 끊기거나 건강을 잃게 되면 세상의 부귀영화가 다 무슨 소용이 있겠는가! 이런 식의 사유는 현세주의의 영향으로 유독 한국에서 영향력이 크다. 지금 당장 생을 마치더라도 자신이 해놓은 일들이 자신보다 더 중요하다는 생각을 하는 한국사람은 많지 않을 것이다. 성공도 중요하고 성취도 중요하지만, 그보다 더 중요한 것은 삶 자체이다. 삶을 지탱하기 위해서는 건강이 충분조건은 아니지만 필수조건이다. 따라서 건강을 지키고 증진하는 데 일단 진력을 다해야 한다. 다시 말해서 일을 하기 위해 건강을 지키는 것이 아니라 삶의 쾌락을 즐기기 위해 건강을 지키는 것이 인생주의의 한 측면이다. 그렇다면 인생주의는 구체적으로 어떤 특징을 갖는가?

1. 인간이 아니라 인생이다

서양은 오랫동안 신 중심에서 벗어나기 위해 싸웠다. 휴머니즘이란 말은 인간이 중심이라는 선언이다. 르네쌍스 시기부터 본격화된 신으로부터의 독립은 꽤 많은 댓가를 치르고 나서야 인간중심의 사회가 되었다. 하지만 한국의 인생주의는 서양의 휴머니즘과는 다른 말이라고 할 수 있다. 휴머니즘이 신보다 사람이 중심이라는 뜻이라면, 인생주의는 사회적 제도나 법보다는 사람이 더 소중하며 사회적 성취나 성공보다는 삶의 쾌락이 더 귀중하다는 뜻이다.

휴머니즘과 인생주의의 차이

우선 인간이 신보다 중요하다는 점부터 말해보자. 한국인은 교회에 열심히 다니고, 절에 가서 지성으로 절을 해도 초월적 세계관을 갖고 있지는 않다. 이 점은 앞서 한국문화가 현세주의라는 점을 밝히면서 이미 논한 바 있다. 그렇다면 동물이나 식물을 포함하는 환경보다 사람을 중하게 여기는 점을 생각해보자. 현세주의를 옹호한다면 이 세상이 모두이기 때문에, 즉 저 세상은 없기 때문에 지금 이 세계에 존재하는 모든 것을 다 소중히 여겨야 할 것이다. 눈에 보이는 이 세계가 전부라면 돌부리, 풀 한포기라도 인간과 동등한 가치를 지녀야 할 것이다. 유독 인간만 특권을 누릴 이유는 없을 것이다. 그런데 한국에서는 인간중심주의가 강하게 작동하고 있다. 개고기를 예로 들어보자. 꽤 많은 사람들이 애완견을 키우면서 개를 가족의 일원으로 받아들인다. 하지만 동시에 꽤 많은 사람들이 개고기를 맛있게 먹고 있다. 어떻게 이런 일이 가능한가? 개고기를 먹는 것에 대해서 외국의 항의가 있으면, 개고기는 전통음식이며 문화는 상대적이기 때문에 간섭하지 말라고 하면서, 당신들은 말고기를 먹지 않느냐고 반문한다. 또한 식용 개와 애완용 개를 구별하면 문제가 없다고도 한다. 그런데 재미있는 것은 애완견을 키우는 사람들이 대대적으로 그리고 열정적으로 개고기를 먹지 말라는 운동을 벌이지 않는다는 것이다. 식용 개와 애완용 개의 차이를 받아들이는 것인가. 식용과 애완용의 차이를 받아들이는 것은 지극히 인간중심적 관점에서 비롯된 것이다. 개가 식용과 애완용으로 분류되는 것은 오로지 인간의 관점에 의해서이다. 이런 점에서 보면 한국인들은 인간중심주의적 태도를 갖고 있다. 인간적이라는 따뜻한 어감을 지닌다면 좋은 뜻이 되겠지만, 인간중심주의라는 것은 인간적이라는 것과 전혀 다른 뜻이다. 식물도 고통을 느끼고 생각한다는 연구보고가 등장하고 있는 것은 인간중심주의에 대한 교정이라고 볼 수 있다. 인간만이, 인간만을 위한, 그리고 인간만의 시각에서 보는 인간중심주의는 현세주의에서도 편협한 쪽에 속한다. 만물은 평등한 위치에서 서로를 필요로 한다는 사고방식이 훨씬 더 폭넓고 풍요한 현세주의라고 할 수 있다.

인간중심주의는 한국문화에 존재한다. 한국의 아파트 개발을 보면 환경이나 자연에 대한 배려는 기본적으로 결여되어 있다. 논 한가운데 아파트가 들어선다. 산을 흉하게 깎아내 아파트를 높이 올린다. 한국이 땅에 비해 택지가 부족하기 때문에 고층아파트를 세운다는 것은 일본과 비교해보면 설득력이 없다. 일본도 인구밀도가 높지만, 한국처럼 아파트 공화국은 되지 않았다. 한국인들은 환경에 둔감하고 개발에 민감하다. 그것이 돈이 된다면 문화재나 자연경관이나 생태계는 문제되지 않는다. 다 사람이 살려고 한다는 명분을 내세워 사람을 제외한 것들을 별 부담 없이 파괴한다. 인간중심주의는 주변의 환경을 파괴할 수밖에 없다.

제도보다 감정이 우선하는 사회

그렇다면 인생주의는 인간중심주의와 무엇이 다른가? 앞서 말했듯이 인생주의는 사회제도나 법보다 인생을 중히 여긴다. 한국사람들에게 제도는 부차적인 것이다. 판사가 법에 의해 판결을 내렸어도 일반인이 보기에 조금 가혹하다고 판단이 되면, 그 판사에게 비난이 쏟아진다. 그 판사는 부모자식도 없느냐는 둥, 눈물도 없는 인간이라는 둥 온갖 비난이 빗발친다. 한국에서 가장 엄한 법이 국민정서법이라고 한다. 실정법이 가장 엄한 법이어야 하지만 한국인들은 사회제도인 법을 그리 떠받들지 않는다. 그보다 더 근본적인 것은 인간적인 감정인 것이다. 그런데 인간적인 감정은 부정적인 면도 많이 갖고 있다. 남이 자신보다는 낫다는 것을 인정하기 싫어하는 심리도 그중 하나이다. 즉 사촌이 땅을 사면 배가 아픈 것이다. 이런 모습이 인생주의의 한 면이다. 인간중심주의라도 미국처럼 감정보다 제도가 우위에 있음을 인정할 수 있는데, 한국은 제도보다는 감정이 우선한다. 법치주의로 나아가야 선진국이 될 수 있다는 주장이 자주 나오고 있으나 정착하기는 힘들 것이다. 물론 지금보다는 법치주의가 확대될 것이다. 하지만 법보다 인간, 인간보다 인생을 중시하는 한국에서는 법치주의는 보조장치에 머무를 가능성이 크다.

인생주의는 제도보다 감정을 중시함과 동시에 사회적 성공보다는 삶의 쾌락을 더 중히 여긴다. 이런 점은 린 위탕(林語堂)이 『생활의 발견』에서 이미 설파했는데, 비록 그가 중국인의 삶에 대해서 논했다 해도 한국에도 잘 적용된다. 책제목이 많은 것을 말해주는데 원제 'The

Importance of Living'은 '삶의 중요함'으로 번역될 수 있다. 즉 중요한 것은 성공이나 재산이나 권력이나 원리탐구가 아닌 삶 자체라는 주장이다. 예를 들어, 물고기를 보고 어떤 원리로 물고기는 물속에서 저렇게 자유롭게 움직이는가에 관심을 갖기보다는 어떻게 요리를 하면 더 맛있을까를 궁리한다는 것이다. 항상 먹고 마시고 노는 데 관심이 있다. 한국인에게서 청교도적인 경건함이나 초월적 세계에 대한 긴장감은 찾아보기 힘들다. 요즘 이공계를 기피하고 있다는 기사가 잇따르고 있다. 그리고 그 원인으로, 이공계가 경상계에 비해 승진이 어렵고, 사회적으로 대접을 못 받기 때문이라고 말한다. 그런 점도 있겠지만 원래 한국인들은 눈에 보이는 것 너머에 존재한다고 믿어지는 원리발견에 별 관심이 없기 때문이 아닐까 한다. 이런 점은 기초과학이 특히 인기가 없는 것으로도 알 수 있다. 인문학도 기초적 분야는 역시 인기가 없다. 스포츠도 마찬가지 아닌가. 생존이나 생활의 시대에는 취향을 따질 겨를이 없었던 것이다. 돈이 되고 사회적 지위를 확보할 수 있다면 이공계도 좋았던 것이다. 하지만 행복과 의미추구에 들어선 지금 구태여 취향에 맞지 않는 이공계를 택할 이유가 있을까? 같은 이과라도 의과대의 경쟁이 사상 최고인 것만 봐도 사람들이 전에 이공계를 택한 것은 실용적 목적 때문이라는 것을 알 수 있다. 지금도 여전히 의사는 돈이 되는 직업으로 인식되고 있기 때문이다. 하지만 의사가 돈이 되는 직업이 아닌 시기가 오면, 의사를 지망하는 사람은 대폭 줄어들 것이다. 지금 이공계가 처한 상황과 별로 다르지 않게 될 것이다.

2. 일을 위해 죽지 않는다

어려서부터 일본에 대해 들은 말 중에 이런 것이 있다. 일본사람들은 회사에 위기가 닥치면, 구체적으로 사장이 곤란한 입장에 놓이면, 부하직원이 자살을 함으로써 사건을 종결시킨다는 것이다. 국회의원이나 장관이 법적인 문제로 곤경에 처하면 비서가 자살을 하는 경우가 실제로 종종 있었다. 이런 현상을 두고 일본에는 조직을 위해 개인이 기꺼이 희생하는 문화가 존재한다고 한다. 그럴지도 모르겠다. 이런 일은 한국에서 찾아보기 힘들다. 한국에서는 일이 터지면 보통은 서로 책임을 떠넘긴다. 자살이라는 극단적인 방법을 택하는 일이 드문 이유는, 아마도 일이나 조직보다 자신의 인생을 소중히 여기기 때문일 것이다. 즉 회사의 일이나 회사 자체도 자신의 인생을 위해 존재하는 것이지 회사가 자신의 인생을 넘어서는 초월적 존재는 아니라는 것이다. 영속하는 것은 아무것도 없다. 모두 현세에서 존재하다 사라진다. 따라서 인생을 즐기면 되는 것이다. 이런 믿음체계가 작동하고 있다는 것이다. 이 점은 상당히 진지하게 다뤄져야 한다. 흔히 한국문화의 약점으로 지적되기 때문이다.

거대 건축물이 없는 이유, 가업이 드문 까닭

한국을 찾는 관광객들은 볼 것이 없다는 말을 흔히 한다. 거대한 건축물이나 옛 도시의 향취를 느낄 수 있는 문화재가 별로 없다는 것이다. 그러면 우리는 일본의 약탈과 전쟁의 처참함에 대해 말하곤 한다. 과연 그것이 전부일까? 일본은 전쟁을 겪었는데도 왜 문화재가 많이 남아 있을까? 우리가 잘 아는 호오류우사(法隆寺)도 화재로 소실된 것을 복원한 것이다. 일본의 많은 문화재는 복원된 것이다. 원형 그대로 지금까지 남아 있는 것은 많지 않다. 일본은 끊임없는 내전에 시달렸고, 수많은 전투가 있었다. 문제는 건축물에 대해 어떤 태도를 갖고 있느냐이다. 한국인은 건축물에 대해 크게 애착을 갖고 있지 않다. 토목공사를 일으키는 것 자체에 대해 정서적으로 거부감부터 갖는 것이다. 장대한 건축을 해보아야 인생이 더 행복해지는 것은 아니다. 꼭 해야 하는가? 중요한 것은 삶인데, 그런 것들이 오히려 삶에 방해가 되는 것은 아닌가? 이런 자세는 건축물에만 한정되지 않는다. 건축이라는 인공물뿐만 아니라 가업(家業)에도 적용된다.

한국에서 가업을 3대에 걸쳐 잇는 집을 보기는 매우 어렵다. 사회가 불안정했기 때문이라고 하는데, 물론 일리가 있다. 하지만 가업 자체를 중히 여기지 않는 삶의 양식이 더 큰 이유라고 생각한다. 이 점은 일본과 비교하면 쉽게 이해할 수 있다. 일본에서는 가업을 잇기 위해 자식이 있다 하더라도 재능이 뛰어난 양자를 들이는 일이 종종 있었다고 한다. 가업이 우선인 것이다. 자식의 재능이 모자람을 아쉽게 여기지만, 그렇다고 해서 자식이 가업보다 더 소중한 것은 아니다. 하지만 한국에서는 자식이라는 이유만으로 가업을 물려받는다. 물론 이런 경우는 장인(匠人)의 세계가 아니라 돈이 되는 기업의 경우이다. 가업이나 회사보다 자식의 인생 그리고 부모의 인생이 우선한다. 한국에 부족한 것이 '장인정신'이라고 흔히 말한다. 일생을 바쳐 한 분야에 정진하여 일가를 이루는 사람이 별로 없다는 것이다. 나도 이 점을 늘 아쉽게 생각해왔다. 하지만 인생주의의 관점에서 보면 한 분야에 일생을 바치는 것이 과연 즐거운 인생인지는 의심의 여지가 있다. 그런 인생이 즐겁다면 무방하지만, 그렇지 않다면 굳이 그렇게 살 필요는 없는 것이다. 흔히 한국의 공무원은 놀고 먹는다고 한다. 한국에서 공무원이 된다는 것은 사(私)보다 공(公)을 앞세우는 국가공무원이 되었다는 의미보다는 취업을 했다는 의미가 훨씬 강하다. 조직의 일원이 되어서 그에 따른 역할을 다해야 한다는 것보다는, 취업을 했으니 직장인으로서 어떻게 행동하느냐가 더 중요하다. 왜냐하면 그것이 훨씬 더 인생에 도움이 되기 때문이다. 대학교수도 마찬가지이다. 연구에 혼신을 다해야 하는 것이 본분이지만, 그보다는 교수라는 직업을 얻었다는 데 만족한다. 학문이라는 업보다는 교수라는 자리에 훨씬 더 관심이 많다.* 이런 일이 흔하다 보니 어떤 대학에서는 직원들이 교수와 거의 동등한 봉급을 받고 있음에도 불구하고 안식년을 요구한다는 이야기를 들은 적이 있다. 자연스러운 현상이다. 직장동료로서 하는 일이 별로 다르지 않고, 일보다는 인생에 치중하는 분위기에서 있음직한 일이다.

---

* 동아일보(2008.1.15)에 의하면 2001~2006년에 제출된 논문을 분석한 결과, 정교수의 71%가 3년간 논문을 한 편도 안 썼다고 한다.

일보다 인생, 즐거움을 찾아서

한동안 '신바람 이론'이 득세한 적이 있었다. 한국사람은 신바람이 나야 일을 잘한다는 이론으로, 신바람나는 환경을 조성하자는 취지로 보였다. 신바람의 배경에 샤머니즘이 있다는 주장도 나왔다. 신명이 나야 일한다는 것이다. 이런 주장도 일리가 있겠으나, 거꾸로 보면 신바람이 나야 일을 잘한다는 것은 평소에는 일에 관심이 없다는 뜻이 될 것이다. 기분에 맞으면 일을 잘하고, 기분에 안 맞으면 일을 잘하지 않는다는 뜻으로 해석되기 때문이다. 이런 식이라면 좋은 제품을 만들기 곤란할 것이다. 이제 한국사람들도 일이 인생에서 중요하다는 것을 인식하기 시작했다. 일이 단순히 생계수단에 그치는 것이 아니라 그 이상이라는 것을 알기 시작한 것이다. 따라서 신바람이라든가 신명이라는 말은 유효기간을 다했다고 할 수 있다. 신바람나게 일하는 것이 아니라 조직적으로 철저히 꾸준히 해야 능률이 오르고 결국에는 인생에 도움이 된다는 것을 서로가 알게 되었기 때문이다. 그렇다고 해서 인생을 일보다 우선시하는 자세가 근본적으로 바뀐 것은 아니다. 근무시간보다는 퇴근 후 한잔이 더 좋아 직장생활을 하는 사람도 여전히 많기 때문이다. 한국의 밤풍경은 흥미롭다. 퇴근 후 곧바로 집에 가는 사람은 많지 않다. 미국이나 일본의 밤은 보기에도 어둡다. 대부분의 사람이 집에 있기 때문이다. 하지만 한국사람들은 밤에 거리에 많이 있다. 밤문화는 일이 아닌 인생을 위한 시간이기 때문이다.

일본은 제품이 좋고 한국은 사람이 좋다는 말을 들은 적이 있다. 제품에 관한 한 일본이 제일이라고 하는 것은, 일본인은 일을 인생보

소란과 난장에 내재한 역동성은 인생주의에서 비롯된다.

다 우선시하기 때문으로 생각된다. 혼을 불어넣는 자세가 지금의 일본을 있게 한 원동력 중 하나일 것이다. 하지만 일본사람들은 그리 재미있지 않다. 조금은 답답할 정도로 꼼꼼하며 마음을 확 열고 대화를 하거나 즐기는 것 같지 않다. 하지만 한국사람들은 일은 대충대충 하는 면이 있지만 인생을 즐기는 데는 아주 능숙하다. 밤낮을 가리지 않고 활기찬 거리, 언제나 시끌벅적한 노래방, 싸우는 소리가 가끔씩 들리는 식당, 소란한 지하철과 버스. 이 모든 것이 한국의 역동성의 표현이다. 이 역동성은 인생주의에서 나온다. 인생을 즐겁게 살자. 일보다 인생이 중요하다. 인생이 일, 회사, 가업보다 소중한 것이라면 인생을 즐기자는 결론이 나온다. 한번뿐인 인생, 그리고 이 세상이 다인데 즐겁게 사는 것이 합리적이라고 생각하기 때문이다.

3. 감각적 즐거움을 추구한다

음식이 한국의 경쟁력있는 아이템으로 떠오르고 있다. 토오꾜오만 해도 지금은 한국식당이 심심치 않게 있다. 값이 비교적 비싼데도 손님의 대부분은 일본인이다. 매운 음식들이 한국에서보다 더 인기가 좋다. 비빔밥 외에는 경쟁력이 없을 것이라는 예측은 빗나가고 있다. 나는 한국음식이 경쟁력이 있다고 생각한다. 먹는 것에 관한 한 한국인이 세계에서 최고 수준이라고 생각하기 때문이다. 한국음식에는 여러 가지 맛이 있다. 중국음식은 간편성 덕에 세계적인 음식이 되었지만 맛은 몇가지 안된다. 즉 맛이 다양하지 않다는 말이다. 그럼 일본음식은 어떠한가. 일본음식은 생선회와 초밥으로 대표되는데, 맛보다는 활어를 손쉽게 먹을 수 있게 한 덕에 유명해졌다고 생각한다. 하지만 한국음식은 간편성이나 독특한 재료 덕이 아니라 음식 자체의 맛 때문에 앞으로 더욱더 세계적인 음식으로 자리잡을 것으로 예상된다. 한국음식은 접하기가 힘들다. 즉 간편성과 편리성에서 뒤지기 때문에 소개 자체가 쉽지 않다. 손이 많이 가기 때문이다. 게다가 과거에는 소개를 할 수 있을 만한 여건이 마련되어 있지 않았지만, 지금은 경제발전과 세계진출의 활성화로 한국음식이 세계에 소개되기 시작했고 반응이 좋은 편이다. 한국음식이 경쟁력이 있는 원인 중 하나는 한국사람들이 음식에 목숨을 걸 정도로 관심이 많기 때문이다. 현세주의와 인생주의가 결합하여 감각적 즐거움을 낳았다.

한국음식의 경쟁력, 이유가 있다

이 세상밖에 없다면 저 세상은 우선순위에서 밀려난다. 그리고 일이나 작품보다 인생이 더 소중하다면, 이 세상에서 즐겁게 사는 것이 중요하게 된다. 여기에서 두 가지를 주목해보자. 하나는, 즐겁게 사는 것과 의미있게 사는 것의 구분이다. 이 세상이 전부이고, 인생이 가장 소중하다고 해서 즐거운 인생을 살아야 한다는 결론이 나오는 것은 물론 아니다. 의미있는 인생을 살아야 한다는 결론이 나올 수도 있다. 남을 돕고 세상을 이롭게 하는 것에서 의미를 찾을 수도 있는 것이다. 하지만 아직은 의미를 추구하는 인생이 대중적이지 않아 보인다.* 즉 대중성이란 기준으로 보자면 의미있는 인생보다는 즐거운 인생이 다수라는 뜻이다. 그리고 뒤에 살펴보겠지만 한국인은 의미에 관해서는 허무주의가 다수라고 생각한다. 한국사람들은 어디에서 무엇을 먹었는데 맛이 끝내주었다든가, 어디에서 무엇을 보았는데 진짜 절경이었다든가 하는 것을 화제에 올리는 일이 흔하다. 물론 기부라든가 선행은 당연히 칭송받는다. 또한 불굴의 의지로 목표를 달성한 사람도 존경을 받지만, 사람들은 돌아서면 과연 그 사람이 행복했었는지에 더 큰 관심을 갖는다. 누가 가난을 극복하고 명작을 남기고 죽었다고 하면 칭

---

* 앞서 말한 대로 의미의 시대에 접어들었으나 대중이 공감하는 의미가 아직 등장하지는 않았다. 그리고 뒤에 설명할 허무주의가 바탕에 있는 까닭에 의미의 시대가 확고한 자리를 확보하기 어려운 것이 현실이다. 하지만 의미 탐구를 멈출 수는 없는 상황이다.

찬을 하긴 하지만, 돌아서면 바로 '가족은 무슨 죄냐' '정말 고생이 많았겠다' '좀 이기적이지 않은가' 하는 평가를 내린다. 즉 가족의 인생이 작품 못지않게 소중하게 평가되는 것이다. 작품을 남기는 것이 의미있는 인생임에 틀림없지만, 그로 인해 가족의 인생이 즐겁지 못했다면 평가는 일정 부분 부정적이다.

다른 하나는, 즐거운 인생의 내용이 정신적이냐 감각적이냐의 문제이다. 고대그리스의 에피쿠로스학파는 쾌락주의자였는데, 신중하고 절제된 정신적 쾌락을 추구하였다. 즉 고통을 덜 받을수록 행복하다는 회의적이며 소극적인 태도를 취했다. 일반적으로 감각적 쾌락을 추구하는 것은 비난받는다. 인간은 감각적 쾌락보다는 정신적 가치를 추구해야 한다는 믿음이 널리 퍼져 있기 때문이다. 보통 신적인 것을 숭배하는 문화는 초월적인 정신적 가치를 높이 평가해왔다. 육체는 신적인 것의 반대편에 있는 것으로 인식되었으며, 육체는 정신의 감옥이라고 말해졌다. 한국은 현세주의를 취하고 있기에 초월적 가치가 높이 평가되지는 않는다. 하지만 정신적 가치를 중시하는 분위기는 계속되고 있다. 즉 조선의 선비를 표준으로 하여 한국인이 얼마나 정신적 세계를 중시하는지에 대한 선전이 계속되고 있는 것이다. 주자학의 논쟁을 소개하면서, 한국인이 얼마나 정신적 세계를 심도있게 탐구했는가를 강조한다. 하지만 주자학 논쟁은 현재성에 해당되지 않는다. 서양의 물질문명에 맞서 동양의 정신문화의 우월성을 보여주자는 주장도 이에 속한다. 서양의 과학문명을 반자연적으로 치부하고, 동양의 정신문화를 친자연 혹은 친환경적인 것으로 규정하여 동양이 더 낫다는 것을 입증하려고도 한다. 과연 이런 흐름이 대중적인 것인가? 나는 한국의 대중은 감각적 쾌락을 더 소중히 여긴다고 생각한다.

격식에 얽매이지 않고 해방감을 추구한다

한국에서 이념논쟁은 실제로는 찻잔 속의 태풍에 불과하다. 신문을 장식하는 좌파·우파의 논쟁은 실상은 극소수의 관심사일 뿐이다. 신문을 품위있게 보이기 위해 치장을 하는 것뿐 대중은 이념논쟁에 거의 관심이 없다. 즐거운 인생을 추구하지만 정신적이고 관념적인 것으로 내용을 채우고 싶어하지 않는다. 어려운 이야기는 싫은 것이다.

오감을 만족시키는 쾌락이 한국인이 추구하는 즐거움이다. 한국인은 쾌락을 추구한다. 그것도 감각적인 쾌락을 추구한다. 한번뿐인 인생에서 가장 소중한 것은 감각적 쾌락이다. 보는 것, 만지는 것, 느끼는 것, 맛보는 것, 듣는 것 등에서 즐거움을 찾고 극대화하려 한다. 감각에 호소하는 것을 막는 일은 참으로 힘들다. 예를 들어 전시회나 미술관에 가보면 만지지 말라는 표지가 종종 눈에 띈다. 하지만 한국사람들은 전시물이 유리상자 안에 들어가 있지 않는 한 자신도 모르게 일단 만지고 본다. 유리상자 안에 전시물이 있는 경우에는 유리표면에 손자국이 많이 남아 있다. 외국에 가도 마찬가지이다. 한국사람들이 하도 낙서를 해서 한국말로 낙서하지 말라고 써놓은 곳도 있다고 한다. 또한 한국인은 노래방에서 마이크를 잡으면 좀처럼 놓지 않는다. 음주가무를 즐긴다. 좁은 관광버스 통로에서도 관광버스춤을 추며 막간을 즐기고, 계곡에 앉았다 하면 풀어놓고 먹는다. 길거리에 서서도 먹고 식당에 앉으면 아예 맘먹고 배가 터질 때까지 먹으려 하며, 술을 마시면 내일은 없다는 식으로 통음을 한다. 이런 현상들을 보고 외국인들이 한때는 야만적이라고 했다. 즉 한국인은 게걸스럽게 먹으며 매너에는 관심을 두지 않는다는 것이다. 감자탕 같은 음식을 먹을 때의 모습을 떠올리면 쉽게 알 수 있을 것이다. 미국, 유럽 그리고 일본과는 판이하게 다른 모습임에 틀림없다. 한국인은 양식을 먹을 때 번거로운 격식 탓에 음식맛을 제대로 느끼지 못한다. 그냥 먹으면 되는데 이것저것 신경쓰면서 점잖게 먹어야 한다는 것에 마음이 편하지 않은 것이다. 먹을 때는 먹는 것 그 자체에만 신경쓰면 안되는가. 이것이 바로 감각적 쾌락주의의 주장이다.

본능에 충실한 야성적인 술문화

19세기까지만 해도 서양에서는 클래식 연주회장에서 식사도 하고 떠들기도 하고 아이들도 뛰어놀았다고 한다. 지금과 같은 청중이 탄생한 것은 오래된 일이 아니다. 지금의 감상방식은 무엇인가 부자연스럽고 격식에 치우쳐 본질이 달아날 수도 있지 않을까. 편안한 자세로 가끔씩 떠들면서 야유도 보내면서 들으면 안되나. 집에서는 편안하게 누워서 먹어가며 음악을 듣는데, 왜 비싼 돈 내고 음악회에 가서는 말도 자유롭게 못하는 불편함을 참아야 하는가. 서양이나 일본에서는 마음껏 또는 자유롭게 하지 못하는 것들이 한국에서는 행해진다. 본능에 충실하게 그리고 본질에 충실하게 한국인은 행위한다. 떠들고 싶으면 떠들고 먹고 싶으면 먹고. 그러면서도 공동생활의 큰 틀은 깨지 않는다. 문명 속에서 본능에 가능한 한 충실하게 사는 삶, 그것이 한국의 쾌락주의이다. 외국인들은 요즘 한국은 야만적이 아니라 야성적이라고 말한다.* 야성은 서양인과 일본인들이 잃어버린 것이다. 본능을 좇지만 야만으로 빠지지 않는 상태가 야성이라고 할 수 있다. 이런 야성이 한국의 역동성의 한 부분이다. 선진화 사회는 모든 것이 정비된 사회이다. 야성조차 길들여진다. 순치된 야성은 더이상 야성으로 작동하지 못한다. 질서가 본능을 억눌러 쉽게 행복해지지 못하는 것이다. 야성이 살아 있는 곳이 한국이다.

감각적 쾌락이라는 말은 오해를 부를 수 있다. 즉 정신적 영역과는 전혀 무관한 것으로 오해될 수 있다. 하지만 한국에서는 감각적 즐거움이 지적인 교감을 동반하는 것이 보통이다. 즉 한국인은 혼자 즐기지 않고 함께 즐기는 것이 일반적인데, 함께 즐기려면 정신적 영역이 개입하지 않으면 안된다. 예를 들어 술을 마시는 경우를 보자. 술을 마시면 입 안과 목에 즐거움이 있다. 술이 주는 몽롱함도 쾌락 중 하나이다. 하지만 단지 그뿐만이 아니다. 술을 마실 때 한국인은 보통 혼자 마시지 않고 여러 사람과 어울려서 마신다. 여럿이 어울려 말을 하면서 마시는 것이다. 말이란 지적인 행위이다. 즉 감각적 즐거움과 정신적 해방감이 함께 작동한다는 것이다. 물론 서양인도 술을 마시면서 말을 한다. 하지만 서양인은 대체로 술을 많이 마시지 않는다. 술 한잔 놓고 1시간, 2시간도 이야기한다. 일본인도 과음을 하지 않는 편이다.

* 일본 수도대학 토오꾜오의 정대균 교수가 말해주었다.

술에 취해 비틀거리는 사람을 거리에서 보는 일은 드물다. 하지만 한국인은 마시고 싶은 만큼 마신다. 체면을 차린다거나 주머니 사정을 생각한다거나 취해서 길에서 토하면 어떻게 하나를 걱정하지 않고 마신다. 술을 마신다는 본능에 충실한 것이다. 술이 주는 즐거움의 끝까지 가는 것이 한국의 술마시기 양식이다. 한편으로는 무식해 보이지만, 다른 한편으로는 시원한 것이 한국의 감각적 즐거움이다. 처음에는 이해하기 힘든 만화처럼 보이지만, 한번만 해보면 시원함에 매료되고 만다. 일본인들이 한국에 와서 느끼는 가장 큰 즐거움은 해방감이라고 한다. 마음껏 즐겨라. 서로에게 불편을 끼쳐도 시원하게 즐기는 것이 더 낫지 않는가.

4. 인생은 평등하다

고등학교 평준화가 도마 위에 오른 지 꽤 되었다. 평준화가 경쟁을 가로막고 학력을 저하시킨다는 비판이 줄곧 제기되었다. 한편으로는 평준화로 인해 학교교육이 정상화되었다는 평가도 있다. 한국사회는 유난히 평등이 강조된다. 자유시장경제도 평등을 침해할 요소가 다분하다고 해서 비판받고 있고, 대학 기여입학제도 역시 평등의 원칙에 어긋난다고 비난받는다. 나는 한국사회의 평등주의에 인생은 평등하다는 믿음이 바닥에 깔려 있다고 생각한다. 겉으로는 인간평등, 기회평등을 내세우지만 속으로는 인간이 아니라 인생은 평등하다는 믿음으로 위안을 받고 세상을 관조한다. 옛말에 임금님은 차돌박이를 먹어본 적이 없다고 한다. 소 한 마리를 잡았을 때 나오는 차돌박이 양은 매우 적은데, 그 부위는 소를 잡는 사람이 먹고 다른 부위를 올려보냈다는 것이다. 전문가가 아니고서는 차돌박이를 분별해낼 수 없기에 별 문제가 없었을 것이다. 신분의 차이가 엄연히 존재하는 사회였지만 맛있는 부위는 자신이 먹음으로써 나름 평등을 실천한 것이다. 신분을 평등하게 만드는 것은 어려웠지만 오감을 만족시키는 면에서는 우위를 차지함으로써 평등을 어느정도 실현한 것이라 볼 수 있다. 즉 인간 차별에도 불구하고 인생의 즐거움이란 면에서 평등을 추구한 것이다.

인생의 대차대조표, 평등으로 수지를 맞추다

인생을 구성하는 많은 요소가 있다. 일, 성공, 건강, 자식, 부모, 배우자 등이 그것이다. 이런 요소들은 크게 두 가지로 나눌 수 있다. 하나는 자신의 노력에 의해 성취할 수 있는 것이고, 다른 하나는 자신의 노력보다는 타고나거나 주어지는 것이다. 일이나 성공은 노력에 달린 것이라 말할 수 있지만, 건강, 자식, 부모는 주어지는 것이다. 배우자는 애매한데, 자신의 노력에 의해 정해지는 것처럼 보이지만 실상은 운에 의해 결정된다. 한국인은 노력에 의해 결정되는 것에는 굉장한 열의를 보이고 성공하려고 애쓴다. 하지만 성공은 소수에게만 돌아간다. 그러면 나머지 사람들은 어떻게 하는가? 나머지 사람들은 재빨리 인생주의로 돌아가 평정을 되찾으려 한다. "그 사람은 성공은 했어도 건강하지 못해 일찍 죽었지. 성공하면 뭐 해? 오래 살아야지" 혹은

"그 집 부모는 참 대책없는 사람들이었는데 자식은 다 효자네. 참 인생은 공평해"라고 말하곤 한다. 자신의 노력으로 쟁취할 수 있는 것과 주어지는 것과의 대차대조표를 통해 한국인은 평등을 구한다.

그런데 이보다 더 강한 평등추구가 존재하는데, 그것은 자신만의 내밀한 추억에 의한 것이다. 즉 자신이 기억하는 즐거웠던 순간들이 사회적 성공이나 출세를 상쇄할 만큼 크게 자리잡고 있는 것이다. 한여름 천렵을 가서 먹었던 매운탕과 소주 한잔, 매서운 바람이 몰아치던 겨울밤 호호 불면서 먹었던 고구마, 갑자기 내린 소나기를 피해 몸을 숨긴 처마 밑의 안온함 등 감각적 즐거움으로 가득 찬 기억들이 외적인 모든 좌절을 보상한다. 이런 의미에서 한국인은 인생주의자라고 할 수 있다. 결국 자신을 지켜주는 것은 외적인 성공과 성취가 아니라 감각이 즐거웠던 순간들이다. 남이 앗아갈 수 없고 남이 평가할 수 없는 나만의 즐거운 순간들이야말로 나의 인생인 것이다. 이런 순간들은 굳이 기록할 필요가 없다. 이런 것은 기록을 한다고 해서 더 생생해지는 것도 아니며 기록이 도움을 주는 것도 아니기 때문이다. 사소하고 일상적이며 자신만의 순간들은 기억 속에 존재하는 것으로 충분하다. 한국인은 기록을 잘 남기지 않는다. 기록으로 인해 화를 당하는 일이 많았다는 분석도 있다. 일리가 있지만, 나는 그보다는 한국인은 기록의 필요성을 느끼지 못했기 때문이라고 여긴다. 중요한 것은 일이 아니라 인생이고, 인생에서도 자신이 즐거우면 그만인 순간들이라면 굳이 기록해야 할 이유가 있겠는가. 어차피 죽으면 남는 것은 없는데. 죽음과 함께 기억은 사라질 것이고, 기억을 기록한 것이 남는다고 해도 어차피 자신의 기억은 아닌 것인데, 기록할 이유가 없을 것이다. 그런데 요즘 유행하는 블로그는 자신의 기록을 낱낱이 보여주고 있지 않은가. 그것은 블로그를 통해 인생의 즐거움이 생기기 때문이다. 즉 필요하기 때문에 블로그를 열심히 하는 것이다. 이런 현상은 뒤에 나오는 실용주의로 설명할 수 있을 것이다. 그런데 블로그의 내용이 심각한 것이 아니라 가볍고 실용적이고 재미있는 것이 주를 이루는 모습에서 인생주의를 엿볼 수 있다.

한번뿐인 인생, 즐거우면 됐다

현세주의와 인생주의를 요약하자면 다음이 될 것이다. '하나뿐인 세상에 한번뿐인 인생인데 즐기자.' 그런데 인생주의의 바탕에는 현세주의가 있다. 만약 사후의 세계가 존재한다면, 이 세계는 저 세계의 그림자이거나 준비단계가 되어 마음껏 즐기자는 태도를 취하기 어려울 것이다. 감각적 즐거움보다는 영혼의 고양이나 구원에 더 마음을 기울일 것이다. 그런데 이 세계가 전부이고 인생이 가장 소중하다고 해서, 반드시 인생의 즐거움만 추구하게 되는 건 아니지 않을까. 현세주의를 취하면서도 유대인처럼 다소 종교적인 삶을 추구할 수도 있고, 일본인처럼 일에 몰두하는 삶을 택할 수도 있기 때문이다. 저 세계가 없다고 해서 감각적 즐거움을 택하는 인생주의를 반드시 취할 이유는 없어 보인다. 그렇다면 어떻게 한국인은 인생주의를 택하게 되는가? 나는 허무주의를 통해 인생주의로 간다고 생각한다. 즉 '하나뿐인 세상에 한번뿐인 인생인데, 인생은 허무한 것이기에 인생을 즐기자'가 된다는 말이다. 인생이 허무하다는 믿음이 전제되면서 인생을 즐기자는 자세가 나온다는 것이다. 물론 모든 것이 허무하다 따라서 죽는 것이 낫다거나, 인생은 허무하다 따라서 불꽃처럼 열심히 일하자는 결론도 나올 수 있다. 하지만 한국의 허무주의는 매우 건강한 것이고, 또한 현세주의와 인생주의에 스며들어 있기 때문에 현세주의와 인생주의를 보강하는 역할을 하고 있다. 그럼 허무주의란 무엇인가?

"공수래공수거, 좌절할 필요 없다"

허무주의

인생무상, 일장춘몽, 공수래공수거, 인생 뭐 있어 등은 아주 흔히 들을 수 있는 말이다. 결국 인생이란 한바탕 꿈이고, 빈손으로 왔다 빈손으로 가는 것이다. 인생은 허무하다. 인생이 허무하다는 생각이 매우 넓게 퍼져 있는데도 이상할 정도로 한국문화를 다룰 때 이 점이 간과되어왔다. 한국문화를 높이려는 의도가 있을 때에는 허무주의가 부정적으로 보였을 것이고, 한국문화를 비판적으로 보려고 했을 때에는 허무주의까지 동원할 필요가 없었기 때문으로 생각된다. 하지만 이 점을 간과해서는 곤란하다. 한국인이 열심히 일하는 것처럼 보이고 세속적 성취에 목을 매달고 있는 것처럼 보여도 바닥에는 인생무상의 사고방식이 자리하고 있다. 결국 인생이란 짧은 꿈에 불과하다고 생각한다. 허무주의는 한국인의 삶의 양식을 건강하게 만드는 없어서는 안되는 요소이다. 허무주의가 어떻게 삶을 건강하게 만드는가? 의아하게 생각할 수 있으나 그것은 허무주의가 사람들을 편안하게 해주기 때문이다. 즉 인생이란 원래 아무 의미도 없다. 바닥은 제로이다. 따라서 마음껏 즐겨보고 마음껏 살아보고 실패를 한다 해도 손해볼 것은 없다. 원래 인생에는 아무것도 없기 때문이다. 김국환의 노래 가사에도 나온다. 산다는 게 좋은 거지, 수지맞는 장사잖소, 알몸으로 태어나서 옷 한 벌은 건졌잖소. 그렇다. 이것이 한국의 허무주의이다.

1. 보험용 허무주의

한국의 허무주의는 모든 것을 부정하거나 무로 돌리는 철학관이 아니다. 즉 세계라는 것 자체가 궁극적으로 의미를 갖고 있지 않다거나 궁극적으로는 무라고 주장하는 철학적 사고가 아니다. 앞서 말한 바와 같이 한국문화는 관념적이지 않다. 조선의 주자학의 그림자 때문에 한국사람들이 관념적 사변에 능하다는 착각을 갖게 되었으나, 현재 한국의 대중은 결코 사변적이지 않다. 한국의 허무주의는 현세주의를 바탕으로 하기 때문에 신이라든가 절대적인 무와는 관계가 없다. 또한 지금의 이 세상을 분명히 긍정하기 때문에 아무것도 존재하지 않는다는 니힐리즘이 될 수 없다. 이 세상의 존재만큼 확실한 것은 없기 때문이다. 또한 절대적인 가치나 도덕이 존재하지 않는다는 현대적 니힐리즘도 아니다. 왜냐하면 한국사람들은 감각적 즐거움을 최고의 가치 중 하나로 여기기 때문이다. 즉 인생주의가 있으므로 절대적 가치나 도덕을 부인하는 입장이 아니다. 이 세계에서의 감각적 즐거움. 이것이 버티고 있는 한 서양적인 니힐리즘은 발붙이기 힘들다는 것이다.

하지만 개념을 뚜렷하게 하기 위해 니체를 인용할 필요가 있다. 백과사전에 의하면 "니체는 권력에의 의지라는 입장에서 삶의 가치를 부정하고 권력을 쇠퇴시키는 그리스도교 도덕이나 불교 도덕을 수동적 니힐리즘이라고 하여 배척하고, 삶의 의의를 적극적으로 긍정하면서 기성 가치의 전도를 지향하는 능동적 니힐리즘을 제창하였다"고 한다. 즉 두 가지 니힐리즘이 있다는 것이다. 하나는 수동적 니힐리즘으로 삶의 가치를 부정하는 것이고, 다른 하나는 능동적 니힐리즘으로서 삶의 의의를 적극적으로 긍정하면서 기성 가치의 전도를 지향하는 것이다. 한국의 허무주의는 능동적 니힐리즘에 가깝다고 할 수 있으나 기성 가치의 전도를 지향하지 않는다. 여기에서의 기성 가치는 주로 그리스도교적인 것이나 절대적 가치를 말하는데, 한국에는 그런 절대적 가치가 존재하지 않는다. 따라서 투쟁적 의미의 능동적 니힐리즘은 한국에 해당되지 않는다.

실패를 위안하고 좌절을 방어한다

한국의 허무주의는 수동적 혹은 능동적인 허무주의가 아니라 보험용 허무주의라고 할 수 있다. 즉 적극적인 주장이나 주의가 아니라 현세주의와 인생주의를 보완하는 장치라고 할 수 있다. 하나뿐이고 한번 뿐인 이 세상을 즐겁게 살기 위해 드는 일종의 보험과 같은 것이다. 예를 들어 사망보험을 들었다고 하자. 사망보험을 죽기 위해 드는 것은 아니다. 그보다는 자신이 죽은 후에 남겨질 사람들에 대한 배려 차원에서 든다. 남은 사람들이 편안할 수 있다면 짐이 상당 부분 덜어지게 될 것이다. 이 세상을 사는 데 그만큼 홀가분해진다고 할 수 있다. 상해보험도 마찬가지이다. 다칠 경우 보험혜택을 받으면 그만큼 사는 데 편해진다. 한국의 허무주의는 생이 힘들고 고단할 때 쉬어가는 곳이다. 인생이 허무하다는 믿음은 실패와 좌절을 맛볼 때 보험과 같은 역할을 한다. 그래, 인생은 원래 이런 거야. 사실은 허무한 것이지. 그러니 마음을 비우고 다시 시작하자. 이런 생각을 하게 된다는 것이다. 한국에서 흔히 볼 수 있는 장면 중 하나는 술집에서 모든 게 다 허무하다고 소리치거나 울던 사람이 그 다음날 멀쩡하게 출근해서 일에 열중하는 모습이다. 논리적으로 생각한다면 모든 게 허무하다고 진지하게 생각하는 사람은 그 다음날 결근하거나 회사를 그만두고 종교적 삶을 택해야 할 것이다. 하지만 한국에서 그런 일은 좀처럼 일어나지 않는다. 인생이 허무하다고 말하는 것은 요즘 일이 잘 안되거나 속상한 일이 있다는 정도의 표현인 경우가 대부분이다. 즉 한국인에게 허무주의는 자신을 방어하기 위해 작동하는 것이다.

2. 인생을 건강하게 만든다

허무주의란 말은 부정적이고 황폐한 어감을 갖고 있다. 허무주의적이란 말에는 세상과 등을 지는 분위기도 어느정도 녹아 있다. 하지만 한국의 허무주의는 앞서 말한 것처럼 인생을 위한 보험의 성격을 갖고 있기 때문에 어두운 그림자가 거의 없다. 허무주의로 인해 한국 문화는 건강하다고 할 수 있을 정도이다. 보험이 든든한 사람이 매사에 자신감을 갖는 것과 마찬가지이다. 미국이나 일본에는 정신과 치료를 받는 사람이 많다고 한다. 한국에 비해 많다고 하는데 어떤 사람들은 아직 한국은 정신과를 꺼리기 때문에 통계를 신뢰해서는 안된다고 한다. 한 예로 한국은 술에 관대한 나라인데, 미국의 기준으로 보면 상당히 많은 한국사람이 알코올중독에 속한다고 한다. 맞는 지적이다. 하지만 대체적으로 보면 한국사람들은 정신적으로 건강해 보인다. 소위 싸이코가 적은 편이다. 일본에서는 이상한 몸짓과 표정을 짓고 있는 사람을 심심치 않게 볼 수 있다. 중학교 여학생이 경찰관인 아버지를 도끼로 살해한 사건도 있었다. 한국사람들은 얼핏 보기에 개성이 없고 획일적이다. 튀는 사람이 별로 없는 것을 보고 창의성이 부족한 게 문제라고 주장하는 사람도 있다. 나도 예전에는 그런 생각을 한 적이 있었다. 일본이나 미국 사람들에 비해 개성이 없다고. 하지만 다른 각도에서 보면 한국사람들은 평범하지만 더 건강하다고 할 수 있다. 남들과 비슷하게 옷을 입고 비슷하게 사고하고 비슷하게 일한다. 개성이 없어 보이기는 하지만 정신적으로 건강하다. 혼자서 술을 마시는 경우는 별로 없다. 여럿이 함께 노는 것이 더 즐겁다는 것을 알고 있기에 적극적으로 인생주의를 실천한다. 하지만 인생이 언제나 즐겁기만 할 수는 없기에 때때로 혼자 술을 마시거나 혼자만의 시간을 갖게 된다. 허무주의가 자신의 모습을 보이는 것은 이때이다. 미국인 같으면 이런 경우 심리치료사나 정신과 의사를 찾게 될 것이다. 일본인은 혼자 해결하려고 애쓰다 정신적으로 상당히 소모한다. 한국인의 경우는 자연치유된다. 왜냐하면 허무주의가 삶에 배어 있기 때문에 의식하지 않아도 치유되기 때문이다. 다시 말해서 지치거나 힘들면 인생은 원래 허무한 것이라는 생각이 자신도 모르게 떠오르게 되고, 그런 생각은 그렇다면 다시 시작해도 되겠다는 태도를 갖게 한다는 것이다.*

자기책망과 불행의식에 빠지지 않는다

허무주의라는 보험을 든 사회는 건강하다. 성공해야만 하고 성공을 위해서는 무엇무엇을 해야만 하고, 살아남지 못한 자는 실패자라는 등식이 성립하는 미국과는 전혀 다른 사회인 것이다. 미국사회는 허무주의라는 보험이 없다. 실패하거나 지친 자는 정신적 문제를 겪게 되고, 정신과 의사에게 가야만 한다. 스스로 자신의 잘못 때문에 실패했다고 생각하는 것이 일반적이다. 하지만 한국은 사정이 다르다. 우선 실패 자체가 자신의 잘못으로 인정되는 경우는 많지 않다. 물론 자신의 잘못도 있지만 사실 여부에 관계없이 남의 탓이거나 정치적 환경

---

* 물론 허무주의가 인생의 정신적 문제를 자연치유해주는 것은 아니다. 하지만 한국인은 허무주의에 기댐으로써 비교적 정신적으로 건강하다고 생각한다. 일본은 세상을 긍정으로 가득한 것으로 파악하는 성향이 있는데, 이는 엄밀성과 함께 긴장감을 가져다주었다고 생각한다. 참으로 꼼꼼하고 빈틈이 없어 보이지만 정신적 긴장의 지속이라는 댓가를 치른다는 것이다. 이에 반해 한국은 인생은 원래 허무한 것이라는 믿음이 상존하기 때문에 정신적 긴장감은 훨씬 덜하다. 한잔 먹고 풀고, 한바탕 싸우고 풀고 하는 식이다. 즉 회복력이 빠른 편이다.

탓이거나 아니면 운이 없었다고 여긴다. 여기에서 운에 주목해보자. 한국에서 운이라는 말은, 열심히 노력을 한 후에 운에 맡긴다든가, 실력이나 능력이 거의 같을 때 운에 의해 결정됐다든가, 행운의 여신이 손을 들어주었다든가 등으로 쓰인다. 즉 설명하기 어려울 때 운이라는 개념을 사용한다. 이것은 서양도 마찬가지이다. 노력으로 되지 않는 일, 충분히 설명할 수 없는 일이 일어나기에 행운을 빌어주는 관습이 있다. 그런데 서양에서는 여기까지이다. 즉 실패나 좌절은 거의 자신의 잘못이고, 때때로 운이 나빴던 것이다. 설명이 기댈 수 있는 한계가 운인 것이다. 물론 기독교문화이므로 하느님의 뜻이라고 할 수도 있다. 운이든 하느님의 뜻이든 치유에는 한계가 있다. 왜냐하면 좌절하거나 실패했을 경우 운이 나빴다고 하면 왜 하필 내가 운이 나쁜 것인가라는 질문에 답하기 어렵기 때문이다. 기독교의 경우에도 하느님의 뜻이라고 해도, '왜 하필 나인가?' 하는 질문에 답은 없을 것이다. 그렇게 되면 인생은 다시 한번 절망이라는 그림자 속으로 들어가게 된다.

한국에서는 이런 경우 운을 넘어서는 것이 존재한다. 그것은 인생은 결국 빈손으로 왔다 빈손으로 간다는 믿음이다. 운을 넘어서서 인생이 결국은 허무한 것이라는 믿음이 존재하기에, 한국인은 자신을 책망하거나 운을 탓하기도 하지만 마음속 깊은 곳에서는 평안을 유지한다. 그리고 그 평안은 결국 인생을 즐기는 인생주의로 나타난다. 억세게 운이 좋은 사람이 있다고 해도, 한국사람들은 부러워하다가도 사람은 다 죽으며 결국에 가서는 아무것도 가져갈 수 없다는 사실에서 위안을 찾는다. 능력이 있는 사람, 운이 좋은 사람을 부러워는 하지만 마음의 바닥에는 그래도 결국은 아무것도 아니라는 믿음이 자리하고 있는 것이다. 일본에 가면 수많은 신사(神社)를 볼 수 있다. 많은 사람들이 신사에 와서 여러가지 소원을 빈다. 인생이 녹록지 않다는 것, 애써도 안되는 일이 많이 있다는 것을 잘 알기에 신사에 와서 비는 것이다. 즉 행운이 오기를 기원하는 것이다. 물론 한국인도 여러가지 방법으로 행운을 기원한다. 그중 하나가 점일 것이다. 실제로 점을 보아 자신의 팔자를 알고픈 마음도 있지만, 액운이 있다면 그것을 피하고 싶은 마음이 더 클 것이다. 절이나 교회에서도 자비와 축복을 소원한다. 하지만 그런 기원과 소망 밑에는 허무주의라는 더 견고한 안전판이 있다. 운이 없어도 운이 다해도, 쓰러지지 않고 인생을 버티고 즐길 수 있게 하는 허무주의로 인해 한국문화는 건강하다.

3. 한국문화는 천하지 않다

여기에서 한국문화에 대한 해묵은 편견과 오해를 풀어보자. 즉 한국문화는 정신적인 문화는 쇠퇴한 채 감각주의에 빠져 반문화에 이르고 있다는 것이다. 차인석(車仁錫)은 "이 사회가 우선 이룩해야 할 것은 무엇보다도 근대화이다. 그 완성은 형식적 합리성과 실천적 합리성의 일치에 있다"[26]고 말하면서, 형식적 합리성은 지켜지고 있는데 실천적 합리성은 지켜지지 않고 있다면서 다음과 같은 예를 든다. "한국적 자본주의에서는 합리성과 비합리성이 그 모순관계에도 불구하고 공존하고 있음을 볼 수 있다. 이는 탈전통사회에서 흔히 일어나는 현상이기도 하지만, 사회 전반에 걸쳐 근대화가 달성되지 못한 채 전통성과 근대성이 애매모호하게 서로 얽혀 있는 상황이 오래 지속되어왔다. 이 두 영역 사이에는 갈등과 상호작용이 있는가 하면 평행선이 그어지기도 한다. 자동차 생산공장의 숙련공은 계산된 청사진에 따라 차를 조립하고, 경리사원은 생산성 제고를 위해 경영원칙에 따라 계산된 절차를 밟는다. 그러나 그들은 사생활에서는 미신에 따라 인간관계를 맺거나 행동의 방향을 선택한다. 그들은 계산할 수 없는 무속을 준거틀로 해서 행동한다. 그들은 생산력의 형식적 합리성과 개인생활의 비합리성 사이에서 유유히 삶을 영위해나간다."[27] 그리고 이에 대해 "이는 지배적 역근대성의 문화에 대한 '반문화'로 존재한다"[28]고 말한다. 차인석에게 무속은 근대성에 어긋나는 비합리적인 것이다. 그리고 이런 무속에 얽매여 있는 사람들을 반문화적이라고 일컫고 있다.

감각과 현세를 천시하는 철학의 편견

무속에 대한 이런 태도는 일회적인 것이 아니다. 그는 무속을 쾌락적 감각주의와도 연결시킨다. 물론 멸시의 태도를 숨기지 않는다. "기복제화(祈福除禍)의 무속은 쾌락원칙의 신앙이기에 손으로 만질 수 없는 초월적인 세계를 가르치는 종교와는 거리가 멀다. 무속은 황색, 홍적색 그리고 청록색 등의 삼원색으로 현세를 그린다. 또한 오음계의 판소리는 일정한 소리와 대사로 삶의 희로애락을 표현한다. 원색과 판소리는 깊은 사유의 매개 없이 사람들의 원시적 정서를 어루만진다. 삼원색과 판소리는 리비도의 예술이며 감각주의의 극치이기도 하다."[29]
이쯤에서 등장한 용어들을 우선 살펴보자. 기복제화, 쾌락원칙, 초월
적인 세계, 현세, 사유의 매개 없이, 감각주의 등이 눈에 띈다. 이런 용
어들은 앞서 이 책이 주장한 현세주의, 인생주의 그리고 허무주의와
거의 일치하는 것이다. 즉 현세주의는 초월적인 세계를 인정하지 않고
현세만을 인정한다. 따라서 눈에 보이는 것만 믿는 태도를 보이며 관
념적인 것을 선호하지 않는다고 했다. 또한 인생주의는 감각적 즐거움
추구를 가장 소중한 것으로 보아 이를 적극 수용한다고 했다. 또한 허
무주의는 현세주의와 인생주의의 보험으로서 허무를 받아들임으로써
운을 넘어서는 인생사까지도 포용한다고 했다. 이런 주장에 비추어보
면 차인석과 나는 입장이 다르다. 즉 나는 현세주의와 인생주의, 허무
주의를 옹호한다면, 차인석은 이런 것들을 부정적으로 보고 있다. 그
런데 이런 태도는 차인석 개인의 모습이 아니라 한국 철학계 일반의
모습이다. 한국 철학계에서 관념적이고 초월적인 것을 숭상하고 감각
적이고 현세적인 것을 경멸하는 태도는 아주 쉽게 발견할 수 있다. 하
지만 이런 태도는 한국문화에 대한 피상적 관찰과 얕은 분석에서 비롯
되었다고 생각한다. 그럼 구체적으로 검토해보자.

　　우선 현상을 존중하는 자세가 결여되어 있다. 한국에서는 책이 잘
팔리지 않는다. 이것은 엄연한 현실이다. 그렇다고 해서 한국인이 불
행하다거나 가치를 저버리고 산다는 식으로 비약하는 것은 옳지 않다.
문화는 삶의 양식이고, 삶의 양식은 초유기체적이어서 전체를 드러내
야 비로소 모습을 파악할 수 있기 때문이다. 관념적이거나 철학적 태

도를 갖는 것을 바람직한 것으로 먼저 상정하고 현상을 비판적으로 보는 것은 옳지 않다. 한국인이 관념적인 것을 반기지 않고 눈에 보이는 것만 믿으며 감각적인 즐거움을 찾는 이유에 대해서는 현세주의와 인생주의를 들어 해명했다. 관념적인 것을 멀리하고 감각적 즐거움을 추구한다고 해서 인생이 천박해지거나 반문화적이라고 주장하는 것은 현실을 모르는 것이고, 자신이 보고 싶고 주장하고 싶은 바를 머릿속으로만 사유해서 말하는 것이다. 특히 현실 밑에 기복제화의 무속이 자리하고 있다는 주장은 너무나 고뇌가 없는 도식적인 주장이다. 요즘 누가 점괘에 진지하게 자신의 인생을 맡기는가. 이제 한국에서 점이라든가 부적은 행운의 징표에 지나지 않는다. 재미로 보거나 위안을 찾기 위해 잠시 기대는 것이지 무속으로 인해 감각적 쾌락주의가 생겨났다는 것은 이해하기 매우 힘들다. 무속도 현재 한국에서는 이 세상을 즐겁게 사는 데 쓰이는 도구에 불과한 것이다. 무속이 어떤 힘을 갖고 있다는 말인가? 복을 빌고 화를 없애는 무속이 감각주의를 조장하여 사람들을 사변에서 멀리하게 한다고 하여 반문화라고 주장하는 것은 어이가 없는 일이다. 오히려 현세주의와 인생주의를 택한 한국사람들이 무속을 현세의 즐거움을 누리는 데 이용하고 있다고 해야 할 것이다. 기껏해야 확인 차원 정도이다. 문제는 감각적인 것을 경멸하고 사변적인 것을 우러러보는 시각에 있다.

사변을 떠나 대중의 삶으로 들어가야

다음과 같은 발언을 살펴보자. "한국문화가 사유의 매개를 꺼려하고 있다는 사실을 가리킨다. 그리고 사변철학이 그나마도 일부 철학자들의 사유양식이 되어왔었으나, 이제는 그 명맥 유지가 예상되지 않는 것도 기복제화의 감각주의가 원하는 것이 무엇인지를 잘 보여준다. 사변철학이 이 사회에서는 반문화에 속한다. 왜냐하면 철학은 자기반성을 통해 감각적이고 직접적인 것을 넘어서 인간에게 무엇이 보편적인 가치를 지니는가를 찾게 해주기 때문이다. 그러나 이제 사변은 학문의 원리가 될 수 없다는 것이다. 눈앞에 놓여 있는 것만이 지식의 대상이고 알 값어치가 있을 따름이라는 것이다."[30] 사변철학의 쇠퇴를 매우 아쉬워하는 심정은 잘 알겠으나 비관할 것은 없다. 사변철학은 반문화가 아니라 주변문화일 뿐이다.

다음으로 이해부족을 지적하지 않을 수 없다. 즉 무속은 쾌락원칙의 신앙이기에 손으로 만질 수 없는 초월적인 세계를 가르치는 종교와는 거리가 멀다고 말하고 있는데, 한국의 종교는 앞서 검토한 바와 같이 초월적이지 않다. 즉 불교와 유교 모두 죽은 후의 삶을 인정하지 않는 현세주의를 택하고 있다. 기독교는 불교와 거의 같은 구조를 갖고 있다. 한국의 종교는 초월적이지 않다. 그럼에도 불구하고 차인석은 무속은 현세주의이고 종교는 초월적이라는 잘못된 이해를 하고 있다. 현세주의는 그리 만만한 주의가 아니다. 초월적 세계를 부인하고 이 세상만을 인정한다는 것은 근본적인 세계관의 문제이다. 이런 중대한 문제에서 이해부족을 보인다면 논의를 시작하기 어려울 것이다. 이해부족의 문제는 이에 그치지 않는다. 노래방에 관해서도 그는, "지난 30년간의 통치는 시민들의 개체성과 자아의식의 성장을 억제하고 그들의 체제저항을 원천적으로 봉쇄하기 위해 인간을 리비도의 단계에 머물게 하는 온갖 수단을 가리지 않았다. (…) 그 결과가 인스턴트 반주로 목청을 높이어 불러야만이 최고의 가수가 될 수 있는 '노래방'이 거리마다 줄줄이 늘어서는 것이다"[31]라고 개탄한다. 노래방이 리비도 단계라는 것인데, 과연 그런가? 노래방은 사회적 공간이지 단순한 리비도 충족 장소가 아니다. 그리고 노래를 목청 높여 부르는 것이 리비도의 수준인가? 노래는 하나의 작품이고, 작품을 개성대로 소화하는 것은 고도의 인간활동이다. 사변철학을 해야 고도의 수준을 보여주는 것은 아니다. 대중의 생활에 대한 무시 내지 경멸은 이해부족을 넘는 듯 보인다. '판소리가 리비도의 예술이며 감각주의의 극치'라면 도대체 사변철학 외에 무엇이 인간다운 값어치가 될 수 있겠는가? 지식인 특히 철학하는 사람들이 갖고 있는 오해와 편견은 대중을 무시하는 데서 비롯된다. 대중성이란 기준과는 전혀 어울리지 않는 것이다. 문화를 아직도 사변 중심으로 생각하는 것은 조선의 잔재라는 생각이 든다. 조선을 원형으로 삼고 있기에 감각적인 것은 경멸되는 것이고 현재도 보이지 않는 것이다.

한국문화가 혼란기, 과도기라는 관념

한국문화의 성격을 논하면서 허무주의를 제시하는 경우는 별로 없는 것 같다. 그것은 한국문화를 샤머니즘을 원형으로 하고 불교와 유교가 뼈대를 이룬다는 식으로 파악했기 때문이다. 즉 현재가 없는 것이다. 과거를 모델로 하여 끊임없이 현재를 조명하기에 한국문화 분석은 언제나 공허했다. 중심이 현재에 있어야 하는데 과거에 있었기에 현재는 언제나 쇠락이며 갈등의 시기로 생각된 것이다. 이런 구조 속에서는 허무주의라는 특징이 드러날 리가 없다. 무속에서 허무주의를 찾기 어렵고 불교에서는 어느정도 발견할 수 있으나 유교에서는 싹이 없기 때문이다. 과거를 기준으로 삼기 때문에 현재를 혼란으로 보는 관점 중 하나를 들어보자.

> 오늘날 한국문화의 정체성 위기는 민족문화의 전통적인 특성이 퇴색되어가고 있는 데 그 원인이 있으며, 그것은 근원적으로 민족적 자아가 상실되고 있다는 사실에 근거한다고 생각된다. 우리의 전통적인 가치관이 무너지고 아직 새로운 가치관이 정립되어 있지 않은 상황에서, 기독교뿐만 아니라, 자세히 검토하지는 않았지만 그 정치적 표현인 자유민주주의 정치사상과 자본주의적 경제체제 및 과학기술의 산물인 대중문화가 압도하고 있는 현실에서, 우리가 우선적으로 취해야 할 태도는 무엇인가?[32]

전통적 가치관이 무너지고 아직 새로운 가치관이 정립되어 있지 않은 상황이라는 인식은 꽤 광범위하게 퍼져 있다. 나는 이런 인식을 받아들이지 않는다. 한국은 앞서 말한 현세주의, 인생주의, 그리고 허무주의가 정착되어 성공적으로 작동하고 있기 때문이다. 위와 같은 인식은 과거에 준거를 두고 있기 때문에 현재를 혼란으로 또는 과도기로 보는 것이다. 즉 문화에 대한 이해가 없기 때문에 일어나는 현상이다.

한국은 혼란기도 과도기도 아니다. 한국의 문화는 상당히 성공적으로 이미 정착했다. 지식인들이 현재에 눈을 감고 있고 관념을 우선하기 때문에 보이지 않을 뿐이다. 게다가 문화가 근본적으로 단절에 의해 발전한다는 인식이 전혀 없기에 민족적 자아라는 납득하기 어려운 용어를 핵심어로 사용하고 있다. 민족이라는 말이나 개념은 19세기 후반 내지 20세기 초에 생겨난 것이다. 더욱이 민족적 자아라고 하면 도대체 무엇을 말하는 것인지 이해하기 힘들다. 민족의식을 말하는 것인가?[*]

문화의 구체적인 작동방식을 논하자

한국문화에 대한 오해와 편견이 문화에 대한 이해부족, 표피적 관찰 그리고 도식적인 지식에서 비롯된 결과라는 것은 다음의 주장으로 쉽게 알 수 있다.

지금까지 우리는 한국의 민족문화가 어떻게 형성되어왔고, 그 특징이 무엇이며, 오늘날 어떠한 양상을 띠고 있는지 간단히 살펴보았다. 그것을 다음과 같이 요약해볼 수 있을 것이다. 첫째, 우리의 민족문화는 지정학적 이유로 말미암아 외래문화의 영향을 많이 받아왔으나, 그것을 무비판적으로 수용하여 독자적인 형태로 발전되어왔다. 둘째, 우리의 민족문화를 구성한 것은 무속적인 신앙형

---

[*] 졸저 『한국의 민족주의를 말하다』에서 좀더 자세한 논의를 볼 수 있다.

태 외에 불교적 '미토스'와 유교적 '로고스'인데, 근대에 들어서면서 서양의 기독교적 '테오스'와 자유민주주의 사상 및 과학기술문명이라고 할 수 있다. 셋째, 오늘날 우리의 민족문화는 이데올로기적 갈등으로 분단의 시대를 겪고 있을 뿐만 아니라, 기독교의 역기능 때문에 새로운 형태의 창조적 변용이 매우 어려운 시점에 있다.[33]

이런 주장은 매우 흔한 것이기에 검토할 필요가 있다. 첫째, 민족문화가 외래문화의 영향을 많이 받았으나 무비판적으로 수용하여 독자적인 형태로 발전시켰다는 것인데, 무비판적이란 말이 무슨 뜻인지 이해하기 어렵다. 어쨌든 외래문화를 수용하여 독자적으로 발전시켰다는 것으로 보이는데, 이에 대한 좀더 구체적인 검토는 불교와 주자학을 중심으로 뒤에서 행해질 것이다. 불교와 주자학이 과연 독자적인 발전을 이루었는지, 이루었다면 어떤 점인지를 밝혀볼 필요가 있기 때문이다. 그러나 불교와 주자학에 대한 검토는 현재를 이해하기 위한 보조수단으로 행해질 뿐이라는 사실을 알아둘 필요가 있다. 즉 불교와 주자학이 현재에도 문화에 일정 부분 영향을 끼치고 있는 까닭에 그 특징을 살펴볼 필요는 있지만, 단지 현재를 이해하기 위해서 역사적 배경을 살펴보는 것일 뿐이다. 결론을 먼저 말한다면, 불교는 인도나 중국과 별 차이가 없으며 옛날과 지금도 별 차이가 없다. 타력구제 신앙을 핵심으로 하는 불교는 기독교를 받아들이는 데 큰 역할을 했다. 그리고 주자학은 조선에 와서 중국보다 더 원리주의적으로 변했는데,

핵심은 예를 통한 인간개조이다. 즉 인간이 교육을 통해 개조될 수 있다는 믿음인데, 이는 타력구제의 신앙과는 전혀 다른 패러다임이었다.

둘째, 민족문화의 구성요소로 무속, 불교, 유교, 기독교, 자유민주주의 사상과 과학기술문명을 들고 있는데, 백화점식 나열에 그치고 있다. 모두가 옳다고 해도 어떤 점이 한국의 문화를 현재 구성하고 있는지 분석해야만 하기 때문이다. 동일한 과학기술문명이라 해도 미국, 유럽 그리고 한국에서 작동하는 양식은 다를 수밖에 없다. 왜냐하면 삶의 양식이 다르기 때문이다. 같은 인터넷이라도 왜 한국은 유독 국내용 포털싸이트가 인기인가? 싸이트와 싸이트를 연결해주는 구글(Google)은 왜 한국에서는 힘을 쓰지 못하는가? 이런 차이를 설명해줄 수 있어야 한다. 크게 과학기술문명이라고 말하는 것은 아무 말도 하지 않는 것과 같다. 셋째는 이해하기 힘들어 언급하기 힘들다. 다만 한국이 창조적 변용이 매우 어려운 상황이라는 인식에는 동의할 수 없다. 한국은 한국 스타일을 이미 만들었고 또 만들고 있다. 정치를 예를 들면, 아시아에서 한국만큼 민주적이고 투명하고 신속한 선거를 하는 나라는 없을 것이다. 적어도 일본보다 정치적으로는 선진국이라고 할 수 있다.

한국문화를 떠받치는 세 기둥

지금까지 한국문화의 특징으로 현세주의, 인생주의, 허무주의를 들어 논했다. 현세주의와 인생주의가 두 축이라고 할 수 있고, 허무주의는 이 둘을 건강하게 만드는 보험 역할을 한다. 한국인의 삶의 양식은 '한번뿐인 세상 어차피 허무한 것이니 즐겁게 살다가 가자'로 요약할 수 있다. 한국에는 지배적인 종교가 없을 뿐만 아니라, 있다 해도 이 틀에서 벗어나지 못할 것이다. 또한 과거의 유산이나 서양의 영향도 이 틀에서 벗어나지 않는다. 서양의 과학기술도 한국에 오면 진리 탐구의 수단이 아니라 인생의 즐거움을 배중시키는 도구가 된다. 기초과학은 수입된 지 100년이 다 되었어도 여전히 홀대받고 있지만 휴대폰이나 김치냉장고, 텔레비전은 세계 최고 수준이다. 기초연구야 다른 나라 것을 이용하면 된다는 인식이 팽배해 있는 것이다. 중요한 것은 인생과의 관련 여부이기에 생활용품이나 편의품에 관심이 집중될 수밖에 없다. 이런 추세는 앞으로도 상당 기간 지속될 것이다. 또한 자본주의는 현세주의, 인생주의와 결합되어 열심히 일하는 한국인을 낳았다. 돈이 있으면 인생이 즐거워질 것이라는 믿음이 근면한 한국인을 만든 것이다. 힌두교문화에서는 자본주의가 성공하기 쉽지 않지만, 인생의 즐거움을 추구하는 한국문화에서는 조합이 잘 맞는다. 하지만 돈은 쉽게 벌리지 않으며 돈에 집착하다 보면 소중한 것들을 잃게 되는 일이 흔하다. 이때 허무주의가 역할을 한다. 너무 애쓰지 마라, 결국 빈손으로 가는 것이니까 하며 위안을 준다. 이렇게 해서 자본주의는 한국에 성공적으로 정착했다. 그럼 북한에 자본주의가 들어간다면 어떻게 될까? 아마도 상당 기간 성과를 거두기 힘들 것이다. 그것은 북한이 인생주의를 택하고 있지 않기 때문이다. 북한은 당이 중심이 되는 소위 혁명의 나라이다. 혁명의 국가에서는 인생보다는 과업이 우선하며 감각적 즐거움보다는 강철 같은 정신무장이 우선한다. 물론 사람은 누구나 즐거움을 추구하기 때문에 분위기가 바뀔 가능성은 항상 존재한다.

현세주의, 인생주의 그리고 허무주의로 무장한 한국문화는 강하다. 원리적으로 이 세상이 전부라면 이 세상 사는 데 강하지 않을 수 없을 것이고, 더욱이 인생에서 감각적 즐거움을 선호한다면 화끈해지지 않을 수 없을 것이며, 거기에 인생이 원래 허무한 것이라는 보험까지 마련해두었다면 쓰러지지 않을 것이다. 한국 성공의 상당한 부분은 이런 특징들에 기인한다고 생각한다. 그런데 이 세 가지만으로는 한국문화를 충분히 설명할 수 없다. 방법론이 아직 드러나지 않았기 때문이다. 즉 삶의 양식에는 삶의 양식을 지배하는 주의도 존재하지만 그런 주의들을 구체적으로 드러나게 하는 방법론으로서의 철학이 존재하게 마련이다. 중국의 경우 사회주의를 근간으로 삼고 있지만 덩 샤오핑(鄧小平)에 의해 실용주의 노선을 택했다. 이전에는 사회주의를 근간으로 이념 우선의 노선을 택했었다. 동일한 사회주의지만 방법론으로 어떤 것을 택하느냐에 따라 삶의 양식은 완전히 모습을 달리한다. 예를 들어 미국과 어떤 관계를 맺느냐에 따라, 즉 실용주의를 택하느냐 아니면 이념 우선주의를 택하느냐에 따라 사람들의 삶은 다를 수밖에 없다는 것이다. 나는 한국이 현세주의, 인생주의, 허무주의의 방법론으로 실용주의를 지난 100여년간 택해왔다고 생각한다. 한국에서 실용주의가 무엇이며 어떤 특성이 있는지 검토해보자.

제5강

"좋음을 추구하는 삶"
실용주의

최근 발표된 한국개발연구원(KDI)의 정책토론회 자료를 보면 한국인은 외국자본에 대해 전반적으로 긍정적인 것으로 나타나 있다. 즉 경제전문가의 78.1%, 일반국민의 64.9%가 국내에 유입된 외국자본에 대해 대체로 긍정적인 인식을 가지고 있다고 한다.

결론적으로 한국 내 외자자본의 과거 및 향후 영향에 대한 전반적인 인식은 우호적인바, 일부 외국자본에 대한 부정적 시각은 글로벌 스탠더드에 부합하는 법과 제도의 도입 및 개선을 통해 엄정하게 관리하고, 나아가 실정법 내에서 이루어진 투자이익을 정당하게 인정하는 풍토를 조성하는 것이 중요한 것으로 판단된다.[34]

한국인이 외국자본에 대해 우호적인 것은 결국 외국자본이 한국에 이익이 된다는 판단에서일 것이다. 만약 이익이 되지 않는다고 판단한다면 당연히 외국자본을 거부할 것이다. 어찌 보면 단순한 이런 반응도, 실은 그리 단순한 것이 아니다. 정치적 이유로 외국자본을 반대하는 사회적 분위기가 팽배해 있다면 이런 결과가 나올 수 없기 때문이다. 이란이나 꾸바가 좋은 예가 될 것이다. 한국은 겉으로 보면 민족주의가 매우 강한 국가로 보인다. 미국이나 일본의 국기를 불태우기도 하고 외국인 차별이 여전하다. 역대 대통령들도 민족을 우선시한다고 공언했었다. 하지만 실제로 민족주의가 한국의 흐름을 이끌고 있는가? 지식인들이 신문이나 방송을 통해 민족주의가 한국을 이끄는 것처럼 떠들어대지만 대중은 이와는 다르게 사고하고 행동하고 있다. 즉 대중은 외국자본에 대해 별 거부반응이 없으며 외국인 며느리에 대해서도 개의치 않고 있다. 위에서는 떠들고 있지만 결혼하는 열 쌍 중 한 쌍은 외국인과 결혼하는 것이 현실이다.

대중을 중심에 놓고 말하자

나는 한국의 근현대사를 논할 때 주체로 대중이 적당하다고 생각한다. 정치인이나 지식인들이 사회를 이끌어왔다는 식의 분석에는 동의할 수 없다. 구한말 이후 대중은 자신들이 원하는 방향으로 사회를 움직여왔다. 때로는 직접 행동에 나서기도 했지만 대부분은 선거를 통해 그리고 여론이라는 무기를 통해 자신들의 뜻을 관철시켜왔다고 본다. 몇년 전인가 「혈의 누」라는 영화가 있었다. 고립된 섬에서 일어나는 연쇄살인사건을 다룬 작품이었는데, 결론은 섬주민 전체가 살인을 묵인하고 협조했다는 것이었다. 여기에 등장하는 관리들은 자신들이 사건을 해결한다고 믿지만 사실은 아니었다. 나는 이 작품이 한국사회를 잘 그렸다고 생각한다. 정치인이나 지식인은 사실 고립된 섬과 같은 존재들이다. 이들은 자신들이 꼭두각시인 것을 모르고 있다. 그러니 자신이 무엇인가 해결한다는 착각 속에 열심히 뛰는 것 아니겠는가.

　이런 주장을 하는 이유는 대중은 나름의 평가기준을 갖고 자신들에게 가장 유리한 것이 무엇인가를 귀신처럼 찾아낸다는 것을 말하기 위해서다. 이런 힘이 바로 한국 실용주의의 기반이고 사회변화의 실체이다. 한국은 지난 1세기 동안 실용주의를 철학으로 택해왔다. 즉 현세주의, 인생주의, 허무주의를 사상적 배경으로 하고 '어떻게'라는 문제에서는 실용주의를 취했다는 것이다. 하나뿐인 이 세상, 한번뿐인 이 세상, 즐겁게 사는 데 무엇이 필요한가? 필요하다면 그 무엇이든 택한다. 이런 정신이 실용주의이다. 실용주의는 이념이나 사상조차도 도구로 이용하는 강력한 힘을 갖고 있다. 그럼 실용주의는 구체적으로 무엇을 뜻하는가?

1. 미국의 프래그머티즘: 유용성이 진리이다

　실용주의 하면 역시 미국이다.* 미국의 실용주의는 사상을 도구로 여기고 사상의 불변성을 부정하고 적응성을 강조한다. 또한 미국의 실

* 이명박정부가 등장하면서 실용주의를 내세우자 한 신문은 발빠르게 실용주의에 대한 칼럼을 실었다. 비교적 간명하게 역사를 정리하고 있으므로 인용해보자.

"실용주의(프래그머티즘)의 어원은 행동·실행이라는 뜻의 그리스어 '프라그마'(pragma)다. 그만큼 행동과 실천을 중시하는 철학이다. 유용성이 진리 판단의 기준이다. 지식도 인간에게 유용하게 쓰이기 위한 도구로 본다. 실용주의는 현대 미국과 뗴려야 뗄 수 없는 관계다. 미국이 내놓은 거의 유일한 철학 브랜드이고, 미국적 가치·프런티어 정신의 요체이기도 하다. 실용주의의 뿌리로는 19세기 말 공리주의가 꼽힌다. 당시 유럽 자본주의는 극심한 빈부격차, 노동운동에 직면했다. 부르주아에겐 사회주의에 끌리는 노동자계층에 맞서는 새로운 이념이 필요했다. '최대 다수의 최대 행복'을 내세운 공리주의가 그 대안이됐다.

실용주의는 이런 공리주의의 미국적 전개로 불린다. 당시 미국 역시 남북전쟁의 후유증으로 통합을 위한 지적 치유가 필요했다. 시기적으로도 독점자본주의의 문턱에 접어들고 있었다. 1872년 미국 매사추세츠주 케임브리지에서는 지식인 쌀롱 '메타피지컬(형이상학)클럽'이 문을 열었다. 기호학자 찰스 S. 퍼스, 법학자 올리버 웬들 홈스, 미국 심리학의 아버지 윌리엄 제임스, 교육철학자 존 듀이 등 4명이 핵심 멤버였다. 클럽은 9개월 만에 문을닫았지만 책 『메타피지컬 클럽』은 여기서 실용주의와 오늘의 미국이 탄생했다고 썼다.

이들의 공통점은 "사상이 '저 멀리'에서 발견되기를 기다리고 있는 그 무엇이 아니라 포크나 나이프, 마이크로칩처럼 사람들이 자신이 속한 세계에 대처하기 위해 고안한 도구라고믿은 점"이다. 이들은 '사상의 생존은 그것의 불변성이 아니라 적응성에 달려 있다'며 '실용주의란 생각하는 방식에 관한 설명' '사람들의 신념이 쉽게 폭력으로 변질되지 않게 하기 위해 고안된 것'이라고 말했다. 내용이라기보다 태도로서의 실용주의다.

철학자 탁석산은 한 강연에서 '민생을 우선시하는 정치적 용어로 오해받고 있지만 실용주의야말로 지난 1세기 동안 한국인이 택해온 철학'이라고 주장했다. '산업화·민주화를 거치며 그때그때 어떤 것이 살아가는 데 가장 필요한가를 선택하는 사상적 틀로 실용주의를채택해, 시대에 필요한 과제를 해결해왔다'는 설명이다.

새로 출범하는 이명박정부가 '실용의 정부'를 내세우며 '실용'이 새로운 시대정신으로 떠오르고 있다. 이제 관심은 그저 정치적 차별화를 노린 수사로서의 실용주의가 아니다. 실용의 내용을 실용적으로 잘 채워, 실용주의의 실용성을 입증하는 일이다." (중앙일보 2007.12.22)

용주의는 내용이라기보다는 생각하는 방식에 대한 태도이다. 이런 점들은 한국의 실용주의와 많은 부분 일치한다. 하지만 미국의 실용주의와 한국의 실용주의는 다른 점도 있다. 즉 미국의 실용주의는 사상을 도구로 여기고 사상의 불변성을 부정하지만 진리론의 테두리 속에 있다는 것이다. 다시 말해서 미국의 실용주의는 고전적 프래그머티즘(Pragmatism)과 네오프래그머티즘으로 구분되고, 성격을 달리하지만 기본적으로는 유용성이 진리라는 진리관이라는 것이다. 진리에 대한 정의를 바꾸었을 뿐 여전히 철학에 속한다. 하지만 한국의 실용주의에서 유용성은 진리가 아니다. 왜냐하면 한국의 실용주의는 진리라는 개념 자체를 사용하지 않기 때문이다. 미국의 실용주의와 한국의 실용주의는 기본적으로 다르기 때문에 미국의 것은 프래그머티즘으로, 한국의 것은 실용주의라고 하자. 그럼 미국의 프래그머티즘의 성격을 먼저 살펴보자.

프래그머티즘의 유래

유용성이 진리라고 한다면, 그전에는 무엇이 진리로 여겨졌는가? 서양에서 진리란 플라톤의 이데아처럼 불변적이며 객관적인 것으로 인식되어왔다. 즉 진리란 발견되는 그 무엇이라는 것이다. 그 무엇은 원래부터 변하지 않고 존재하는 것이며 인간과 독립적으로 존재하는 것이다. 이런 전통은 꽤 오랫동안 서양을 지배했다. 물론 진리란 사실과의 대응이라든지, 명제간의 정합이라는 주장도 있지만, 기본적으로는 진리를 영원하고 객관적인 것으로 보아왔다. 그런데 미국의 프래그머티즘은 진리란 유용성이라고 단언한다. 즉 실험해보아서 작동하면 진리라는 것이다. 따라서 진리는 불변적인 것도 아니며 인간 독립적인 것도 아닌 것이 된다. 다른 말로 하면, 진리는 초월적인 것이 아닌 것이다. "홀(D. Hall)은 전통적인 서구의 사상에서는 초월성이라는 아이디어가 문화의 토대로서 아주 깊게 뿌리내렸다고 본다. 가령 신의 관념, 자연법의 관념, 자연의 법칙, 충족 이유율, 그리고 보편적 인권 등의 관념에서 보듯이 서구의 사상은 초월적 존재나 초월성을 강조한다는 것이다. (…) 이 점은 실용주의에서도 마찬가지이며, 초월성을 거부한 실용주의는 현실중심적이며 가장 중요한 의미에서 인간적 가치의 구체적 쟁점들에 관한 하나의 사회철학이라고 홀은 주장한다."[35] 초월적이지 않고 현실중심적인 면은 한국의 현세주의와 상통한다. 하지만 미국의 프래그머티즘은 여전히 진리관이다. 그럼 미국에서 왜 프래그머티즘이 생겨났는가?

테이어는 프래그머티즘이 등장하여 발전하던 시기에 미국의 철학적 문제상황을 다음의 두 가지로 본다. 첫째, 미국 철학사상의 주된 문제는 철학의 유럽적 유산을 어떻게 미국문화의 조건에 부합하도록 할 것이냐의 문제이다. 가령 로크의 사회정치사상을 미국적인 삶과 문화에 맞게 소화할 것인가가 주된 철학적 관심사라는 것이다. 둘째, 미국의 철학이 당면한 딜레마는 더 체계적이 되면 될수록 그것은 미국적인 특성을 잃을 것이며 반면에 지나치게 미국적인 삶에만 천착할수록 그것은 보편적인 철학적 의의를 잃게 된다는 점이다. 요컨대 미국적 특수성과 철학적 보편성을 슬기롭게 조화하는 사상이 요구되는 것이다. 물론 이러한 문제의식은 단지 철학에만 국한되는 것이 아니라 예술, 작가, 시인 등에게서도 마찬가지로 문제였으며, 그런 점에서 그것은 하나의 역사의식이었다고 일컬어질 수 있었다.[36]

미국의 실용주의는 유럽의 유산을 어떻게 미국문화에 맞게 소화할 것인가 하는 문제에서 비롯되었는데, 이 경우 미국의 특수성과 철학의 보편성 간의 조화가 문제가 된다는 것이다. 이런 배경과 문제가 한국에도 해당되는가? 해당된다고 할 수 있다. 한국 근대화의 가장 큰 고민은 전통과 외래문화의 조화로운 접목이었다는 것을 누구나 인정할 수 있기 때문이다.* 동시에 한국은 중국의 전통을 떨쳐버리려 애썼다. 중국이라는 거대한 국가에서 정신적으로 독립하는 것은 쉬운 일이 아니었고 그것은 지금도 진행중에 있다.

한국과 미국이 1세기 전에 유사한 상황에 놓여 있었다 해도 대처하는 방식은 달랐다. 미국은 자신들의 작업을 프래그머티즘이라고 명명

---

* 전통과 외래문화의 조화는 보편과 특수의 조화라는 문제로 종종 치환된다. 정범모는 다음과 같이 말했다고 한다. "정교수는 '현실에 맞지 않는 외국 이론 대신 한국적 이론을 개발해야 한다'는 '한국화의 기치'를 폐쇄적 정신풍토의 한 예로 들었다. 교육을 예로 들면, '교육의 실제는 한국적일 뿐만 아니라 강원도적, 철수적, 영희적일 만큼 구체적이어야만 하지만 그 이론은 미국이나 아프리카에도 모두 적용될 만큼 보편적이어야 한다'는 것"(동아일보, 2006.1.27)이라고 한다.

하고 이론적 틀을 세운 반면 한국은 유사한 대응방식을 취했음에도 불구하고 뚜렷한 이름을 붙이지 않은 채 개념의 틀 없이 지내왔다. 그렇다면 미국은 프래그머티즘에 어떤 의미를 부여하였는가? 김동식(金東植)은 다음과 같이 말한다. "프래그머티즘의 의미이론이나 여타의 이론이나 주장들도 궁극적으로는 그러한 사회·문화·도덕적 문제의식에 대한 대답을 줄 수 있는 논의의 틀을 제공하기 위한 것이었다고 보아야 한다는 것이 테이어의 주장의 골자라고 하겠다."[37] 그리고 이런 주장은 다음에서도 강조된다. "거시적으로 볼 때 미국이 독립을 쟁취하고 그 사회가 산업화를 지향하는 과정에서, 프래그머티즘은 의미나 행위에 대한 새로운 해석을 통해 사회·정치·도덕의 담론을 이끌어나갈 사상적 뼈대를 제공하고자 하였던 것이다."[38] 산업화 과정에서 주요 분야의 사상적 뼈대를 제공하는 것이 미국 프래그머티즘의 역할이었던 것이다. 이런 분명한 노선 표명은 국가발전과 사회안정에 큰 공헌을 했을 것이다. 헤아릴 수 없이 많은 일들을 처리해야만 하는 상황에서 기댈 만한 사상적 뼈대가 있다는 것은 사회 전체의 안전판 구실을 할 수 있기 때문이다. 하지만 프래그머티즘이 단순히 유용성이 진리라는 주장에 머물러 있는 것은 아니다.

시행착오를 통한 진리의 재정립

프래그머티즘의 본질에 관해 김동식은 다음과 같이 말한다. "프래그머티즘은 '실용주의'로 번역되지만, 사실 그 사상은 우리말의 '실용주의(實用主義)'가 함축하고 있는 뉘앙스보다 훨씬 폭넓은 의미를 지니고 있다. 프래그머티즘이란 단순히 '실용성이 최고'라는 발상만이 아니기 때문이다. 그것은 실용성뿐만 아니라 실천주의, 결과주의, 실험주의, 개방성, 진취성, 창의성 등으로 표현될 수 있는 성격과 특징을 아울러 갖추고 있다. 프래그머티즘은 단지 현실적으로 부딪히는 문제들의 타개를 위한 단순한 방책이나 기술이 아니라, 세계관과 가치관 및 방법론 등도 아울러 함축하고 있는 하나의 사조이다."[39] 프래그머티즘이 단순한 진리관이 아니라 세계관과 가치관 및 방법론 등도 함축하는 하나의 사조라면 한국의 실용주의와 다른 점이 무엇인가? 다른 점은 미국의 프래그머티즘은 여전히 사상에 속한다는 것이다. 프래그머티즘이란 사상이 진리관에 뿌리를 두고 여러 분야로 확산되면서 세계관, 가치관, 방법론을 아우르는 사조가 된 것이다. 다시 말하면, 프래그머티즘은 미국의 사상이자 철학이라는 것이다. 하지만 유럽의 철학이나 사상과는 달리 대중의 삶에 너무 깊이 침투해 하나의 사조가 되어버린 것이다. 즉 여전히 시행과 착오라는 방법을 통해 유용성이 진리라는 믿음에 기초하고 있으면서 공허한 담론이 아닌 더 살도록 도와주는 기능을 가진 하나의 방법이 된 것이다.

퍼트넘의 견해에 따르면, 이성의 정초는 어떤 선험적인 가정이나 의사소통과 같은 특정한 개념이 아니라, 그가 '탐구'라고 부른 구체적 실천에서 찾아야 한다. 그는 탐구의 모든 형태의 경험적 탐구, 즉 '시행과 착오'의 방법으로 이해한다. 더욱이 그는 이런 방법의 적용을 자연과학에 국한시키기는커녕 사회과학, 윤리학, 정치학에도 완전하게 적용 가능한 것으로 간주한다. 경험에 의해 주어지는 것들을 존중해야 한다는 것, 보편적으로 이해 가능한 논변들에 의해 정당화될 수 있는 논제들만을 개진해야 한다는 것, 결코 반대자의 동의를 강요해서는 안된다는 것은 선험적 정초를 필요로하지 않는다. 이런 것들은 인간의 경험으로부터 단순한 추상과정을 통해 너무나도 간단하게 이끌어낼 수 있다. 철학적 반성의 목적들을 이루기 위해서는 일상적인 삶에서 우리가 필수불가결한 것으로 여기는 개념들을 진지하게 성찰하는 것으로 충분하다. (…) 간단히 말해 철학은 하나의 공허한 담론이 아니며, 이와 반대로 두 가지 기능, 즉 더욱 정의로운 사회를 만드는 기능과 동시에 우리가 더 잘살도록 도와주는 기능을 가진 하나의 방법이라고 주장한다.[40]

여기에 등장하는 용어들에 주목해보자. 이성의 정초, 선험적 가정, 경험, 이해 가능한 논변들에 의한 정당화, 탐구, 시행과 착오 등. 미국의 프래그머티즘이 진리론을 넘어서는 하나의 사조인 것은 분명하지만 토대는 퍼트넘이 말하듯이 진리탐구에 있다. 즉 경험적 진리탐구를 기본으로 한다. 선험적인 모든 것을 배제하고 경험적 시행과 착오에 의해 정당화된 것이 진리라는 것이고, 그런 방법은 더욱 정의로운 사회를 만들도록 그리고 사람들이 더 잘살도록 도와주는 기능으로 작동해야 한다는 것이다. 그렇게 함으로써 철학은 공허한 담론이 되지 않는다는 것이다. 미국의 프래그머티즘은 김동식이 말하는 대로 "진리라는 관념으로 총체적으로 표현되는 서구의 전통적 가치나 이념 등을 미국의 상황에 부합되게 변용해야 한다는 요구를 논리적·개념적으로 뒷받침하기 위해서는 무엇보다도 진리의 개념 자체를 탈바꿈시켜 다시 정립할 필요가 있었던 것이다. 그러한 노력의 과정이 프래그머티즘의 준칙에 대한 해석을 시작으로 그후 여러 단계를 거치면서 발전되어 프래그머티즘이라는 철학적 담론을 이끌었다고 볼 수 있다."[41] 미국의 프래그머티즘은 진리론을 중심으로 한 철학이다. 인생의 즐거움이 진리의 내용이 될 수는 없을 것이다. 즉 인생을 즐겁게 해주는 것이 유용한 것이고 따라서 진리라는 식의 주장은 미국의 프래그머티즘에서 성립할 수 없다는 것이다. 미국의 프래그머티즘은 유용성이 진리라는 정의를 삶의 영역으로 확장하려고 한다.

2. 한국의 실용주의: 유용성은 좋은 것이다

한국의 실용주의는 서양에서 말하는 철학이나 사상은 아니다.* 한국의 실용주의는 현세주의, 인생주의, 허무주의를 실천하는 방법론일

---

* 서양적 의미에서 철학은 아니지만 나는 한국의 생활철학이라고 생각한다. 거창한 이론으로 세계를 전부 드러내고 과거와 미래까지 포함하는 영원성을 지향하지 않는다는 것이다. 그렇다고 해서 한국의 실용주의가 철학이 아니라고 할 수 없다. 우리의 삶을 구체적으로 움직이는 동력이고 핵심이기 때문이다. 이런 것을 사상이라고 부를 수도 있겠으나, 나는 생활철학이라고 부르는 것이 더 적당하다고 여긴다. 이 책에서는 실용주의가 처음에는 방법론으로 후에는 철학으로 취급된다. 그것은 실용주의의 특성에 기인한다.

뿐이다. 물론 진리론이 아니다. 어떤 것이 유용하기 때문에 진리라는 주장을 하지 않는다. 유용하기 때문에 진리가 아니라 좋은 것이다. 무엇에 유용하기 때문에 좋은 것인가? 그것은 인생의 즐거움 추구에 유용하다는 뜻이다. 여기에는 진리라는 개념이 개입할 여지가 애초에 없다. 서양과 같이 진리론을 갖고 씨름한 것이 아니라 인생의 즐거움을 얻는 방법을 찾았던 것이다. 인생의 즐거움에 유용한 것은 진리라기보다 좋은 것이다. 현세주의가 진리라는 개념을 거부하는 것은 자연스럽다. 진리라는 말은 정의상 시공간을 초월하며 객관적인 것이다. 이 시대만이 아니라 다음 시대에서도 여전히 참이어야 하고, 우리에게만이 아니라 모두에게 참이어야 한다. 즉 모든 가능세계에서 참이어야 하는 것이다. 이런 초월성과 객관성은 이 세상만이 모두라는 현세주의와 어울리기 어렵다. 현세주의자에게는 이 세계가 유일한 가능세계이기 때문에 다른 가능세계에 관심을 쏟지 않는다. 진리라는 것 자체가 갖는 초월성이 한국인에게는 관심의 대상이 아니기 때문이다. 이런 점에서는 미국의 프래그머티즘과 상통하는 바가 있다. 다른 점은 미국인은 진리 개념 자체를 바꾸었을 뿐 진리론에 대한 관심을 유지하고 있는 반면 한국인은 진리 개념 자체에 별로 관심이 없다는 것이다. 이 세상이 전부이므로 영원불변의 진리는 설자리가 없다.

진·선·미를 아우르는 통합적 가치, '좋음'

인생주의는 한국 실용주의의 목적을 말해준다. '잘 먹고 잘 살자'는 말을 한국사람들은 흔히 한다. 간혹 빈정대는 말로도 쓰이지만 대중의 삶의 목표를 간명하게 잘 표현하고 있다. 잘 먹고 잘 사는 데 필요한 것 혹은 유용한 것은 좋은 것이다. 즉 인생을 즐겁게 해주는 것은 유용한 것이고 좋은 것이다. 여기에서 '좋다'는 개념을 생각해보자. 좋음이라는 개념은 포착하기 힘든 개념이다. 무엇이 좋다고 말할 때 기준은 주관적이고 애매하다. 좋다는 말보다 더 상위의 개념은 찾기 힘들다. 음식을 먹을 때에 맛있다고 말하는 것보다 좋다고 말하는 것이 훨씬 함의하는 바가 넓고 상찬의 뜻이 된다. 어떤 사람이냐고 물었을 때에 능력있는 사람이라든가 멋있는 사람이라는 말보다는 좋은 사람이라는 말이 역시 더 상위의 의미이다. 좋음은 진, 선, 미의 상위개념이다. 진리, 선함, 아름다움은 각각의 가치를 갖고 있지만 이 모두를 아우르는 상위개념은 좋음이다. 참이기에 좋은 것이고, 선하기에 좋은 것이고, 아름답기에 좋은 것이다.* 성경에서도 하느님이 천지를 창조한 후에 좋다고 말씀하셨다고 기록하고 있다. 그때의 좋다는 의미가 한국의 실용주의에서 말하는 것과 상통한다고 할 수 있다. 좋다는 말은 최상위 개념이기에 애매해 보이고 평범해 보이기도 한다. 신이란 개념이 애매해 보이고 일상적이지만 최상위 개념인 것과 같다고 할 수 있다. 한국인은 최상위 개념인 좋음과 함께 살고 있다. 미국은 프래그머티즘이란 진리를 중심으로 하기 때문에 선이라든가 미는 이에 종속된다. 이에 반해 유럽은 진·선·미를 개별적으로 추구하기 때문에 미

---

* '왜?'라는 질문에 '좋아서'라고 답하면, 더이상 묻는 것은 무의미해진다. '왜 그 사람이 좋으냐?'고 물었을 때, '그냥 좋아'라는 답이 돌아온다면 추가 질문을 해도 그 이상의 답을 들을 수 없다. 왜냐하면 좋음이 최상위의 개념이기 때문이다.

국에 비해 다양하고 관용적으로 보인다. 즉 학문과 윤리와 예술은 독자적 영역을 서로 인정하기 때문에 더욱 풍요롭다고 할 수 있다. 한국인은 진·선·미의 상위개념인 좋음을 추구하고 누리고 산다. 때때로 한국의 문화나 철학이 빈곤해 보이는 것은 최상위 개념과 함께하기 때문이다. 무협지를 보아도 최고수는 언제나 평범한 모습으로 일상을 살고 있다. 각 파의 장문(掌門)들은 일가를 이루기는 했지만 최고수는 아니다. 진리, 선함, 아름다움을 추구하는 서양문화가 보기에는 뚜렷하고 앞서 있는 것처럼 보이지만 한국문화는 좋음을 택함으로써 서양을 넘어선다.

앞서 인생을 즐겁게 해주는 것이 유용한 것이고 유용한 것이기에 좋은 것이라고 말했다. 그리고 좋음이라는 개념은 진·선·미보다 상위개념이라고 말했다. 그렇다면 한국 실용주의의 유용성은 좋음의 하위개념인가? 그렇다. 좋음이 최상위 개념이다. 즉 유용성도 좋음의 하위개념 중 하나이다. 무엇이든 인생의 즐거움을 증가시키면 유용한 것이다. 그리고 좋은 것이다. 무엇이든 아름다운 것이 인생의 즐거움을 증가시키면 유용한 것이고 좋은 것이다. 유용성과 좋음은 동의어가 아니다. 유용한 것은 좋은 것이지만, 좋은 것이라고 해서 반드시 유용한 것은 아니기 때문이다. 진실은 좋다. 하지만 진실이 인생을 즐겁게 만드는가? 진실을 밝힘으로써 더 많은 사람이 고통을 받을 수도 있다. 차라리 묻어두는 것이 더 나은 경우도 많은 것이다. 진실이란 좋은 것이지만 반드시 유용한 것은 아니다. 한국에서는 진실도 선도 아름다움도 유용성도 좋음에 해당될 때에만 받아들여진다. 하지만 좋다는 기준은 앞서 말한 대로 애매하며 주관적이기도 하다. 도대체 무엇을 기준으로 좋다고 할 수 있는가? 여기에 한국문화가 갖는 모호함이 있다. 한국문화, 즉 한국의 생활양식은 알기 어렵다는 말을 흔히 듣는다. 되는 일도 없고 안되는 일도 없다는 것이다. 법대로 되는 것도 아니지만 어떤 때에는 법이 제구실을 한다. 뚜렷한 것이 없는 나라이다. 일본의 지하철 계단을 보면 올라가는 길과 내려가는 길이 중앙의 선으로 명확히 구분되어 있다. 사람들도 그 선을 참 잘 지킨다. 한국은 그런 선이 있다 해도 그다지 잘 지켜지지 않는다. 한국사람들은 그때그때 알아서 움직인다. 좋다는 것은 이같은 것이다. 사람들은 흔히 '좋은 것이 좋다'고 말한다. 이 말은 보통 부정적 의미로 이해된다. 즉 부패나 부정과 연관된 말로 생각되기 쉽다. 물론 그런 면이 있지만 이 말은 한국문화에서 좋음이 차지하는 위치를 잘 보여준다. 좋은 것이 좋다는 물론 동어반복이 아니다. 생략된 말을 복원시켜보자. '서로에게 좋은 것이 인생에 좋다'는 뜻이 아닐까. 좋은 것이 좋다에서 앞의 좋은 것에 붙는 말은 경우에 따라 다를 것이지만, 뒤의 좋다에 붙는 말은 '인생에'일 것이다. 즉 기준이 인생에 좋은지의 여부이다. 판단을 내릴 때 물론 진실, 거짓 혹은 정의를 고려하지만, 진실이어서 좋은 것인지 거짓이어서 좋은 것인지를 더 고려한다고 나는 생각한다. 결국 인생주의를 택한다는 것이다. 불변의 진리나 사회정의보다는 결국 나의 인생에 그리고 다른 사람의 인생에 좋은 것인가의 여부가 기준이 된다고 생각한다.

가변성과 수용성이 시대를 이끈다

좋음을 기준으로 하는 한국의 실용주의는 가변성과 수용성이 뛰어나다. 즉 인생에 좋다면 무엇이든 다 받아들일 수 있고, 인생에 좋다면 언제나 변화를 택하기 때문이다. 진리나 정의도 좋음 앞에서는 순위가 밀리는 상황이므로 서양처럼 진리를 위해 목숨을 버리며 싸우는 일은 한국에서는 찾아보기 힘들다. 진리나 정의보다는 인생의 즐거움이 앞서기 때문에 인생의 즐거움에 좋은 것이라면 그 어떤 것도 받아들일 수 있고 변화할 수 있는 것이다. 이런 태도는 나쁘게 보면 기회주의자로 보일 수 있다. '꺼비딴 리'와 같은 인간이 나올 수 있기 때문이다. 물론 그럴 가능성은 항상 존재한다. 하지만 크게 보면 대중은 자신의 삶에 무엇이 필요한지를 시대상황에 맞게 택해 자신의 것으로 만들고, 다음 단계에는 또다른 것을 상황에 맞게 택함으로써 성공적인 변화와 발전을 이루었다. 나는 실용주의가 지난 1세기 동안 방법론으로서의 사상적 틀의 역할을 충실히 해왔음에도 불구하고 과소평가되거나 오해받았다고 생각한다. 즉 좀더 나은 삶을 위해 어떤 과제를 해결하는 것이 적절하고 옳은가에 대해 사람들은 암묵적으로 합의하고 성공적으로 실천에 옮겼다는 사실이 제대로 평가받지 못했다는 것이다. 앞서 말한 대로 한국은 국가 성립→산업화→민주화→선진화의 단계를 거쳐왔으며 각 시대를 지배했던 화두는 생존→생활→행복→의미였다는 것이다.*

여기에서 산업화, 민주화에 주목해보자. 산업화시대는 독재시대였다. 인권이 유린되었으며 고문이 자행되었다. 이에 대해 임지현(林志

弦)은 '대중독재'라는 표현으로 대중도 독재에 묵시적으로 동의했다고 주장한다. 즉 독재자에 의한 독재가 아니라 대중에 의한 독재라는 것이다. 만약 이런 주장이 옳다면, 왜 대중은 독재에 암묵적으로 동의했을까?** 대중이 고문을 원했을 리 없다. 대중도 인권이 존중되기를 바랐을 것이다. 독재를 용인한 것은 당시 상황으로는 산업화가 인생에 필요하다, 유용하다, 좋다고 판단했기 때문이었을 것이다. 독재는 물론 용인될 수 없는 것이지만 어느 쪽이 더 도움이 되는지를 판단하고 그것을 택했던 것이다. 이것이 실용주의이다. 산업화가 궤도에 오르자 대중은 개인의 재산과 권리를 보호하기 위해 민주화를 택했다. 이 역시 이 상황에 무엇이 인생에 필요한가를 고민한 끝에 택한 것이다. 그리고 그 다음으로는 산업화의 업그레이드인 선진화를 택하고 있다. 선진화란 국민소득뿐만 아니라 의식수준도 일류가 되어야 한다는 것이다.

어떤 이념도 도구이자 방편일 뿐

한국의 실용주의는 산업화, 민주화도 도구로 쓸 정도로 강한 것이

---

* 각 단계가 겹치거나 일치하는 것은 아니다. 의미의 시대와 선진화가 무슨 관련이 있겠는가. 국민소득 향상과 법치주의 확립이 이루어진다고 해서 의미를 추구하는 것은 아니기 때문이다. 현상으로서의 국가 성립→산업화→민주화→선진화의 단계는 여러 분류 중의 하나일 뿐이고, 시대를 이끌었던 화두인 생존→생활→행복→의미에 포섭된다. 말하고자 하는 바는 물론 시대를 이끌었던 그리고 이끌고 있는 화두 내지 사상이다.

** 대중독재론에 동의하지 않지만 설사 그것이 타당성이 있다고 하더라도 실용주의의 설명이 대중독재론보다 더 낫다고 생각한다.

다. 산업화가 목표가 될 수 없다. 무엇을 위한 산업화인가? 민주화 역시 목표가 될 수 없다. 이 역시 무엇을 위한 민주화인가 하는 문제가 기다리고 있기 때문이다. 통일도 마찬가지이다. 통일은 지상목표가 아니다. 요즘은 여론조사를 해보아도 통일의 필요성에 동의하는 사람은 절반 정도이다. 즉 반은 동의하지 않는다는 것이다. 통일도 무엇을 위한 통일인가? 그리고 통일을 하면 나의 인생은 더 좋아질 것인가에 대해 먼저 생각하고 있는 것이다. 그 어떤 것이든 인생의 즐거움을 넘어서는 가치는 존재하지 않는다. 산업화든 민주화든 통일이든 그것은 상황 목표일 뿐이며 본질적으로는 도구나 방편일 따름이다.

이런 태도는 이념 문제에도 그대로 적용된다. 즉 개혁이나 보수는 겉으로는 거창한 문제로 보이지만 대중에게는 개혁과 보수도 인생에 도움이 되는 방편에 지나지 않는다. 보수·혁신 논쟁이 치열하고 진지해 보이지만 대중은 한가지 기준으로 본질을 직시한다. 인생에 필요한 것이 무엇인지 판단하고 그에 맞는 선택지를 택한다는 것이다. 진보의 물결이 필요한 때라면 진보를 택하고, 보수가 필요한 시기에는 보수를 택한다. 10년간 진보정권에게 기회를 주어보고 아니다 싶으면 다시 보수를 택한다. 앞으로는 또 어떤 선택을 하게 될지 모른다. 6·25전쟁이 이념갈등을 극명하게 보여주었다고 하지만 한국사회에서 이념이 차지하는 비중은 생각하는 것만큼 크지 않다. 찻잔 속의 태풍이라고 하면 지나치지만 지식인사회 그리고 언론에서 논의되는 진지함을 대중도 공유한다고 생각하지는 않는다. 대중은 언제나 영악하게 지식인을 지켜본다. 대중은 선거를 통해 자신들이 바라는 바를 관철시킨다. 그런 이유에서 민주주의는 앞으로도 한국에서 유지될 것이다. 먹고 사는 문제를 해결하는 데 자유시장이 좋다는 것을 이제는 알았기에 앞으로도 자유시장경제가 유지될 것이다. 민주주의와 시장경제를 축으로 하고 이념 문제는 더 도구적으로 사용하면서 인생의 즐거움을 추구할 것이다. 좋음을 기반으로 하는 한 한국 실용주의는 그 어떤 것도 수용할 수 있고 동시에 어떻게도 변할 수 있다.

실용주의를 좀더 명확히하기 위해 사이비 실용주의 혹은 유사 실용주의라 부를 수 있는 것들을 살펴보자.

3. 사이비 실용주의

실용주의에 대해서 두 가지 오해가 있는 것 같다. 하나는 구체적인 것이 실용적이라는 믿음이고, 다른 하나는 실천이 실용주의라는 믿음이다. 두 가지는 비교적 널리 퍼져 있다. 실용주의가 추상적인 것보다 구체적인 것을 선호하고 말보다 실천을 중히 여길 것이라는 것이다. 과연 그런가? 나는 아니라고 생각한다. 실용주의의 내용은 가변적이기 때문에 때에 따라 구체적인 것이 실용적일 수도 있고, 또 때에 따라 실천보다 말이 실용적일 수 있기 때문이다. 따라서 실사구시나 실무역행이 반드시 실용주의와 일치하는 것은 아니다. 실용주의는 이념, 이론을 그 내용으로 할 수도 있기 때문이다. 그럼 구체적인 것이 실용적인 것이라는 잘못된 믿음부터 따져보자.

'구체적'의 무용성

일본의 텔레비전을 보면 재미있는 장면들이 꽤 있는데, 한번은 이런 일이 있었다. NHK 9시뉴스 시간이었는데, 어느 지방의 특산물을 취재했다. 거기까지야 한국과 별로 다른 것이 없었는데, 리포터의 멘트가 끝나고 앵커가 스튜디오 안에서 직접 그 특산물을 먹는 것이 아닌가! 예능프로그램에서야 하도 먹어서 그렇거니 하고 있었지만, 뉴스 시간에 앵커가 직접 먹을 줄은 생각하지 못했다. 뭔가 구체적으로 보여주는 것이 일본 프로그램의 특징이라는 생각이 들었다. 단순한 그래프가 아니라 실제로 만든 입체물을 가지고 나와 조작해가면서 설명하는 일이 보통이다. 실감이 나고 이해가 쉽게 된다. 예능프로그램은 말할 것도 없다. 한번은 어떤 연예인의 이혼을 보도했는데, 사람 키의 거의 2배 높이의 큰 판 위에 만남의 시간과 장소부터 연애의 과정과 파경에 이르기까지의 모든 것을 낱낱이 적어놓았다. 리포터는 그 하나하나를 따라가면서 설명을 했다. 그리고 신문에 난 기사까지 일일이 넘겨가면서 아주 열심히 소식을 전했다. 우선은 꼼꼼한 자료에 놀랐다. 역시 일본사람은 자료에 철저하구나. 한국은 앞서 말한 대로 축적이 없는 문화인데, 일본은 기록에 의한 축적이 대단하다는 것을 새삼 느낀 것이다. 하지만 동시에 이런 생각도 들었다. 한 연예인의 이혼소식을 이토록 상세하게 보도할 필요가 있는가? 인기가 있다고 해도 이혼을 했다는 것 정도를 알리면 되는 것이 아닐까. 좀더 심층적으로 보도할 것이 있다 해도 그토록 자세하게 할 필요가 있을까 하는 의심이 든 것이다. 일본은 무엇이든 집요하게 기록하고 파헤치는 사회이다. 사소해 보이는 것도 기록해서 남기는 문화인 것이다.

이런 일본문화가 과연 실용적인가? 즉 실제로 유용한가를 생각해 보자. 기록을 자세히 남기는 것이 남기지 않는 것보다 유용할 수 있다. 있는 것이 없는 것보다 낫지 않겠는가. 하지만 정도 문제이다. 자료가 넘치면 자료에 치여 문제의 본질을 놓치는 경우가 많다. 상세한 자료가 필요한 경우도 있고, 자료보다는 감에 의존해야 하는 경우도 있기 때문이다. 창조적인 사람들의 방에는 책이 별로 없다고 한다. 책을 많이 읽는다고 창의성이 생기는 것은 아니다. 일본은 기록과 자료에 의존하는 나라이다. 따라서 기록이나 자료가 없거나 잘못되면 공황상태에 빠지게 된다. 최근의 연금문제가 바로 그것이다. 연금기록 누락 건수가 약 5000만건에 이르게 되자 온 나라가 경악을 금치 못했다. 기록에 관한 한 세계 최고라고 할 수 있는 일본에서 연금기록이 확인되지 않아 몇십년 부은 연금을 못 받을 수도 있는 사건이 일어난 것이다.* 이 문제를 아직 해결하지 못하고 있다. 작년부터 계속된 문제이지만 해법을 못 찾고 있는 것이다. 기록과 자료에 의존할수록, 그것에 이상이 생기면 대처하는 방법을 찾지 못한다. 기록과 자료가 조금 부실하고 대충인 것처럼 보여도, 문제가 생기면 즉시 대처할 수 있는 경우가 오히려 실용적이라고 할 수 있다.

---

* 연금기록 누락은 일본인 이름이 여러가지로 읽히고, 또한 결혼하면 성이 바뀌는 사정에 기인한다는 말도 있다. 즉 전산화 과정에서 에러가 발생했다는 것이다.

임기응변과 낙관주의, 잠재력의 원천

한국은 모든 것이 대충인 것처럼 보이는 나라이다. 한국은 하나하나 따져보면 아주 많은 부분에서 후진적이다. 이렇게 규제가 많은 나라에서 어떻게 기업을 하는지, 부패로 얼룩진 정치에서 어떻게 발전을 이루어왔는지, 주입식 교육과 평준화 교육이 어떻게 인재를 길러내는지 이해하기 힘든 나라이다. 하지만 모든 것이 대충으로 보이고 말이 안돼 보이는 상황에서 한국을 발전시킨 원동력은 실용주의이다. 즉 그때그때 필요한 것은 어떻게 해서든 손에 넣고 마는 정신이 현재의 한국을 만든 것이다. 인생에 무엇이 도움이 되는가, 혹은 이 단계에서 무엇이 필요한가를 판단하면 기록이나 자료에 구애받지 않고 바로 실행으로 옮기는 것이 한국의 실용주의이다. 실용주의는 정해진 사상이 아니라 상황에 따라 항상 내용을 바꾸면서 적응하는 태도이다. 상황에서 가장 필요한 것을 골라내고 그것을 얻기 위해 최선을 다하는 자세를 말한다. 이런 자세를 잘못 관찰하면 오해를 할 수 있다. 즉 게으른 사람이 갑자기 부지런해지는 경우를 보고, 한국사람은 '열 잘 받고 급하기' 때문으로 여길 수 있다는 것이다. 최준식(崔俊植)은 다음과 같이 말하고 있다. "작년(1996년), 인도네시아에 갔을 때 자카르타 공항에서 우연히 만난 한국수출입은행 지점장은 재미있는 지적을 했다. 한국인들은 평소에는 '비리비리'하다가도 갑자기 엄청난 능력을 발휘하는 경우가 있는데, 그때가 바로 '열받는' 때라는 것이다. 산업현장에 있으면서 외국인 노동자들과 비교를 해보았을 테니 정확한 평가일 것이다. 이 평가는 오스굿(C. Osgood)의 관찰과 거의 맞아떨어진다. 사실 우리가

한국인의 '빨리빨리' 습성은 성격상의 문제가 아니라 상황에 따른 기민한 판단에서 비롯된다.

식민지시대와 전쟁을 겪으면서 절대빈곤에 허덕이다가 이렇게 경제 기적을 이룬 것도 바로 이 '열받는 오기와 근성'에 힘입은 바가 클 것이다."[42] 오스굿의 관찰이란 다음과 같다. "1950년대 강화도에서 현지 조사를 했던 미국인 인류학자가 한국인을 묘사한 것을 들어보자. 오스 굿은 한국인이 갖고 있는 성격의 원형에는 상당한 정서적 불안감이 포 함된 내향성이 있다고 보았다. 그래서 동면하는 곰처럼 침묵을 지키는 것 같기도 하고 화난 호랑이가 분노를 참고 있는 것 같기도 하는 등 무 서운 면이 있다는 것이다. 그래서 어떤 때에는 지구상에서 가장 게으 른 사람처럼 보이다가도 그 다음 순간에는 놀라울 정도로 부지런한 노 동자가 되는 게 한국인이다. 이런 성격 유형을 프로이트의 정신분석학 에서는 구강가학적(oral sadistic)이라고 한다."[43] 이런 식의 관찰은 한국문화에 관한 책에서 흔히 찾아볼 수 있다. 즉 현상 묘사에 치우쳐 있으면서, 현상의 원인을 심리학 혹은 정신분석학에서 찾거나 한국인의 원형이라는 가상의 모델을 설정하여 찾는 것이다. 이 경우 한국인이 열을 잘 받고 급한 이유는, 한국인의 성격 원형에 정서적 불안감이 포함되어 있거나 프로이트가 말하는 입을 통해 쾌락을 얻고 공격적으로 되기 쉬운 구강가학적 단계이거나 아니면 불만이 많거나 스트레스가 많은 탓이다. 이런 보고와 분석은 피상적인 것이다. 한국인의 성격 원형이란 앞에서 본 바와 같이 존재하지도 않으며 프로이트의 이론도 낡은 이론이다. 게다가 불만이나 스트레스는 미국이나 일본이 한국보다 많을 것이다. 현상 관찰은 어느정도 맞을지 몰라도 분석은 전혀 아니다.

나는 한국인의 열 잘 받고 급한 성격은 실용주의에서 비롯된다고 생각한다. 한국인이 언제나 열을 받는 것은 물론 아니다. 게으른 것이 인생에 좋다고 판단하면 게으르게 행동한다. 여러가지 조건을 따져보고 '비리비리' 지내는 것이 인생에 더 좋다고 판단하면 비리비리 지낸다. 하지만 상황이 변해서 열심히 일하는 게 더 좋겠다는 판단이 서면 무섭게 '갑자기 엄청난 능력을 발휘'하는 것이다. 일해봐야 득이 없을 때야 노는 게 더 낫지 않은가. 이런 판단 뒤에는 물론 현세주의와 인생주의가 자리하고 있다. 그리고 방법론으로 실용주의를 택해 인생의 즐거움을 증가시킨다. 내용은 상황에 따라 언제나 변하는 것이 당연한 것이다. 이런 태도를 최준식도 잘 알고 있다. 즉 그는 한국이 통일에 대한 대비가 소홀하다는 것을 지적하면서 이렇게 말한다. "이렇게 전혀 준비를 하고 있지 않다가 갑자기 휴전선이 무너져버리면 어떻게 하나 하고 생각하면 긴 한숨만 나올 뿐이다. 나도 그렇고 대부분의 국민들도 '그때는 또 어떻게든 되겠지' 하고 근거 없는 낙관만 하고 있는 것 같다. 또 모르지. 한번 열받으면 엄청난 일을 하는 민족이니까."[44] '그때는 또 어떻게든 되겠지'는 근거 없는 낙관이 아니다. 현세주의, 인생주의, 허무주의를 배경으로 하고 실용주의를 택한 한국인의 삶의 양식에서 나온 것이다. '그때는 또 어떻게든 되겠지'는 다른 말로는 '임기응변'이 되겠는데, 임기응변이야말로 최고의 전략이다. 기회에 임하고 변화에 응하면 이 세상 살아가는 데 안될 일이 있겠는가. 어느 때가 기회인지를 잘 살피다가 기회가 오면 잡고, 변화하는 환경에 적절히 적응하는 것이야말로 한국 실용주의의 요체이다. 초월적 세계가 존재하지 않는다면 목숨을 걸고 지켜야 할 가치는 존재하지 않을 것이며, 인생의 즐거움이 가장 소중한 것이라면 즐거움을 가져다주는 것을 취하는 것이 자연스러울 것이다. 어차피 허무한 인생인데 잃을 것이 무엇 있겠는가. 기회가 오면 잡아서 맹렬히 살다가 죽으면 되는 것이지. 한국인은 근거 있는 낙관을 하고 사는 사람들이다. 낙관이란 허무의 다른 이름이다.

현장과 실천이 능사가 아니다

실천이 실용주의라는 믿음은 이명박정부가 들어서면서 일반화되었다. 노무현정부가 말만 하고 실천이 없었다는 비판을 의식한 듯 실천을 강조하였다.* 하지만 실천이 실용주의는 아니다. 현장을 예로 들어보면 쉽게 알 수 있다. 이명박정부는 틈만 나면 현장에 가라고 독려한다. 책상에서 결정하지 말고 현장에 직접 나가 문제점을 파악하고 해결의 실마리를 찾으라고 한다. 이런 독려는 1970년대 건설현장에서는 통했을 것이다. 공기를 단축할수록 이익이었고, 현장의 인부들도 간부들이 있으면 일을 더 잘했으니 현장제일주의가 효과적이었을 것이다. 하지만 지금은 그런 시대가 아니다. 중요한 문제, 큰 문제일수록 현장 자체가 존재하지 않는다. 즉 현장에서 아무것도 얻을 수 없다는 것이다. 왜냐하면 환율이 결정되는 현장은 추상적 공간이지 은행의 특정한 지점이 아니기 때문이다. 유가가 상승하고 있다. 그럼 어느 현장을 찾아야 문제점을 찾을 수 있을 것인가? 동네 주유소에 가서 휘발유 가격을 물어보고 애로사항이 무엇인지 물어보면 문제점을 알아낼 수 있을까? 휘발유 가격이 결정되는 구조는 한국정부의 손을 벗어나 있다. 휘발유 가격은 추상적 시장에서 결정된다. 구체적 현장은 없는 것이다. 주유소를 방문하는 것보다는 참모들과 생각하는 시간을 갖는 것이 더 효율적이다. 지금은 현장을 찾는 실천으로는 중요한 문제를 해결할 수 있는 시대가 아니다. 실천도 중요하지만 무엇을 실천해야 하는지 이론적으로 탐색하고 방향을 정하고 면밀한 대책을 세우기 위해 사고를 거듭하는 것이 더 효율적이다. 그 다음에 실천에 옮겨야 한다.

* 창조적 실용주의라는 용어를 사용하고 있는데 무슨 개념인지 알기 어렵다. 이명박정부의 실용주의는 사이비 실용주의라고 할 수 있다. 말만 실용을 내세우고 실제로는 무엇이 실용인지 모르고 있기 때문이다. 기껏해야 효율이나 경제성이 높은 것을 실용이라고 말하고 있는 것 같다. 이 정도 수준이라면 천박한 실용주의로 불러도 되겠다.

현장이 우선이 아니라 정책수립이 우선한다.

4. 실용주의의 구조

실용주의는 구조를 갖고 있다. 실용주의가 단순한 유행이나 사조에 머물지 않고 한국의 문화를 이끌어왔고 이끌고 있는 데에는 실용주의의 구조가 큰 몫을 하고 있다. 즉 견고한 구조를 갖고 있기에 힘이 있다는 것이다. 그럼 실용주의의 구조는 어떤 것인가? 그것은 '~에 쓸모있는 것은 좋다'는 구조이다. 다른 말로는 '~에 유용한 것은 좋다'고 할 수 있다. 앞에서 유용한 것은 좋다가 실용주의의 정신이라는 것은 이미 말했다. 구조는 무엇을 말하는가? 그것은 유용하다는 것에서 무엇에 유용하다는 것인가의 문제다. 즉 지난 100여년간 한국에서 실용주의는 '~에 유용한 것은 좋다'라는 구조에서 '~'에 '인생의 즐거움'을 넣었다는 것이다. 다시 말해서, 인생의 즐거움에 유용한 것은 좋다가 지난 100여년간의 실용주의였다.

유용성의 대상은 시대에 따라 변한다
하지만 '~'에 들어가는 것은 시대에 따라 상황에 따라 얼마든지 변할 수 있다. 앞으로는 인생의 즐거움 대신에 영혼의 정화가 들어갈 수도 있을 것이다. '~'에 들어가는 것은 얼마든지 바뀔 수 있지만 틀은 유지된다는 것, 그것이 구조이다. 비유를 하자면, 영어에서 '주어+동사+목적어'로 구성되는 형식이 있다. 이때 주어, 동사, 목적어는 내용이 얼마든지 바뀔 수 있지만 '주어+동사+목적어'라는 형식은 바뀌지 않는다. 이것을 구조라고 부를 수 있다. 이와 마찬가지로 실용주의도 '~'에 해당되는 내용은 변할 수 있어도 '~에 유용한 것은 좋다'는 구조는 바뀌지 않을 것이다.

지난 100여년간을 이끌어온 인생의 즐거움을 좀더 분석해보자. 인생의 즐거움에 유용한 것이 좋은 것이라면 인생의 즐거움을 누리기 위해서는 무엇을 해야 하는가? 이것은 시대마다 달랐다. 즉 시대에 적합한 과제가 부여되었던 것이다. 이것이 앞서 말한 시대구분의 특성이었다. 즉 생존, 생활, 행복, 의미가 그것이다. 인생의 즐거움을 위해 생존문제부터 해결하여 이제 의미의 시대로 접어든 것이다. 생존이 절박했을 때에는 생존문제를 해결하면 인생이 즐거웠던 것이고, 생활이 어느 정도 해결됐을 때에는 행복해야 인생이 즐거웠던 것이다. 따라서 앞으로 인생의 즐거움이 아닌 다른 것이 '~에 유용한 것은 좋다'의 내용이 된다면 당연히 추구하는 목표나 해결과제가 바뀔 것이다. 가령 영혼의 정화에 유용한 것은 좋다가 된다면 영혼의 정화를 위해 수행이나 고행이 과제가 되지 않을까.

주자학을 대체한 아래로부터의 생활철학

구조는 '~에 유용한 것은 좋다'이다. 그런데 이런 구조를 낳게 한 배경은 무엇인가? 우선은 단절에 의한 발전을 말할 수 있다. 즉 조선과 한국의 단절에서 주자학이 아닌 실용주의가 등장했다는 것이다. 그런데 왜 하필 실용주의인가? 다른 것이 주자학을 대체할 수도 있지 않았을까. 물론 그럴 수도 있었겠지만 식민지라는 국가상실 상황이 오히려 인위적인 철학이나 사상의 학습을 강요하지 않았기에 자연스럽게 밑에서부터 새로운 생활철학이 등장했다고 볼 수 있다. 즉 '이제 주자학을 폐하고 새로운 사상을 택하기로 한다, 이제부터는 이것대로 한다'는 구호가 없었다는 것이다. 이런 구호가 등장했던 지역이 북한이다. 북한에서는 주체사상이 철저한 사상통제와 학습을 통해 심어졌다. 하지만 한국은 사정이 달랐다. 인위적인 학습이 없었지만 시대에 맞는 생활철학이 등장했던 것이다. 그것이 바로 인생의 즐거움에 유용한 것은 좋다는 실용주의였다. 왜 실용주의인가? 시대가 요구했기 때문이다. 우선은 살아남는 것이 중요했고, 살아남은 다음에는 인간답게 사는 것이 소중했고, 다음에는 행복해지고 싶었으며, 그 다음에는 인생의 의미를 찾고자 했던 것이다. 이 과정들을 통해 자연스럽게 '인생의 즐거움에 유용한 것은 좋다'는 실용주의가 성립했다고 생각한다. 하지만 우연한 일은 없는 것이다. 실용주의를 택한 배경에는 시대적 요구 외에도 사상이 있었다.

그것은 현세주의, 인생주의, 허무주의이다. 즉 세 가지 사상이 실용주의를 키워낸 배경이다. 하나뿐인 세상, 한번뿐인 인생인데, 그 인생이 허무한 것이다. 그렇다면 즐겁게 사는 것이 제일이 아닌가. 이런 생각을 바탕으로 실용주의가 생겨난 것이다. 시대에 따른 과제를 해결하다 보니 '~에 유용한 것은 좋다'는 구조를 갖는 실용주의가 형성된 것이다. 물론 현세주의, 인생주의, 허무주의가 갑자기 생겨난 것은 아니다. 현세주의는 불교와 주자학에 이미 존재하고 있었고, 인생주의도 주목을 받지 못했을 뿐 불교와 주자학에 녹아 있었다. 허무주의는 불교의 영향이 큰 것으로 보인다. 즉 이 세 가지 사상은 시대가 바뀜으로써 전과는 다른 의미를 획득했다고 볼 수 있다. 없었던 것이 외국에서 들어와 갑자기 시대정신이 된 것이 아니라, 이미 존재하고 있었던 것이 새롭게 조합되면서 전혀 다른 새로운 주의를 낳은 것이다. 매우 단순하면서 힘이 있는 구조를 만들어낸 것이다.

유연하고 역동적인
한국적 실용주의를 위하여

1. 실용주의가 중심이다

시대의 요구와 현세주의를 비롯한 사상들이 실용주의를 낳았지만, 일단 탄생된 다음에는 실용주의가 시대와 사상을 이끌고 있다. 즉 현세주의, 인생주의, 허무주의 그리고 시대의 요구가 인생의 즐거움에 유용한 것은 좋다는 실용주의를 만들었지만, 실용주의는 단순한 문장에 머물지 않고 '~에 유용한 것은 좋다'는 구조를 갖는 한단계 높은 비약을 이루었다. 구조를 갖게 됨으로써 이제 실용주의가 '~'에 무엇을 채워야 할 것인가를 결정하게 되었다. 즉 위에서 내려다보게 된 것이다. 빈칸에 지금은 인생의 즐거움을 채우고 있지만, 앞으로는 무엇이 채워질지 모른다. 사람들은 이제 실용주의 정신에 입각하여 사고하고 있다. 현세주의, 인생주의, 허무주의를 생각하는 것이 아니라 인생의 즐거움에 유용한 것이 좋다는 기준에 따라 행위하고 생각하는 것이다. 투표? 투표하면 인생의 즐거움 증가에 도움이 되는가? 안된다면 놀러 가거나 집에서 쉬자. 취직? 취직하면 인생이 즐거워지는가? 즐거워진다. 그렇다면 어떻게 해서든 해야 한다. 도움 안된다면 놀자. 자식? 자식이 있으면 인생이 더 즐거워질까? 그럴 것 같으면 낳지만 그렇지 않다면 무리할 필요는 없다. 이런 사고에 현세주의나 인생주의, 허무주의가 끼어들 자리는 없어 보인다. 이미 실용주의가 전면에서 주도권을 잡고 있기에 배경은 사라지게 된 것이다. 실용주의 시대가 된 것이다. 이런 점은 철학적으로는 본질과 실존의 관계로도 설명할 수 있다.

「올드보이」라는 영화가 있었다. 흥행에도 큰 성공을 거두었는데, 이 영화를 생각하면 먼저 최민식이 떠오른다. 최민식이 아닌 다른 배우가 이 배역을 맡았다면 과연 이 영화가 이토록 성공할 수 있었을까? 물론 감독, 씨나리오작가, 제작자, 기획자 그리고 스태프들의 힘으로 영화가 완성되었을 것이다. 하지만 아무리 좋은 씨나리오와 감독이 있다 하더라도 결국 배우가 연기를 못하면 좋은 영화가 될 수 없다. 말론 브란도가 없는 영화 「대부」를 상상할 수 있는가? 이런 관계를 본질과 실존으로 설명할 수 있다. 본질이 실존으로 모두 구현되면 본질은 사라진다. 즉 실존이 우선하는 것이다. 실존을 가능하게 한 본질이 있을 수 있다. 하지만 본질이 완전히 구현되면 실존만 남는다. 배우 최민식은 한 인간이다. 하지만 배역에서 자신의 역할을 완벽하게 구현하면 최민식이 아니라 영화 속의 주인공이 된다. 즉 최민식은 사라지고 영화 속의 인물만 남는 것이다. 이것이 최상의 연기이다. 본질이 실존으로 완벽히 구현된 것이다. 본질이 실존으로 완벽히 실현되지 못하면 그 사이에 틈이 존재하게 마련이다.

실용주의라는 그릇에 무엇을 담을 것인가

현재 한국은 실용주의가 배우와 같은 역할을 하고 있다. 즉 현세주의, 인생주의, 허무주의를 배경으로 하여 방법론으로 실용주의가 택해졌지만 실용주의가 점점 더 힘을 얻어가면서 실용주의가 현세주의, 인생주의, 허무주의 등의 배경을 이끌고 가는 형국이 된 것이다. 배우는 씨나리오의 등장인물을 형상화하는 도구에 지나지 않는다. 배우가 자기 의지대로 연기를 해서는 안되는 것이다. 감독의 의도에 따라야 하고, 씨나리오에 설정된 성격에 부합해야 한다. 즉 배우는 도구나 형상화의 방법으로 여겨진다. 이 점에서 실용주의도 비슷하다. 하나밖에 없는 이 세상을 즐겁게 살려면 어떻게 해야 하는가? 이런 질문에 방법론으로 등장한 것이 실용주의이기 때문이다. 현세주의, 인생주의, 허무주의가 감독의 의지, 씨나리오라면 실용주의는 방법, 도구로서의 배우라고 할 수 있다. 처음에는 감독의 의지가 배우를 이끌겠지만 배우가 뛰어나면 결국에는 배우만 남게 된다. 배우의 연기에 감독의 의지와 씨나리오가 모두 녹아들어가 없어지는 것이다. 즉 본질이 완전히 구현돼 실존만 남게 된다. 그래도 영화가 끝나면 자막에는 감독의 이름이 나오고 씨나리오작가 이름도 나온다. 물론 시상식에 감독상도 있고 씨나리오상도 있다. 즉 그 영화의 배경에 누가 있었는지 그리고 무엇이 있었는지 반추해보는 시간이 있는 것이다. 하지만 관객이 영화에서 보는 것은 배우뿐이다. 그리고 배우의 연기가 뛰어날수록 배우가 맡았던 인물이 남게 된다. 한국의 실용주의도 이와 마찬가지라고 생각한다.

지난 100여년간 실용주의는 방법으로 채택이 되었지만 이제는 방법을 넘어서 내용에 영향을 미치게 되었다. 즉 현세주의, 인생주의, 허무주의가 실용주의를 낳았지만, 이제는 실용주의가 현세주의, 인생주의, 허무주의를 이끌어가고 있다. 실용주의는 이 세상의 즐거움을 추구하는 데 어떤 것도 배제하지 않는다. 따라서 지금은 감각적 즐거움이 인생주의의 내용을 채우고 있지만 상황이 변한다면 사색의 즐거움이 이를 대체할 수도 있을 것이다. 그렇게 된다면 인생주의는 유지되겠지만 그 내용은 변할 것이다. 다시 말해서, 도구의 뛰어난 효능 때문에 의도나 내용이 바뀔 수 있다는 것이다. 현세주의도 마찬가지이다. 인생에 좋은 것이 무엇이냐를 판단할 때 이 세상이 아니라 죽음 후의 세상을 진정한 세상으로 받아들이는 것이 더 유용하다는 결론을 내리면 현세주의가 사라질 수도 있다. 물론 허무주의도 예외가 될 수는 없을 것이다. 지금은 허무주의가 현세주의와 인생주의의 보험 역할을 하고 있지만 현세주의가 무너지면 허무주의도 쇠락할 가능성이 있기 때문이다.

2. 역동적이고 강하다

역동적이라는 말은 한국을 수식할 때 아마 가장 많이 사용하는 표현일 것이다. 예전에는 '고요한 아침의 나라'라는 수식어가 한국 앞에 많이 붙었던 것으로 기억하는데, 어느 때부터인가 '역동적인 한국'으로 바뀌었다. 공항에서 '다이내믹 코리아'(Dynamic Korea)라는 구호를 볼 수 없다면 오히려 이상할 정도이다. 그럼 역동적이란 말은 무엇을 뜻하는가? 빠른 변화, 힘, 그리고 시끄러움일 것이다.

더 좋은 것이 나타나면 곧장 바꾼다

한국은 모든 게 빠르게 변하는 나라이다. 거리의 풍경, 사회제도, 사람들의 옷차림 등 모든 것이 금방금방 바뀐다. 몇 달만 외국에 나가 있다 와도 적응하기 힘들다는 말이 나올 정도이다. 하지만 한국에 살고 있는 사람들은 변화가 빠르다고 느끼지 않는다. 오히려 변화가 더디다고 불평한다. 왜냐하면 한국인에게 변화는 더욱 편리하고 더 좋은 쪽으로 바꾸는 것을 뜻하기 때문이다. 여권을 처리하는 곳이 적어 여권발급이 불편하다고 하면 바로 개선에 들어간다. 불필요하다고 여겨지는 절차들은 과감히 바로바로 없애고 바꾸는 것이 한국이다. 금연만 해도 그렇다. 어렸을 때에는 거리에서나 식당에서 담배 피우는 사람투성이였다. 하지만 흡연이 건강에 나쁘다는 것이 알려지면서 금연 식당이 늘어나기 시작했다. 한국에서 식당 금연이 과연 가능할까 하는 의 구심이 들었으나, 웬만한 식당에서는 금연이 지켜지고 있다. 식당에서 담배를 피우면 사람들의 눈초리가 곱지 않다. 종업원에게 항의도 한다. 믿기 어려울 정도로 식당 금연이 지켜지고 있는 것이다. 이것이 빠른 변화 중의 하나일 것이다.

일본은 매너가 좋은 나라로 알려져 있지만 식당에서 흡연은 일상적이다. 어린아이가 있는 좁은 공간에서도 한 사람이 몇 대씩이나 피워댄다. 그래도 아무도 뭐라 하지 않는다. 공항행 버스표 예약도 이해하기 힘들다. 나리따나 하네다 공항으로 가기 위해 며칠 전에 표를 사는 경우 행선지, 이름, 주소 등을 적은 양식을 내는 경우가 있다. 버스표 끊는 데 웬 양식인가. 일본인이 꼼꼼하다는 것을 이해한다고 하자. 하지만 그 다음 승차장에서 타는 사람들은 아무런 양식도 쓰지 않은 채 그냥 돈을 내고 타는 것이 아닌가. 그렇다면 예매하는 사람들은 뭔가? 만약 한국에서 이런 일이 생겼다면 얼마 못 가 시정되었을 것이다. 불편함을 참지 못하기 때문에 한국인들은 즉각 시정을 요구할 것이고 이해관계가 걸리지 않은 일이라면 개선에 시간이 오래 걸리지 않기 때문이다. 밖에 나가서 좋은 것을 보고 오면 한국인들은 즉각 시행에 옮기고 싶어한다. 변화가 빠른 것은 실용주의를 따르기 때문이다.

느린 것이 좋다면 느리게 간다

실용주의는 인생의 즐거움 추구에 도움이 되는 것이라면 무엇이든 취한다는 주의이다. 빠른 변화가 요구될 때는 빠르게 변화한다. 이것이 실용주의이다. 그렇다면 한국의 빠른 변화는 언제까지나 지속될 것인가? 나는 그렇지는 않다고 생각한다. 한국은 지난 수십년간 고도성장과 민주주의 정착과 근대화라는 복합적인 과제를 숨가쁘게 수행해왔다. 과제가 벅찼기 때문에 빠른 변화는 불가피했다고 여겨진다. 빨리빨리 다리도 놓고 길도 뚫고 제도도 만들고, 많은 시행착오를 거듭했다. 하지만 어느정도 성장을 이룬 지금 과거와 같은 빠른 변화가 필요하지는 않을 것이다. 오히려 이 시기에 생겨난 기득권층을 중심으로 현상유지 내지 세련화의 단계를 맞이할 것으로 보인다. 이렇게 된다면 빠른 변화는 인생에 좋은 것이 아닐 것이다. 오히려 조금은 느린 점진적 변화, 축적된 것을 음미할 수 있는 안정된 제도를 요구할 것이다. 이렇게 된다 해도 실용주의에 전혀 어긋나지 않는다. 실용주의란 그때그때 인생에 가장 좋은 것을 추구하는 주의이기 때문이다.

빠른 변화와 함께 거리의 활기나 힘, 그리고 소음이 한국을 역동적으로 보이게 한다. 한국사람은 시끄럽다. 중국사람보다 시끄러운 것은 아니지만 지하철이든 버스 안이든 거리든 어디에서나 시끄럽다. 빠른 변화는 실용성과 관계가 있지만 활기는 실용성과는 별 관계가 없어 보인다. 즉 실용적이라고 해서 활기찬 것도 아니고 활기차다고 해서 실용적인 것도 아니기 때문이다. 거리에서 어깨를 부딪칠 경우 미국인이나 일본인은 언제나 미안하다고 말한다. 하지만 한국인은 서로 아무 말도 없이 아무런 일도 없었다는 듯 지나친다. 왜 그럴까? 한국인이 사회성이 부족하다고도 말하기도 하지만 실용적 이유가 더 큰 것 같다. 즉 그런 일은 자주 일어나기 때문에 그때마다 미안하다고 말하는 것보다 하지 않는 것이 더 실용적이라는 데 모두가 암묵적이긴 하지만 공감하고 있는 것이 아닐까 생각해본다.* 한국인이 외국에 나가서도 그런 것은 아니기 때문이다. 한국인도 일본에 가면 '미안합니다'라는 말을 잘하는 편이기 때문이다. 즉 환경에 따라 다르게 반응하는 것뿐이다. 신발을 벗고 들어가는 식당에 간 일이 있다. 식사 도중에 화장실을 가려고 신발을 신으려 했더니 내 것만 신발 앞부분이 방 쪽으로 놓여 있었다. 다른 사람들은 모두 들어가면서 신발을 돌려놓고 들어갔던 것이다. 나는 처음에는 역시 일본사람들은 정리정돈을 잘한다고 생각했으나, 얼마 후에는 들어가기 전에 신발을 돌려놓으나 나오면서 돌려놓고 신으나 한번은 신발을 돌려놓아야 한다는 점에서 같은 것이 아닐까 하는 생각이 들었다. 어느 쪽이 더 실용적일까?

상황변화에 따라 유연하게 적응한다

실용성과 활기는 별 관계가 없어 보인다. 그런데 왜 한국은 활기차 보일까? 그것은 역시 한국이 발전하고 있기 때문일 것이다. 모든 면에서 발전중이라면 활기를 띠는 것이 자연스럽기 때문이다. 그리고 그 바탕에는 현세주의와 인생주의가 존재한다고 생각한다. 즉 하나뿐인 이 세상을 즐겁게 사는 것이 제일 좋으니까 기왕이면 활기차게 사는 게 좋지 않느냐는 생각을 하고 있다는 것이다. 저 세상을 위해 수도의

---

* 물론 '미안합니다'라고 서로 말하는 것이 국제화시대에 맞을 것이다. 여기에서는 한국에서 이런 말을 하지 않는 이유 내지 원인을 찾아보려는 것이다. 서로 기분이 나쁘지 않다면 말을 하지 않는 것도 실용적일 수 있지 않을까. 물론 기분이 나쁘다고 느끼게 된다면 '미안합니다'를 말하게 될 것이다. 이것이 실용주의 정신에 맞는 것이니까.

길에 들어선 것도 아니고 신의 눈을 의식하며 조심하며 사는 것도 아니라는 것이다. 이 세상을 마음껏 즐기자는 생각이 활기를 불어넣는 것이다. 시끄러움은 활기와 달리 실용적인 면이 작동하고 있다. 즉 예전에는 거리에서 큰 소리로 말하는 것이 자신에게 좋았으나 지금은 다른 사람들의 눈치를 보기 시작한 것이다. 요즘 한국은 예전보다 시끄럽지 않은 나라가 되어가고 있다. 지하철이나 식당은 예전보다 시끄럽지 않다. 여전히 시끄럽기는 해도 조금씩 조용해지는 쪽으로 진행되고 있는데, 그것은 현세주의와 인생주의의 영향이 약해져서가 아니라 시끄러운 것이 서로에게 도움이 되지 않는다는 실용적 판단에 따른 것으로 보인다. 모두가 식당에서 큰소리로 떠들면 서로가 말하는 데 방해가 된다. 그렇다면 모두가 소리를 낮추는 것이 좋다는 것을 대중은 합의해가고 있는 것이다. 한국의 실용주의는 적응력이 뛰어나다. 실용주의의 적응력이 한국문화를 강하게 만들고 있다.

한국문화가 강하다는 의미는 적응력이 뛰어나 좀처럼 생존에 실패하지 않는다는 것이다. 한국인 이민은 대체로 성공적이라는 평가를 받고 있다. 한국사람들은 세계 어느 곳에 살든 중산층 이상의 생활을 영위하는 것이 보통이다. 즉 한국이 눈부신 경제발전과 민주주의 정착을 이룬 것처럼 동시대의 한국인들은 이민생활에 성공적이었다. 이것은 한국문화가 실용주의를 택하고 있기 때문으로 생각된다. 현세주의와 인생주의에 기초한 실용주의라면 당연히 우선은 생존을 위해 최선을 다할 것이다. 생존을 위해 상황에 적응해야 한다면 기꺼이 적응할 것이다. 생존이 해결되면 생활을 누리려고 할 것이고, 그렇다면 그 단계에 맞는 것을 찾을 것이다. 생활 다음에는 행복을, 행복 다음에는 의미를 찾았는데, 단계마다 뛰어난 적응력을 보인 것이다. 어떤 특정한 종교나 이념의 봉사자가 아니라 종교나 이념마저 도구로 이용할 정도의 강력한 실용주의를 실천한 것이다. 교회에 갈 필요가 있으면 기꺼이 교회에 가고, 절에 갈 필요가 있으면 기꺼이 절에 간다. 인생에 유용한 것, 인생에 좋은 것을 추구하는 실용주의는 그 내용을 언제나 필요에 의해 바꿀 수 있기에 유연성과 적응력이 뛰어날 수밖에 없다. 어떤 상황에서도 유연하게 적응하는 태도야말로 한국문화를 강하게 만드는 원동력이다.

집단주의 시대는 갔다

실용주의로 인해 한국문화의 미래는 밝다고 생각한다. 즉 지금 거론되는 많은 단점은 시간이 조금 걸릴 뿐 좋은 방향으로 진행될 것이라고 본다. 한국문화를 논할 때 흔히 거론되는 몇가지를 진단해보자. 우선 집단주의를 보자. 최준식은 주차장에서의 시비를 예로 삼아 같은 아파트단지 사람들끼리 쌍욕까지 하는 상황을 개탄하면서 다음과 같은 진단을 내놓는다. "현대 한국인, 특히 도시인들 — 그것도 서울의 강남·강동 쪽에 사는 — 에게는 같은 아파트단지, 같은 동네에 산다는 것은 아무 의미가 없다. 이전 농촌에서 살던 때처럼 '우리 마을' 혹은 '같은 고향' 사람이라는 생각은 눈곱만큼도 없다. 그렇다고 현대사회에 맞는 공중도덕, 그러니까 전혀 모르는 남남과 기본적으로 지켜야 하는 예절의식을 갖추고 있는 것도 아니다. 이전 것은 파괴되고 새로운 것은 생기지 않고. 다 아는 이야기지만 이것이 우리나라의 현재 모습이다. 이전 농촌사회에서처럼 '우리'라는 개념도 없고 현대산업사회에서처럼 '남'을 인정하고 더불어 존재하는 '나'도 없고, 그저 온 천하에 무엇이든 마음대로 하면서도 아무 부끄러움도 느끼지 않는 '개망나니'적인 '나'만 남은 것이다. 그러니 인면수심이니 후안무치라는 말이 나온다."[45] 다행히도 이 글은 10여년 전의 것이다. 여기에서 말하는 '우리나라의 현재 모습'은 지금의 모습이 아니다.

예전에는 자동차 접촉사고가 난 경우 일단 운전자가 내려서 기선 제압을 위해 큰 소리로 욕하고 싸우는 것이 보통이었다. 10년 전만 해도 그랬다. 경찰이 와도 상황이 달라지지 않아서 경찰을 상대로 자신의 억울함을 호소하곤 했다. 이런 모습을 개망나니적이라고 표현할 수도 있을 것이다. 하지만 지금은 교통사고가 났을 경우 싸우는 일은 보기 힘들다. 사고가 나면 양쪽 운전자는 즉시 보험회사에 전화를 하고 별말 없이 기다린다. 경찰이 와도 상황이 달라지지 않는다. 어차피 돈문제는 보험에서 처리하는 것이기에 사고조사는 보험회사가 더 열심히하기 때문이다. 신속한 정리만 하면 되는 것이다. 이런 모습을 우리라는 집단주의로 설명하기는 어려울 것이다. 오히려 합리적인 것을 찾는 실용주의로 설명하는 것이 낫다. 집 밖을 나가면 모두가 남이고, 따라서 예의를 지키지 않는다는 식의 분석은 낡은 틀이다. '이전 것은 파괴되고 새로운 것은 생기지 않'은 사회가 아니라 이미 새로운 것이 생겨났는데 지식인들의 고정된 낡은 틀이 변하지 않고 있는 것이다.

세대간 권력이동과 '젊음'의 선호

권위주의는 한국문화의 특성을 이야기할 때 빠지지 않는 메뉴이다. 과연 지금의 한국이 권위주의적 사회인가? 나이가 많다고 지위가 높다고 대접을 받는 사회인가? 지금은 별로 그렇지 않다고 해야 할 것이다. 오히려 나이든 사람이 어린 사람의 눈치를 보고 직장의 상사가 부하직원의 평가에 신경을 쓰는 사회가 되었다. 나이가 많다는 것은 이제는 자랑이 아니다. 나이가 많다고 주장해봐야 별로 이익이 되는 것이 없기 때문이다. 예전에야 나이가 많다는 이유만으로 자리도 양보 받고 발언권도 먼저 얻었지만, 이제는 고령자가 증가하고 고령자가 세상의 변화속도를 쫓아가지 못하기 때문에 권위는 현저히 약해졌다. 가장 큰 원인은 사회변화에 있을 것이다. 즉 권력이 이동했다는 것이다. 기업도 팀장제로 인해 상사의 권위는 사라졌다. 책임자가 있을 뿐이다. 시대의 변화에 가장 알맞은 조직으로 끊임없이 변신하고 적응하는 것이 실용주의 태도이기 때문에 그 과정에서 권위주의가 사라지는 것은 아무런 문제가 되지 않는다. 가정에서도 마찬가지이다. 이런 사례는 요즘은 찾기 힘들 것이다. "방 안의 물그릇을 아버지와 아들이 각각 실수로 차고 지나갔다고 하자. 이때 아버지는 '아니, 어떤 놈이 방 한가운데에 물그릇을 두었어?' 하고 자식들을 나무랄 뿐만 아니라 아들이 찼을 때에도 '야 이놈아, 너는 눈이 삐었냐? 방 한가운데에 있는 물그릇도 못 보냐?' 하고 아들을 나무란다. 사건의 내용이 어찌됐든 잘못은 무조건 아랫사람에게 있는 것이다. 이러니 한국사회에서는 기를 쓰고 연장자가 되려 하고 권력자가 되려고 할 수밖에."[46] 요즘에 이런 일이 벌어지면 엄마가 아들에게 한마디할 것이다. "아유, 애비하고 똑같아!" 역시 같은 일을 아버지가 저질렀어도 아버지는 핑계를 대지 못할 것이다. 이때에도 역시 부인이 한마디할 것이다. "만날 그렇지 뭐." 권력은 이미 이동되었다. 아니, 어느 누구도 권력자가 아닌 시대가 되었다.

나이에 관한 태도도 현저히 달라졌다. 예전에는 실제 나이보다 몇 살 더 얹어 말하는 경우도 흔히 있었다. 하지만 요즘은 동안이라는 말을 들어야 좋아한다. 젊어 보이기 위해 온갖 노력을 다 기울이고 있다. 돈도 많이 들이고 시간도 엄청 쓴다. 나이로 기선을 제압한다는 권위주의는 더이상 존재하지 않는다. 젊게 보이려 애쓰는 이 시대를 무엇이라 표현할 수 있을까? 실제 나이보다 젊어 보이는 것이 최상의 가치의 하나로 떠오른 것은 아마도 현세주의와 인생주의 때문일 것이다. 즉 이 세상에서 인생의 즐거움을 마음껏 누리려면 젊어야 한다는 것이다. 특히 감각적 즐거움은 젊으면 젊을수록 더 크고 강하기 때문이다. 역시 '노세, 노세, 젊어서 놀아'가 변치 않는 진리인 것이다. 성형수술이 유행하는 것도 이 결과로 보인다. 예쁘게 보이려는 것도 물론 있지만 중년층과 노년층도 성형을 하기 시작한 것을 보면 젊어지겠다는 것도 중요한 동기가 되는 것 같다. 주름살도 제거하고 뱃살도 빼려고 몸부림하는 것도 결국 젊음에 대한 추구라고 볼 수 있기 때문이다. 나이가 많다는 것은 이제 한국에서 더이상 권위주의의 표징이 아니다.

외국과의 교류증가로 인한 배타성 약화

배타성도 한국문화의 특징에서 빠지지 않는 목록이다. 한국에 사는 화교에 대한 상상하기 어려운 억압이 그 예로 자주 등장하고, 이민 가서도 한국사람끼리만 지낸다든지 하는 사례가 심심치 않게 소개된다. 최준식은 이런 현상을 외국인 공포증으로 진단하고 그 원인을 유교에서 찾는다. 즉 유교 자체가 불확실성 회피 정도가 매우 강한 종교인 데서 비롯되었다고 말한다. "이것은 유교윤리의 대표주자인 오륜을 보면 금세 명확해진다. 부모 자식 간의 엄격한 윤리(부자유친), 남녀 간의 엄격한 구별(부부유별), 나이에 따른 지독한 서열(장유유서) 등을 진작에 설정해놓고, '그런 것'과 '그렇지 않은 것'을 확실히 구분했던 게 바로 유교이다. 이런 틀에서 조금이라도 벗어나면 보이지 않는 규제로 그 개인을 사회에서 완전히 격리시켜버린다. 아니 벗어날 생각조차 못했던 게 조선시대 백성들의 모습이었다. 이런 문화 속에서 몇백년을 지낸 우리나라 사람들이 외국인 공포증을 갖는 것은 당연한 일이다."[47] 그런데 지금은 조선시대가 아니다. 이명박정부는 법을 개정해 외국인도 공무원으로 임명할 수 있도록 하겠다고 한다. 지금은 이런 시대인 것이다. 외국인 사위, 외국인 며느리를 보는 데 별 망설임이 없는 나라, 은퇴 후 동남아시아로 이주해 노후를 보내는 것이 전혀 이상할 것이 없는 나라가 되었다. 오히려 외국인투자를 더 많이 유치하기 위해 애쓰고 있다. 더 많은 외국인이 서울 거리를 활보하기를 바라고 있는 것이다. 청소년들은 아무도 가르쳐주지 않아도 일본 애니메이션을 독학으로 적극 소화하고, 일본의 전통문화 공연을 보기 위해 비행기를

외국과의 교류증가는 유교윤리의 병폐로 지적되는 배타성을 약화시키고 있다.

타고 다녀오는 시대인 것이다.

조선시대의 특징을 현재까지 연장해 설명하려는 방식은 매우 일반
적이다. 지금의 현상의 배후에 조선의 문화가 자리잡고 있다든가 조선
의 훌륭한 문화를 계승하지 못하고 무분별하게 외래문화를 수입하였
다는 식의 논의가 바로 그것이다. 집단주의, 권위주의, 배타성도 모두
조선문화와 연관지어 설명하는 것을 흔히 볼 수 있다. 이런 시도는 앞
서 말한 것처럼 문화는 단절에 의해 발전한다는 일반적 원리에 위배되
는 것은 물론, 한국이 실용주의를 택해 100여년에 걸쳐 사회와 문화를
변화·발전시켜왔다는 것을 망각한 결과이다. 조선은 조선이고 한국
은 한국이다. 조선은 외국인에 대한 공포증이 있었을지 몰라도 지금의
한국은 해외연수, 해외여행 가느라 막대한 돈을 쓰고 있다. 나이가 들

어 보인다는 말을 꺼려하는 사회이며, 이미 개인적인 자아가 가족보다 우위를 점한 지 오래인 나라이다. 한국문화에 대해 많은 책들은 현재를 전통과 서구 가치의 과도기로 보고, 조선문화에서 한국문화의 장점과 단점 모두를 이끌어내려고 한다. 이런 시도는 현재의 한국을 이해하는 데 거의 도움이 되지 않는다.

3. 실용주의의 미래

앞으로 실용주의는 살아남을 것인가? 나는 적어도 1세기 정도는 실용주의 시대가 계속될 것으로 생각한다. 형성되는 데 1세기가 걸렸으므로 쇠퇴하는 데에도 1세기는 걸리지 않을까 하는 순진한 계산만으로 예견하는 것은 아니다. 실용주의는 지난 1세기 동안 성공적으로 작동하였다. 경제적 성장과 정치적 민주화 등을 이루었다. 성공한 모델을 버리기는 쉽지 않다. 더욱 강력한 모델이 등장하거나 모델 자체의 문제점에 의해 붕괴하지 않는 한 성공한 모델은 지속될 것이기 때문이다. 하지만 성공적 모델이라는 이유보다는 다음 두 가지 이유로 나는 실용주의가 지속될 것이라 생각한다. 첫째는 구조를 갖고 있기에 유연성과 적응력이 뛰어나다는 점이고, 둘째는 삶에서 도출된 생활철학이기에 힘이 있다는 것이다. 먼저 생활철학이라는 점을 살펴보자.

대중 속에 자연스레 뿌리내린 실용주의

실용주의가 형성된 배경에는 앞서 말한 대로 현세주의, 인생주의, 허무주의가 있다. 그렇다면 토양이 되고 있는 주의들이 변하지 않는 한, 즉 그대로 있는 한 실용주의가 폐기될 가능성은 적다고 해야 할 것이다. 현세주의 대신에 초월주의를, 인생주의 대신에 작품주의를 택하면서 허무주의를 버린다면 실용주의는 사라질 것이다. 이렇게 된다면 '~에 유용한 것은 좋다'는 형식은 통하지 않을 것이기 때문이다. 왜냐하면 초월주의에서는 현상과 현세를 넘어서는 진리가 중심이 될 수밖에 없기에 '~하는 것이 진리다' 혹은 '천국에 가기 위해 ~을 해야만 한다'는 식의 구조가 등장할 수밖에 없기 때문이다. 기독교에서는 '나는 진리요 생명이요 길이다'라는 말을 흔히 하지 않는가. 즉 무엇무엇하는 것이 천국에 가는 데 좋다는 식이 아니라 무엇무엇 해야만 천국에 갈 수 있다는 식이 된다는 것이다. 좋다는 자족적이면서 관대한 태도는 사라지고 율법의 준수를 강요하는 엄격한 태도를 보일 것이다. 그렇다면 한국에서 현세주의가 사라질 것인가? 그럴 가능성은 별로 없어 보인다. 현세주의는 불교, 주자학에서도 흔적을 찾을 수 있을 정도로 오랫동안 이 땅에 머물러왔고, 지난 1세기 동안은 전면에 등장해 사회에 활력을 불어넣었다. 문화는 단절에 의해 발전하므로 현세주의에 단절이 올 수도 있겠으나 가능성은 희박해 보인다. 왜냐하면 현세주의가 위로부터 강요된 학습에 의해 전파된 것이 아니라 대중의 생활 속에서 자연스럽게 형성된 것이기 때문이다. 밑으로부터 자연스럽게 형성된 생각들은 토대가 튼튼하기에 쉽사리 무너지지 않는다. 정권이 바뀐다고 해서 변하는 것이 아니다. 오히려 민심이 정권을 바꾼다.

인생주의가 추구하는 감각적 즐거움은 학교에서 가르친 것이 아니다. 오히려 학교에서는 이성적인 인간이 되라고 가르쳤다. 누가 주도적으로 퍼뜨린 것은 아니지만 즐거움을 추구하는 인생이 대세를 이루고 있다. 많이 배운 사람이나 가난한 사람이나 모두 즐거운 인생을 추구하는 것은 새로운 이데올로기의 전파로 생겨난 것이 아니다. 조선은 주자학을 국가가 주도 이념으로 택해서 500년간 보급과 유지에 온힘을 쏟았다. 그전에 불교를 받아들일 때도 사회적 저항이 있었지만 국가가 주도했다. 하지만 인생주의는 공적인 교육의 가르침에 오히려 반하는 성향마저 있다. 다시 말해서, 사람들 속에서 자발적으로 자라나서 오랜 시간 검증을 받았다는 것이다. 학교가 아닌 집에서, 시장거리에서, 사무실에서 인생주의는 온갖 풍상을 겪으면서 정착한 것이다. 저잣거리에서 생겨나 자랐기에 쉽사리 사라지지 않을 것이다. 국가가 나선 것도 아니고 고매한 학자들이 주창한 것도 아니며 외국에서 수입되어 일시적으로 유통된 것도 아니기에 그 생명력은 강하다. 살면서 깨달은 가치들은 다음 세대에게 은연중에 전승된다. 아버지가 술 한잔 걸치고 들어와 했던 말들이 자식의 가슴에 자신도 모르게 오래오래 남게 된다. 인생 뭐 있어, 즐겁게 사는 게 최고야. 이런 가르침은 책을 통해서가 아니라 생활 속에서 계속될 것이다.

개똥철학이라는 말을 예전에 흔히 들었다. 술자리에서 누군가 제법 심각하게 인생에 대해 늘어놓으면 개똥철학이라고 면박을 주곤 했다. 이때 흔히 나왔던 개똥철학 중 하나가 허무주의일 것이다. 인생은 다 그렇다는 것, 결국은 한바탕 꿈이라는 것을 자신의 경험과 논리로 열정적으로 말했던 것이다. 나는 이런 개똥철학이 생활철학이며 한국철학의 근간이 된다고 생각한다. 서양에는 서양의 사유방식과 철학이 있고, 조선에는 조선의 철학이 있으며, 일본에는 일본적인 사유의 틀이 있다. 한국의 사유의 틀은 개똥철학에서 비롯된다고 생각한다. 생활에서 우러나와서 생활을 이끌며 생활을 변화시키는 생각들을 체계적으로 정리한다면 그것이 한국철학이 될 수 있다는 것이다. 한국은 진리탐구에 최우선 가치를 두는 나라가 아니다. 한국은 좋음을 최우선 가치로 놓는 나라이다. 생활철학 중 하나가 현세주의와 인생주의를 보완해주는 허무주의이다. 보험적 성격의 허무주의는 한국의 삶의 방식에서 생겨났으며 효용성 또한 입증되어 지금 살아 작동하고 있다. 고려에서 조선으로, 조선에서 한국으로와 같은 전면적인 삶의 양식의 변혁이 일어나지 않는 한 지금의 삶의 양식은 지속될 것이다. 따라서 쉽사리 변하지 않을 것이다. 현세주의, 인생주의, 허무주의가 토양으로서 남아 있는 한 실용주의는 계속될 것이다. 또다른 이유인 실용주의 구조의 유연성과 적응력을 보자. 실용주의의 구조는 '~에 유용한 것은 좋다'는 것이다. 여기에서 '~'가 유연성을 나타낸다. 즉 '~'에는 시대에 따라 그 어떤 것이든 들어갈 수 있기에 유연하다는 것이다. 다시 말해서, 열린 명제라는 것이다. 지금은 인생의 즐거움이 '~'을 채우고 있지만 시간이 지나서 세계평화가 '~'를 채울 수도 있을 것이다. 즉 세계평화에 유용한 것이 좋다는 명제가 실용주의의 명제가 될 수 있다는 것이다. 중요한 것은 이렇게 되더라도 실용주의의 구조는 유지된다는 것이다. 즉 열린 명제이기 때문에 매우 유연하고, 유연하기 때문에 실용주의 구조 자체를 폐기하지 않는 한 실용주의의 구조는 지속될 것이다. 이러한 점은 기독교와 비교해보면 쉽게 알 수 있다. 기독교의 중심에는 신이 있다. 신이 이러 저렇게 말했다는 것이 확정되어 있다. 즉 닫힌 문장인 것이다. '신은 당신을 사랑합니다' 같은 명제가 그 예가될 것이다. 여기에서 신이 부인되면 명제도 함께 부인된다. 구조적으로 취약하고 유연성이 거의 없는 것이다. 이에 비해 실용주의의 구조는 매우 유연하다. 그리고 좋음을 최고의 가치로 삼기에 적응력과 포섭력이 뛰어나다. 이 또한 오래 지속될 수 있는 기반이 된다. 왜냐하면 좋음이 진·선·미를 아우르는 상위개념이기 때문에 진리, 선, 아름다움 그 어떤 영역도 포섭할 수 있기 때문이다. 즉 '~'에 들어올 수 있는 것의 종류에 구애받지 않는다는 것이다. 무엇보다 진리가 우선하는 시대가 올 수도 있고, 윤리적 선을 최우선 가치로 삼는 시대가 올 수도 있으며 미가 모든 것을 압도하는 시대가 올 수도 있으나 이 모든 것은 좋음이라는 개념에 포섭된다. 따라서 '~에 유용한 것은 좋다'는 실용주의의 구조는 흔들리지 않을 것이다.

이런 점은 미국의 프래그머티즘과 비교하면 쉽게 알 수 있다. 프래그머티즘은 앞서 말한 대로 '유용한 것이 진리이다'라는 명제로 압축될 수 있다. 진리를 중심 개념으로 두고 있음을 알 수 있다. 그렇다면 '선한 것이 진리이다'라는 명제는 성립할 수 있을까? 윤리적 선과 진리는 같은 수준의 개념으로 범주만 달리할 뿐이다. 예를 들어, 사물의 크기와 색은 다른 범주이지만 같은 수준의 개념이다. 즉 크기가 색보다 상위개념이 아니라는 것이다. 이때 크기가 색이라는 주장은 할 수 없을 것이다. 이런 점에서 프래그머티즘은 실용주의에 비해 취약하다. 물론 프래그머티즘도 윤리적 선의 문제나 미의 문제를 나름 해결하고 있으나 실용주의의 좋음이 갖는 포섭력에는 미치지 못할 것이다. 이런 이유로 실용주의는 구조적으로 유연하고 적응력이 뛰어나기 때문에 그 자체를 폐기하지 않는 한 앞으로도 오랫동안 위력을 발휘할 것이다. 그리고 실용주의가 지속되는 한 한국문화는 역동적이고 강할 것이다.

특강 1

불교와 주자학이 한국문화에 끼친 영향

실용주의가 이끄는 현세주의, 인생주의, 허무주의의 시대로 한국문화를 파악하는 것은 우리가 현재 한국의 모습에 너무나 친숙하여 그 특징이 실감 나지 않을 수 있다. 자연스럽고 당연한 것이 생활의 양식이므로 특징을 끄집 어내도 별로 와닿지 않을 수도 있다. 따라서 이전 시대의 특징을 새삼스럽게 들추어보는 것도 의미가 있을 것이다. 이전 시대는 우리가 생각하는 것보다 훨씬 더 현재와 다른 시대였기 때문이다. 조선의 경우 주자학으로 인간개조 를 꿈꾸던 시대였다. 즉 예로써 인간의 내면을 변화시킬 수 있고, 인간 내면 의 변화로 인해 성인군자가 될 수 있다고 믿었던 시대였다. 하지만 현재는 다르다. 교육을 받아야 한다는 것을 누구나 인정하지만 예로써 내면 변화가 일어나고, 그로 인해 군자가 될 수 있다고 믿는 사람이 얼마나 될까. 지금의 교육은 개인의 개성을 꽃피게 하고 직업을 얻는 데 필요한 지식과 기술을 습 득하는 것을 목표로 하고 있다. 성인군자라는 말은 그 자체로 박물관 냄새가 난다. 전문인, 국제인, 교양인 등이 이 시대에 어울릴 것이다.

또한 정치적으로 조선은 정교일치(政敎一致)의 시대였다. 정치와 주자학 은 둘이 아니라 하나였다. 즉 학자는 관직에 나아가는 것이 당연시되었고, 주자학의 원리를 정치 전반에 적용하려 했다. 세계에서도 사례를 찾기 힘든 정치, 학문, 종교의 일치 시대였던 것이다. 지금 이런 것을 상상이나 할 수 있겠는가? 정치, 학문, 종교는 엄연히 구분되며 각자의 영역을 지키고 있으 며 서로를 인정하고 있다. 현재와 조선은 근본적으로 다른 문화였던 것이다. 게다가 주자학이 보여준 근본주의적인 성격은 이제 한국에서는 찾기 힘들다.

불교도 마찬가지이다. 한국불교는 인도불교에서 그 원형을 찾을 수 있는데, 한마디로 타력구제의 신앙이다. 즉 스스로 깨달아 부처가 되는 것이 아니라 아미타불의 도움으로 복을 받고자 하는 신앙이다. 현대는 타력구제의 시대가 아니다. 스스로의 노력으로 무엇인가를 이루어야만 하는 시대이다. 즉 자력구제의 시대인 것이다. 이미 독립적인 개인이 탄생했고, 개인은 부처님의 보살핌에 의존해야 하는 것이 아니라 스스로의 힘으로 운명을 개척해야만 한다. 불교의 타력구제 신앙과 주자학의 인간개조 믿음은 양립하기 어렵다. 불교와 주자학에 대한 좀더 자세한 검토가 한국의 실용주의와 현세주의, 인생주의, 허무주의를 이해하는 데 도움이 될 것이다.

I. 불교

대학입시를 앞두면 많은 학부모들이 절에 가서 등을 달고 절을 올린다. 불교가 스스로 깨달아 해탈하여 모든 업에서 벗어나는 것을 본질로 한다면 이런 현상을 어떻게 설명해야 하는가? 세속에서 벗어나 마음의 평화를 찾는 것을 수도의 근본으로 삼는 불교가 왜 입시 같은 극히 세속적인 일을 열성적으로 취급하는가? 불교 경전만으로는 이런 현상을 설명하기 어려울 것이다. 시주하고 부지런히 불공을 드림으로써 인생의 행복을 찾을 수 있다면 이는 부처가 인연을 끊었던 세속의 일에서 한발자국도 벗어나지 못했다는 것을 보여줄 뿐이기 때문이다. 인생의 행과 불행은 하나다, 그런 것은 의미가 없다, 업을 끊어야 한다는 것이 부처의 가르침 아니었는가. 한국의 불교는 역사를 갖고 있으며 역사 안에 한국불교의 특성도 함께 담겨 있다. 이를 알기 위해서는 불교가 들어올 때의 상황과 중국과 인도의 상황을 살펴야 하고 또한 일본과 비교하는 것이 좋을 것이다.

1. 말법에 들어선 불교가 한국에 들어왔다

한반도에 불교가 처음 들어온 때는 372년이라고 한다. 백제가 384년이라고 하고, 신라는 5세기라고 하는데, 문제는 한반도에 들어온 불교는 꽤 오래된 종교였다는 것이다. 분명하지는 않지만 기원전 6세기에서 5세기를 석가의 생존시기로 추정하므로, 한반도에 불교가 들어온 것은 석가 입적 후 적어도 800년이 지난 뒤의 일이다. 게다가 한국에 들어온 불교는 중국에 꽤 오래 머물렀다. 중국에는 기원후 67년에 불교가 전래되었다고 하므로, 중국에서 300년의 변화를 겪은 후에 한반도에 들어온 것이 된다. 인도에서 800년, 중국에서는 300년의 시차가 있다는 것은 한국불교의 성격을 이해하는 데 도움이 될 것이다. 먼저 중국의 사정을 보자.

중국에서의 말법사상(末法思想)은 남북조 말에서 수나라에 걸쳐 성립하였으며, 당나라로 들어오면서 완전히 일반화되었다. 말법사상이란 불교의 시대관으로 정법, 상법, 말법의 삼시사상(三時思想)에 근거한 것이다. 정법시(正法時)란 석존 입멸 후 정법이 남아 있는 시대를 말하며, 상법시(像法時)란 정법이 가려지고 정법을 닮은 법이 존재하는 시대를 가리키고, 말법시(末法時)란 교법이 멸진한 시대를 말한다. (…) 이 정·상·말의 삼시사상은 중국에서 조직된 것이지만 정법·상법 사상은 그전부터 경전에 나타나 있으며, 또한 말법이란 단어도 보이고 있다.[48]

즉 고구려에 불교가 들어올 무렵 중국의 불교는 말법의 시대에 가까이 있었다. 이런 기운이 한반도에 전해지지 않았을 리 없을 것이다. 더욱이 당나라에서는 말법사상이 일반화되었다고 하는데, 통일신라시대의 불교도 이에 무관하지 않을 것이다. 다시 말해서 당시의 불교는 교법이 사라진 시대였던 것이다.

그런데 말법의 시대라는 구분에 대해 생각해볼 만한 것이 있다. 즉 정법·상법·말법의 삼시사상은 중국에서 생겨난 것으로 보이는데, 일본에서는 중국처럼 6~7세기가 아닌 1052년을 말법 제1년으로 삼는다. 일본의 구분을 보자.

> 그리하여 에이쇼 7년(1052), 드디어 말법 제1년을 맞이한다. 부처가 죽고 2000년이 지나서, 부처의 가르침은 남았지만 수행도 깨달음도 없게 된다는 암흑의 시대다.[49]

그리고 이런 설명이 덧붙여 있다.

> 정법: 불멸 후 천년. 부처의 가르침과 수행과 깨달음이 갖추어져 있다.
> 상법: 다음의 천년. 가르침과 수행은 있지만, 깨달음은 없다.
> 말법: 그후 1만년. 오직 가르침만 있고, 수행도 깨달음도 없다.[50]

한국에 들어온 말법사상

여기에서 중요한 것은 삼시사상이 옳은 것이냐가 아니라, 실제로 당시 사람들이 이런 구분을 받아들이고 그에 따라 행위를 했다는 것이다. 즉 시대정신에 부합하는 행위를 함으로써 문화가 바뀌었다는 것이다. 일본에서는 스스로 말법의 원년이라고 여겼던 11세기 이후 신가마꾸라(新鎌倉) 불교가 생겨나 사상의 지형도가 바뀌게 되었고, 중국에서는 부처의 법을 지키고 전하고자 하는 의도에서 석굴석불이 조성되었다. 중국의 삼대 석굴석불이 그 사례이다. 용문석굴은 북위에서 시작하여 수와 당을 거쳤으며, 운강석굴은 주로 5세기에 건조되었고, 돈황석굴은 4세기 중반에 시작되었다. 그렇다면 한국이 자랑하는 석굴암도 이런 영향 아래에 있다고 보아야 하지 않을까. 석굴암은 예술적으로 높은 평가를 받고 있다. 문제는 8세기에 석굴암을 축조한 사람들이 말법사상을 믿고 있었을까 하는 것이다. 중국은 이미 말법의 시대였고 따라서 법을 보존하고자 석굴에 석불을 만들었던 것인데 신라인들도 과연 그런 의도를 가졌을까? 문화재로서의 석굴암을 평가하는 것과 말법사상과 관련해 논하는 것은 전혀 다른 문제이다. 우리는 석굴암이 통일신라의 영화를 나타내주는 작품의 하나라고 여기는데 사실인지 의심이 간다. 오히려 중국에서처럼 말법에 처한 불교의 표현양식이 아니었을까? 즉 불법을 영원히 보존하기 위한 시도가 아니었을까 생각한다. 그런데 말법시대의 중국에서는 석굴석불뿐 아니라 불경을 돌에 새겨넣는 석경사업도 있었다.

수나라 정완(靜宛)의 원력으로 만들어진 방산의 석경사업은 실로 법멸에 대비하기 위해 시도된 불사였다. 하북성 방산의 석경각기에, '정법 상법은 대개 천오백여년이며, 정관 2년(628)은 말법이 시작된 지 75년이며, 미래에 불교폐해가 있을 때 이 석경을 꺼내

세상에 유통케 하라'는 각문이 있는 것으로 보아 이 석각경전사업이 말법시의 법멸을 대비하고자 한 것임이 분명하다. 그가 대장경의 석각을 시도한 것은 수나라 대업 초년경이었다. (…) 방대한 대장경을 모두 돌에 새겨서 영원히 전하고자 한 그의 업적이야말로 실로 숭고한 일이지만 그의 혼자 힘으로는 도저히 완성할 수 없는 사업이었다. 이 대사업은 그후 당, 요, 금, 원나라의 약 700년에 걸쳐 계속되어 정완의 발원을 완수시킨 것이다. 현재는 석경산 또는 방산석경이라 하여, 당시 석경의 모습을 그대로 남기고 있다.[51]

한국의 팔만대장경은 이런 석경사업과 어떤 관련이 있을까? 법멸에 대비하여 시도한 것인가? 아니면 불경의 힘으로 고려를 지키고자 한 호국의 신념에서 행한 것인가? 즉 중국과 일본에 존재했던 말법사상이 과연 한국에서도 문화적 영향력을 발휘하였는가 하는 문제이다. 『한국불교사』는 초기 한국불교의 특성에 대해 다음과 같이 말한다.

삼국시대에 비로소 전래된 불교는 그와 같이 한국 고대신앙을 섭수(攝受) 융화하여 응동(應同)시키고 보화(普化)하였다고 할 수가 있다. 그 결과 고구려·백제·신라의 삼국은 모두 불교를 최고의 문화요 사상이요 종교로 받아들이고. 또 믿고 받들었다.[52]

불교 수용의 차이가 근대화 격차로
위의 기술을 본다면 당시 삼국은 중국에서 수입된 불교를 대단히 높게 평가하였던 것으로 보인다. 하지만 위에서 살펴본 바와 같이 삼국에 불교가 전래될 당시의 중국불교는 말법시대의 것이었다. 이런 불교가 삼국에서 대단히 높게 평가되었다. 이것 자체는 전혀 문제가 되지 않는다. 중국에서 낡은 것이라 할지라도 한국에서는 새로운 문화적 추동력을 갖춘 신무기가 될 수 있기 때문이다. 한물간 한국 드라마가 베트남에서 선풍적 인기를 끌면서 베트남 문화에 활력을 불어넣고 있는 것도 한 예가 될 것이다. 문화라는 것이 원래 어느 지역에서 어떻게 쓰일지는 아무도 모르는 것 아닌가. 문제는 한국 불교사나 사상사 어디를 보아도 말법에 관한 기술이 별로 없다는 것이다. 이것에 의문이 간다. 왜냐하면 일본의 경우는 한국과 달랐기 때문이다. 일본은 한국보다 늦게 불교가 전래되었고 한국과 똑같이 말법에 가까운 중국불교를 받아들였는데 한국과는 달리 말법사상을 너무나 분명히 인식하고 있었다. 일본의 말법사상은 뒤에 살펴보겠지만 가마꾸라 신불교를 거쳐 결국 근대의 개인으로까지 연결되기 때문에 이런 문제의식은 의미가 있다. 한국이 일본보다 근대화에 뒤진 것은 사상적 측면에서 볼 때 불교의 발전과 연관이 있다는 것이다. 다시 말해서, 근대 개인의 탄생에 불교가 별 공헌을 하지 못했다는 것이다. 그리고 주자학도 근대 개인의 탄생의 모태가 되지 못했다. 불교, 주자학 모두 개인이란 개념을 창출하지 못했다는 점에서 근대화의 사상적 토대나 환경을 제공했다고 볼 수 없을 것이다.

2. 중국의 불교는 산전수전 다 겪었다

정도전의 『불씨잡변』은 유교의 입장에서 불교를 비판한 책이다. 즉 종래의 지배적 사상이며 종교인 불교를 공격함으로써 유교의 정당성을 확보하고자 했던 책인 것이다. 이런 비판은 문화유입이나 발전과정에서 자연스럽고 당연한 것이다. 새로운 사상과 기존 사상의 충돌은 피하기 어렵기 때문이다. 정도전은 불교가 인륜을 버리고 파괴한다고 비판한다.

명도(明道) 선생은 다음과 같이 말했다. '도(道)'의 바깥에 사물이 없고 사물의 바깥에 도가 없다. 이 하늘과 땅 사이에 그 어딘들 '도'가 아닌 것이 없다. 아버지와 아들에게는 아버지와 아들의 친밀함이 있고, 군왕과 신하에게는 군왕과 신하의 엄중함이 있으며, 남편과 아내, 어른과 아이, 친구와 친구 사이에 이르기까지 '도'라 하지 않을 수 없는 것이 없으니, 이 때문에 잠시라도 사람은 '도'를 떠나지 못한다는 것이다. 그런데도 인륜을 무너뜨리고 사대(四大, 受·想·行·識) 안(按)을 없애버렸으니, 도에서 이미 멀리 떨어져나왔다고 할 수 있겠다. 또 명도 선생은 '불교도들이 말하는 것과 행위하는 것은 넓어서 포괄하지 않는 것이 없는 듯하나, 그 내용은 사실 모두 윤리에서 벗어나고 있다'고 말하였는데, 선생이 불교의 핵심을 본 것이다.[53]

여기서 명도 선생은 정호(程顥)를 가리킨다. 비판의 핵심을 역주자는 이렇게 지적한다. "이 장은 분량은 매우 짧다. 그런데 유학에서 불교를 비판하는 주된 내용은 바로 불교가 인간세상의 '인륜'을 부정하고 없앤다는 것이었다. 윤리를 파괴하는 대표적인 불교의 행위가 바로 승려가 되는 '출가(出家)'이다."[54]

중국유교의 불교 비판, 유래가 길다

정도전의 불교 비판에서 한가지를 주목해보자. 불교 비판에서 정도전은 중국의 출전을 이용하고 있다. 다시 말해서 중국에서는 이미 불교 비판이 있었다는 것이다. 즉 여기에 언급된 명도 선생인 정호는 11세기 사람으로 정도전에 비해 3세기 정도 앞선 사람이다. 그렇다면 중국에서의 불교 비판은 정호가 처음인가? 전혀 그렇지 않다. 이미 3세기경에 모융이 『이혹론(理惑論)』을 지었는데, 이 책에 대해 『중국불교사』는 다음과 같이 말한다.

위나라 진사왕 조식은 『변도론(弁道論)』을 지어서 도교사상의 허구성을 지적하였는데, 아마 이것이 문헌에 보이는 도·불 관계에 대한 최초의 저술이 아닐까 한다. 후한 말부터 삼국시대에 걸쳐서 멀리 남쪽 교주지방에서 남방불교를 대표하는 모자의 『이혹론』은 삼교 관계를 논술한 현존하는 가장 오래된 책으로서 이 논은 후세에까지 많은 영향을 끼쳤다. 이 책은 삼교를 조화시키고자 하는 데 본래 목적이 있었지만 모자가 불교신봉자였기 때문에 자연히 유교로부터의 공격에 대하여 이를 변호하고 불교사상을 선양하는 데 촛점이 맞춰지고 있다. 모두 37편인데, 그중에는 후세 삼교간에 논점이 된 것들, 예를 들면 출가는 도덕에 위배된다고 하는 윤상(倫常) 문제, 신멸불멸(神滅不滅) 문제, 중국사람은 이민족의 가르침에 따라서는 안된다고 하는 이하론(夷夏論), 불교계 타락상의 문제 등 모든 것들이 논구되어 있다.[55]

즉 정도전이 『불씨잡변』에서 논한 문제들이 1000년이나 앞서 중국에서 이미 다 논의되었다는 것이다. 이런 비판의 예는 많이 찾아볼 수 있는데, 동진시대(317~419)에는 이런 비판이 성행했다고 한다.

당시 유교측에서는 다음과 같은 이유를 들어 불교를 비판하였다. 첫째, 사회적 차원에서 승려는 고등유민적(高等遊民的) 존재로서 세금을 피하기 위해 출가한 자들이므로 국가적으로 볼 때 조금도 이익이 되지 않으며, 게다가 사탑의 건립은 국고 낭비를 불러일으키는 원인이 되기 때문이며, 둘째 윤리적 차원에서는 부모처자를 떠나 돌보지 않고 거식(踞食)과 단복(袒服)을 하며 왕과 부모를 공경치 않기 때문이니, 이는 사람의 도리에 어긋나는 것이므로 배척해 마땅하다고 주장하였다. 또한 사상적 측면에서도 신멸불멸, 삼세업보 등의 문제가 거론되었다.[56]

이런 비판은 『불씨잡변』과 거의 같다. 유사성을 다시 한번 보자. 정도전은 이렇게 비판한다.

> 불교가 발생하였던 그 처음에 승려들은 단순히 구걸하여 얻어 먹었을 따름이다. 이것마저도 군자들은 의(義)에 근거하여 조금의 용납함도 없이 비판하였다. 그런데 오늘날 불교란 것은 화려하고도 매우 큰 전당(절)이나 지어놓고 왕자처럼 좋은 의복을 입고 맛있는 음식이나 먹고 있다. 게다가 넓은 땅과 많은 노비를 소유하고, 문서가 구름처럼 쌓여 있는 것이 공문서를 넘어서고 있으며, 분주하게 연락하고 물품을 배당하는 것이 공무보다 더 준엄하다. 도대체 여기에 그들이 말하는, 번뇌를 끊고 세간을 떠나며 청정하고 욕심 없다는 것이 어디에 있는가?[57]

큰 변화 없이 이어져온 한국불교

이런 비판이 사실과 부합한다면 한국의 불교는 전래 후 약 1000년간 거의 변화가 없었던 모양이다. 전래될 당시의 불교는 위에서 본 바와 같이 말법에 접어들기 직전이었고, 또한 도교와 유교의 맹공을 받은 것으로 미루어보아 정도전이 비판하는 타락상을 상당 부분 갖고 있었던 것으로 추정할 수 있다. 그렇다면 오직 가르침만 있고, 수행도 깨달음도 없는 말법의 시대가 계속되었다는 말인가? 나는 한국의 불교가 처음부터 너무 인간적인 종교였다고 생각한다. 즉 부처의 가르침이나 깨달음은 잊힌 상태로 한국으로 유입되었고, 유입된 후에는 획기적인 전기 없이 지금까지 지속되어왔다고 생각한다. 그것은 위에서 본 바와 같이 한국불교의 원천이 된 중국불교 역시 매우 인간적인 모습을 띤 종교였기 때문이다. 조선의 성리학은 그리 인간적이지는 않아 보인다. 그럼 무교(巫敎)는 인간적인가? 무교를 한국문화의 바탕이라고 여기는 사람들도 꽤 많은 것 같은데 한국의 무교와 도교, 불교를 예리하게 구분할 수 있을까?

한국문화의 인간적인 면이 불교에서 상당 부분 기인한다는 것은 중국불교의 상황뿐 아니라 인도의 원시불교를 비교해보면 어렵지 않게 확인할 수 있다. 즉 인도불교는 지금의 한국불교가 갖고 있는 세속적이고 인간적인 면을 거의 갖고 있었다는 것이다. 그런 것들이 서역과 중국을 거쳐 한반도에 들어온 것이라고 생각할 수 있다. 한국불교의 모습과 인도불교의 모습을 비교해보면 한국불교의 성격이 명확해질 것이다.

3. 인도불교에 모든 것이 있었다

가뭄이 들면 기우제를 지내는 것은 한국의 오랜 전통이었다. 평소에는 별로 관심을 보이지 않다가도 가뭄이 들어 고통이 심해지면 하늘에 지성을 드리는 것이다. 평소에 불교에 별 관심이 없다가도 자식이 입시를 앞두면 100일기도에 들어가 시주도 듬뿍 하고 108배도 한다. 또 예부터 자식이 들어서지 않으면 100일기도를 하러 절을 찾았으며,

심청이도 아버지 눈을 뜨게 하기 위해 공양미를 바쳤다. 이런 일들은 아주 오래 전 인도에도 있었다고 한다. 이런 것들을 인스턴트 카르마(instant karma)라고 부른다. 몇가지 예를 보자.

어느 경전에는 자신의 영토에 비가 내리지 않아서 백성과 함께 곤란을 당하는 국왕의 이야기가 나와 있다. 그 원인을 조사해본 결과, 그것은 국왕이 전생에 신심(信心)을 갖지 못했기 때문에 생긴 것이었다. 그래서 국왕은 스님들을 초대하여 식사를 대접하고, 보시를 하고, 불상을 씻는 등의 공양을 했던바, 국왕의 악덕이 소멸되어 그제야 비가 내렸다고 한다.[58]

여하간에 그 인을 알고, 그 인을 없애는 선업을 쌓으면 그 죄과가 없어진다고 하는 메커니즘은, 현실생활에 있어서 편리하기도 하고 또 사람들이 바라는 종교적 요청이기도 하다. 현재 이러한 사고방식은 한국 불교도들 사이에서도 볼 수 있으며, 남방불교에서도 마찬가지이다. 인류학자의 몇몇 보고에서도 이러한 사고방식이 나타나고 있는데, 한 예로 나슈 교수는 무엇인가 곤란한 상황에 부딪혔을 때 그것을 피하기 위해서 급격히 선업을 쌓고 공덕을 쌓는 것을 가리켜 인스턴트 카르마라고 부르고 있다. 이와같은 발상은 고대인도에서도 이미 있었던 것이다.[59]

구체적인 인과를 믿고, 그 바탕 위에서 과거에 이루어진 특정한

악업의 죄를 즉각적으로 없앨 수 있다면, 특정의 바람직한 미래의 과를 위해서 지금 즉각적으로 선업을 쌓을 수도 있을 것이다. (…) 예를 들어, 아기를 갖고 싶은 부부는 불교에 귀의하여 삼보에 공양을 드리면 소원을 이룰 수 있다고 해서, 그들 부부는 불교에 귀의하여 삼보에 공양을 바쳤던바, 과연 아기를 얻을 수 있었다는 이야기들이 그러한 유형에 속한다고 말할 수 있을 것이다.[60]

한국과 인도 불교 속의 민간신앙

이런 유형의 이야기는 한국인에게 아주 친숙하다. 특히 특정의 바람직한 미래의 과실을 위해서 지금 즉각적으로 선업을 쌓는 이야기는 지금도 한국 현실에 많이 남아 있다. 변화와 발전이라는 측면에서 본다면 고대인도와 현대한국은 어떤 차이가 있을까? 중국에서 만들어진 선(禪)을 제외하고 무엇이 다를까? 의심이 간다. 불교학이 아닌 문화현상으로서 불교를 말한다면 고대인도의 모습이 그대로 한국에 남아 있다고 할 수 있을 것이다. 어렸을 때 많이 들었던 염라대왕과 살생부 이야기도 좋은 예가 될 것이다.

예컨대 8세기경의 문헌인 『다샤 쿠말라 차리타』에는 다음과 같은 이야기가 있다. 한 청년이 생명을 잃고 나서 "사자(프레타)의 거리에 갔더니, 샤마나 대왕(염마, 閻魔)이 나에게 질문을 하는데, 보석으로 수를 놓은 왕좌에 앉아서 말하기를, 이 사나이는 아직 죽을 때가 아니다라고 하여 (…) (지옥의) 고통을 보고 난 후에 나는 다시 살아났다"는 이야기 속에서와 같은 명부(冥府)의 왕이다. 이렇게 해서 프레타는 불교도들간에 사자령으로서의 아귀와 아귀세계에 거주하는 아귀와의 사이에서 여러가지 성격을 띤 채 신봉되고 있었다. 때로는 이 세상에 머물기도 하고, 떠나기도 하며, 그밖의 모습으로 찾아오기도 한다. 페타는 인간의 모습을 하고 윤회한다(『테리 가타』). 이와같이 프레타(페타)는 윤회전생하는 주체로서의 의미를 갖는 영혼적 존재로 파악되기도 한다. 때로는 원령(怨靈)이기도 하며, 율전에서 "페타에 홀렸을 때 저지른 비행은 계율상 죄가 되지 않는다"고 할 때처럼 사람을 홀리는 귀령 프레타도 있다.

고대인도의 불교도 사이에서 프레타는 민간신앙적인 사후관 및 귀령관과 밀접히 관련되어 여러가지 형태로 살아 있었던 것이다. 그리고 이 프레타가 스리랑카에서는 페타바로 그 성격을 바꾸어 주술적인 기원의례로 나타나기도 했으며, 중국과 일본에서는 '시아귀회(施餓鬼會)'로서 민속과 융합되어 불교도의 생활문화 가운데서 그 일부분을 담당하게 되었다.[61]

그리고 지옥 이야기도 아주 친숙하다. 몇년 전인가 홍콩에서 「무간도」라는 영화가 나왔다. 무척 인상적이고 재미있는 영화인데, 제목이 왜 무간도인가? 무간지옥과 관련이 있지 않을까.

아비치(avici)라는 지옥이 자주 경전에 나오게 되는데, 이것은 꽤 일반화된 독립성이 강한 관념이 되어 있는 것 같다. 보살, 성자,

불타를 비방하거나 손상시킨 악인이 떨어지는 지옥에서는 고통이 '쉴 새가 없다'(avici)는 뜻에서 이같은 이름이 붙었다고 설명되어 있는데, 이 지옥을 '무간지옥(無間地獄)'이라 한다. (…) 여기서 무간지옥은 후일 우리에게까지 '아비(阿鼻: avici의 음사)규환(叫喚＝號叫)'이라는 표현으로 전해지고 있다.[62)]

염라대왕, 지옥, 윤회, 업 등 불교문화의 핵심어들은 모두 고대인도에서 성행했던 일상어였다. 윤회설도 원래 불교 자체와 무관한 민간신앙이었던 것이다. 고대인도의 불교는 서역과 중국을 거쳐 한국에 들어왔는데, 앞서 말한 것처럼 말법에 다다른 불교가 들어왔기에 초기불교가 갖는 날카로움은 찾아보기 힘들었다. 대신 살펴본 바와 같이 매우 인간적인 모습을 띠고 있다. 한국은 인도에서 직접 불교를 받아들이지 않았기에 한국불교의 모습이 고대인도의 불교와 많은 점에서 비슷하다면 아마도 그것은 불교의 본질보다는 인간의 본질에서 연유할 것이다. 즉 인간은 자신의 힘으로 운명을 개척하기보다는 인간과 비교할 수 없을 정도로 큰 힘을 갖는 존재에 의탁함으로써 삶을 조금이라도 편하게 살려는 본성을 갖고 있다고 여길 수 있다. 역사적으로 보아도 인간이 자신의 힘으로 운명을 개척하기 시작한 것은 그리 오래되지 않았다. 서양에서는 르네쌍스를 거쳐 근대에 이르러서야 비로소 인간이 홀로 서게 되었다. 그전에는 신에게 기도하고 신의 계시를 알려고 애쓰고 신의 목소리에 목말랐다. 모든 것이 신의 이름으로 행해졌던 것이다. 서양에서 인간이 성경이나 신의 말씀에 의하지 않고 자신의 힘으로 세상을 살 수 있다고 선언한 것은 아마도 계몽주의 시기가 처음이 아닐까 싶다. 인도나 중국도 이와 다르지 않았다. 불교가 원래는 속세의 인연을 끊고 윤회의 고리에서도 벗어나 열반의 세계에 드는 것을 본질로 삼았지만 부처가 열반에 든 후에 세속적인 요구를 무시할 수 없게 되었다. 즉 인간은 이 세계에서 병과 굶주림 등의 고통에서 벗어나고자 하는데 이런 현실적인 요구를 무시하고는 포교가 매우 어려웠던 것이다. 그리하여 인간 세상사를 돌보고 미래에 희망을 주고 더 좋은 세상에서 태어난다는 믿음을 주는 장치들이 등장하게 된다. 즉 아미타불, 관음보살, 미륵 등이 등장하여 뿌리를 단단히 내리게 된 것이다. 다시 말해서, 불교는 본질적으로는 해탈을 목표로 하는 자기수양의 종교였지만 문화로서의 종교는 타력구제의 종교라고 할 수 있다.

4. 불교는 타력구제의 신앙이다

한국불교는 앞서 말한 대로 깨달음도 수행도 끝나가는 말법의 것이 중국에서 들어왔다. 이미 너무나 인간적인 모습을 띠고 있었고, 불교의 본질보다는 인간의 본질에 더 충실한 상태였다. 부처보다는 미륵, 관음, 보살이 더 친근하였고 '나무아미타불 관세음보살'이라는 염불이 입에 붙어 있었다. 고려시대까지 불교가 한국에서 압도적 지위를 차지하고 있었으므로 불교가 끼친 영향은 당연히 지대한 것이었는데, 가장 큰 특징은 자력구제가 아닌 타력구제 사상을 널리 퍼뜨린 것이었다. 즉 자신의 이성이나 힘으로 자신의 삶을 개척하는 정신이 아니라 부처님의 힘으로, 더 자세히는 보살님의 힘으로 세상에서 복을 받고 아미타불의 힘으로 죽어서 정토세계에 가기를 기원하며 살았던 것이다. 인간 구원의 힘은 인간이 아닌 보살이나 미륵, 관음에 달려 있으므로 열심히 불공을 드리는 것이 삶의 양식이 되었던 것이다. 원래 불교는 그렇지 않다고 물론 반론할 수 있다. 그런 반론은 당연히 옳다. 불교의 본질을 말한다면 이런 반론은 옳지만, 문화의 관점에서 말한다면 불교는 타력구제의 신앙이다. 불교의 타력구제 신앙은 일본에서는 정토신앙(淨土信仰)의 원류가 되었는데 한국과 크게 다르지 않다. 우선 다르지 않은 면부터 보자.

일본 정토신앙의 타력구제

가마꾸라 시대에 새로운 칭명염불(稱名念佛)을 제창한 호넨(法然)은 주저 『선택본원염불집(選擇本願念佛集)』에서 모든 불교를 성도문(수행을 해서 깨달음을 얻는다)과 정토문(정토왕생을 지향한다)으로 나누고, 후자를 다시 정행(아미타불을 대상으로 한 칭명이나 관찰 등의 행)과 잡행(그외의 행)으로 나눈다. 그리고 오행 중에서도 입으로 아미타불의 이름을 외우는 칭명염불이야말로 유일한 정업(正業)이며 다른 것은 그것을 도와주는 조업(助業)이라 하여, 최종적으로는 칭명염불을 유일절대의 것으로 평하고 있다. 나아가 제자 신란(親鸞)은 아미타불을 믿는 것이야말로 절대적이라고 하고 행(行)에서 신(信)으로 중점을 옮겼다. 자력의 행에 의해 깨달음을 얻으려 해도 그것은 불가능하며, 아미타불의 타력에 의해서만 비로소 구제가 가능하다는 것이다.

인도의 대승불교는 기원 전후 무렵에 일어났지만, 그 원류로 불탑숭배가 있었다고 전해진다. 붓다의 사후, 붓다를 경애하는 신자들은 그 유골을 불탑(스투파)에 넣어 공양하고, 불탑은 신자들의 신앙운동의 쎈터가 되어간다. 그런데 이윽고 죽은 붓다를 숭배하는 데 대한 불만으로부터 새로운 사상이 나온다. 그것이 대승불교 운동인데, 그중의 하나에 현재타방불(現在他方佛) 신앙이 있다. 즉 분명히 이 세계에서는 붓다가 죽었지만, 이 세계와 다른 세계가 무수히 있어서 거기서는 현재에도 붓다가 활동하고 있다는 것이다. 아미타불의 극락정토신앙은 그 대표적인 것으로, 대승불교에서는 가장 이른 시기에 성립된 것으로 생각되고 있다.

아미타불은 광대한 자비로써 중생을 구하겠다는 서원을 세웠고 그것이 성취되어 극락세계가 생긴 것이기에, 아미타불이 요구하는 수행을 하면 누구라도 사후에 쉽게 이 이상적인 정토에 태어날 수 있다는 것이다. 이것을 기록한 것이 『무량수경(無量壽經)』인데, 중국과 일본에서 일반적으로 사용되는 텍스트에 의하면 아미타불의 서원은 48조로 이루어져 48원이라 불린다. 그중에서도 제18원에는 "아미타불을 믿고 그의 나라에 태어나기를 기원하며 10회 염불하는 것만으로도 왕생할 수 있다"고 적혀 있어서, 이후의 염불신앙의 결정적인 근거가 되었다.

원래의 정토신앙은 이처럼 타력구제적인 색채가 강한데, 불교 본래의 흐름에서 보면 반드시 정통이라고 할 수 없다. 불교는 본래 수행을 해서 깨달음을 여는 것을 목적으로 하기 때문이다. 대승불교에서 이러한 본래의 자력수행적인 면을 강하게 가진 것으로 반야사상이 있다. 반야 계통의 경전은 정신을 집중해서 다양한 삼매로 들어가는 것을 설하고 있다.[63]

아미타불의 도움으로 극락에 가는 것이나 칭명염불이 큰 비중을 차지하면서 행위에서 믿음으로 옮겨간 것 등은 중국, 한국, 일본이 비슷해 보인다. 즉 타력구제의 신앙이라는 것이다. 한국이나 중국은 이 정도에서 머문 것 같다. 사람은 누구나 불성이 있는데, 그 불성을 갈고 닦지 않아 부처가 되지 못한다. 그런데 불성을 갈고 닦아 깨달음을 얻는 일은 너무나 어려운 일로서 부처 외에는 성공한 적이 없다고 봐야 한다. 그렇다면 어떻게 할 것인가? 부처는 사후세계에 대해 언급하지 않았지만 인간은 죽어서 극락에 가고 싶어하고 고행을 통과하지 않고서도 복을 받고 싶어한다. 그 방법으로 제시된 것이 염불이다. 즉 염불로 극락세계에 갈 수 있다는 것이다. 아미타불의 힘으로. 이런 기본적 흐름은 거의 변하지 않은 것 같다. 삼국시대부터 고려, 조선을 거쳐 현재까지 불교문화는 기본적으로 타력구제 신앙이다.

일본에서 본각사상이 나타나다

그런데 일본에서는 흥미로운 변화가 있었다. 그것은 본각사상이라는 것으로 현실세계가 우리 자신을 포함하여 부처가 될 수 있는 가능성의 세계가 아니라 실제로 깨달은 세계라고 주장하는 것이다. 다시 말해서 우리는 도를 닦아 깨달을 수 있는 존재가 아니라 이미 깨달은 존재라는 것이다. 세계관을 뒤엎는 관점의 변화라고 할 수 있는데, 일본에서는 보통 초목성불(草木成佛) 사상으로 알려졌다. 이것은 자연존재인 풀과 나무도 인간이나 그밖의 중생과 마찬가지로 부처가 될 수 있다는 사상이다. 한국에서 나무나 풀이 부처가 될 수 있다는 사상은 거의 없었던 것으로 보인다. 본각사상은 한걸음 더 나아가, 될 수 있는 것이 아니라 깨달음의 결과라고 말하고 있다.

'본각'이 단순히 내재하는 가능성이 아니라 실제로 깨달음을 얻고 있다는 의미로 변해버리는 것이다. 즉 중생의 있는 그대로의 현실이 그대로 깨달음의 결과이며, 그것과 별도로 구해야 할 깨달음은 없다는 것이다. 그 때문에, 더이상 깨달음을 구하기 위해 수행할 필요는 없고, 수행에 의해 깨달음을 구하려는 입장은 시각문(始覺門)이라 불려 저차원적인 사고로 취급된다. 게다가 그것은 중생의 차원만의 문제가 아니고, 초목국토(草木國土) 전부가 깨달음을 얻고 있다고 본다. 이것은 '초목국토실개성불(草木國土悉皆成佛)'이라 하여 중세의 요코쿠(謠曲) 등에서 애호되었다.[64]

사람뿐 아니라 풀과 나무까지 모두 깨달음의 결과라면 이 세계는 어떤 세계가 되는가? 현실은 긍정으로 가득 찰 것이고, 미학이 발달할 것이다. 물론 안이한 현실긍정의 위험도 있다.

대승불교에는 원래 '번뇌즉보리'라든지 '생사즉열반'이라는 사
상이 있는데, 본각사상은 그같은 사상을 가장 극단적인 단계로까
지 발전시킨 것으로 생각할 수 있다. 이것은 매우 흥미로운 사상이
다. 시시한 것, 가치 없는 것으로 생각되던 우리의 일상이 모두 깨
달음이자 부처의 현현(顯現)이라고 한다면 이 얼마나 멋진 일인가.
눈앞에 보이는 풀 한 포기 나무 한 그루, 귀에 들리는 새나 벌레의
소리, 모두 부처가 아닌 것은 없다. 있는 그대로, 자연 그대로를 존
중하는 이러한 사고방식은 일본인의 취향이며, 본각사상은 불교의
범위를 넘어서 중세의 문학·미술·예능에서 신도(神道)의 사상에
까지 광범위한 영향을 미치게 된다. 그러나 한편, 수행은 필요 없
고 범부는 범부인 채로 좋다는 이야기가 되면, 이것은 극히 안이한
현실긍정으로 빠지는 위험한 사상이라고 아니할 수 없다.[65]

타력구제에 머무른 한국의 종교들
한국은 일본처럼 현실긍정의 세계를 갖고 있지 않다. 한국은 현세
주의이기는 하지만 일본처럼 긍정으로 가득 차 있지는 않다. 자연친화
적이며 자연과 함께하는 삶을 동경하기는 했지만, 한국에서는 자연이
인간과 똑같이 깨달음의 결과로 인식된 적은 없었던 것 같다. 인간도
깨달음의 결과가 아니라 깨달음의 잠재성만 갖고 있는 것으로 인식되
었다. 일본에서 불교는 본각사상으로 인해 개인에게로 촛점이 이행되

었다. 즉 그전에는 부처나 아미타불, 보살 등에 기원하고 착한 일을 함으로써 복을 받으려 했으나, 본각사상 이후로는 모든 존재가 이미 깨달은 존재이므로 더이상 부처나 보살 등에 기댈 필요가 없어진 것이다. 따라서 평범한 사람도 이미 깨달은 존재이므로 마땅히 존중받을 수 있게 되었다. 이것은 일본 근대화의 밑거름이 되는 중요한 변화였다. 이에 반해 한국은 여전히 인간은 잠재성만 갖고 있는 존재이고, '인생은 고해다'라는 명제가 불교의 밑바닥에 아주 견고하게 깔려 있다. 즉 한국에서 불교는 '인생은 고해다'에서 시작한다면, 일본은 '풀과 나무도 부처다'에서 시작한다고 할 수 있다. 한국은 여전히 타력구제의 신앙에 머물렀던 것이다.

타력구제 신앙은 인간의 약한 면을 보여준다. 이런 성향은 좀처럼 사라지지 않을 것이다. 불교와 타력구제라는 면에서 별 차이가 없는 기독교가 뿌리를 내렸기 때문이다. 한국의 기독교에 대해서도 기복적이라는 비판이 항상 따라다녔는데, 기독교는 불교와 마찬가지로 타력구제 신앙이다. 원래 기독교의 모습이 어떠했는지는 모르겠으나, 한국에서 기독교문화는 기본적으로 하느님이 예수를 거쳐 산 자의 모든 것을 주관하는 구조로 되어 있다. 즉 불교에서 아미타불을 거쳐 부처님이 모든 것을 주관하는 구조와 기본적으로 동일하다. 기독교 역시 스스로를 수양하거나 선행을 하는 것보다는 예수를 믿는 일이 더 중요하다. 스스로의 힘으로는 천국에 갈 수 없다. 예수를 통하거나 성당을 통하거나 중개자를 통해야 한다. 기본적으로 타력구제 신앙인 것이다. 한국에 기독교가 비교적 짧은 기간에 뿌리를 내릴 수 있었던 이유 중

하나는 불교와 기본적 구조가 다르지 않았기 때문으로 추측된다. 믿는 대상이 부처에서 하느님으로, 아미타불에서 예수로 바뀐 것뿐 더 큰 존재에 의탁해 구원을 받고자 하는 구조는 다를 게 없었기에 기독교는 한국에서 성공을 거둔 것으로 보인다. 하지만 한국문화에 이런 타력구제 신앙의 문화만 존재했던 것은 물론 아니다. 고려 말에 타력구제를 근본적으로 뒤엎는 새로운 문화가 등장했다. 그것이 바로 주자학이다. 주자학은 타력구제를 거부하고 수양에 의해 군자가 됨으로써 우주와 하나가 되고자 하였다. 새로운 틀이 전개된 것이다.

II. 주자학

교육학계의 원로인 정범모(鄭範謨) 교수의 인터뷰가 눈길을 끈 적이 있었다. 『학문의 조건: 한국에서 학문하기 가능한가』라는 책의 출간에 즈음하여 한 신문에 실린 인터뷰에서 그는 학문적 업적보다 학외적(學外的) 업적의 출중성에 따라 학자를 평가하는 관행을 문제로 들며, 이는 "학문이란 벼슬하기 위해서 하는 것이라는 옛날 관학관(官學觀)의 긴 그림자가 드리우고 있는 풍토"[66]라고 지적한다. 이런 지적은 물론 옳다. 그런데 여기에서 지적된 옛날 관학관은 구체적으로 무엇일까? 조선의 성리학을 말하는 것으로 보인다. 그럼 왜 조선에서 학문은 벼슬하기 위한 것이었을까? 문화는 단절을 통해 진화하지만 때때로 그림자가 길게 드리우기도 하는 법이다. 그 실마리를 『논어』의 첫 줄에서 찾아보자.

학문과 정치의 결합: 자력구제 관념의 형성

『논어』의 시작은 잘 알려진 대로 다음과 같다. "子曰 '學而時習之, 不亦說乎?'" 이에 대한 번역은 보통 다음과 같다. "공자께서 말씀하셨다. 배우고 때때로 그것을 익히면 또한 기쁘지 않은가?" 그런데 위대한 책치고는 시작이 너무 빈약하다는 느낌을 지울 수 없다. 배우고 때때로 그것을 익히면 또한 기쁘지 않은가? 과연 진지한 책이 이렇게 싱겁게 시작해도 되는 것일까? 김형찬(金炯瓚)은 다음과 같이 말한다.

"원문은 '시(時)'이다. '때때로'라고 번역하였지만 '가끔'이나 '시간날 때'의 의미로 오해해서는 곤란하다. '반복학습하여 익힌다'는 뜻의 '습 (習)'이라는 단어와 결합되어 있는 이 문맥에서는, '배운 것을 적용할 수 있는 기회가 있을 때마다 수시로 반복하여 익힌다'로 이해해야 한 다."[67] 다시 말해서, 때때로가 아니라 반복적이라고 이해해야 한다는 것이다. 영어 번역판에서도 이런 해석을 찾을 수 있다. "The Master said: 'Having studied, to then repeatedly apply what you have learned-Is this not a source of pleasure?'"[68] 그렇다면 '배운 것을 반복적으로 적용하는 것이 즐겁지 않은가?'로 해석해야 옳을 것이다. 이렇게 되면 뜻은 무거워진다. 학문과 학문의 적용으로서의 정치는 불가분의 관계 에 놓이기 때문이다.

학문과 정치가 분리되지 않는다면 학문을 익힌 사람은 당연히 관 에 나아가 관직을 맡아야 한다. 이런 시대는 분명 앞선 불교시대와 다 른 점이다. 불교시대에는 승려가 정치에 참여하는 것 자체가 문제가 되었다. 승려의 정치참여는 항상 저항을 일으켰고 결과도 좋지 않았 다. 하지만 조선은 달랐다. 학자가 정치에 참여하지 않는 것이 오히려 의무를 다하지 않는 것이 되었다. 패러다임의 전환이다. 조선은 불교 시대와는 너무나 다른 사회였다. 구체적으로 살펴보기 전에 조선의 주 자학이 주변국과 어떤 차이를 보였는지부터 알아보자.

고려까지 불교를 근간으로 타력구제 신앙에 머물던 한국은 고려 말부터 한국사에 보기 드문 자력구제의 믿음체계를 형성하기 시작한 다. 즉 성리학의 지배가 시작된 것이다. 이런 현상은 곰곰이 따져보면 매우 이례적인 것으로 해석된다. 왜냐하면 당시 주변국이었던 중국이나 일본에서는 없었던 현상이기 때문이다. 즉 중국은 송대 이후 유·불·도의 삼교가 상쟁의 시기도 있었지만 큰 흐름으로 보자면 하나로 통합되고 있었다. 송대의 유교를 불교의 도움 없이 설명하는 것은 불가능하며, 명대에 와서도 역시 유교와 불교는 밀접한 관련을 맺고 있었다. 한형조(韓亨祚)는 이렇게 말한다.

유교, 노장, 불교의 세 길은 서로 달랐지만, 그러나 이상주의적이고 로맨틱한 발견의 길이라는 점에서 서로 깊이 연대하고 있었다. 공자는 노장의 은둔과 유희에 공감하고, 장자는 공자의 길에 내면과 깊이를 부여했으며, 불교는 노장의 자연적 지혜와 자신들의 초월적 지혜를 동일시했다. 세월이 흐른 후, 주자학과 양명학은 이들 세 갈래 길을 종합한 새로운 길을 열어 보여주었다.[69]

조선의 불교탄압과 근대화의 길

조선과 같은 시기 중국에서 유교가 불교를 탄압한 사례는 거의 없었던 것 같다. 유·불·선이 통합으로 들어갔기 때문에 조선에서 볼 수 있는 것과 같은 유교의 불교탄압은 없었던 것이다. 이런 사정은 일본도 마찬가지였는데, 일본은 에도시대 후기까지 타락으로 인해 비판받은 적은 자주 있었지만 불교는 신도와 함께 항상 주류를 차지했고, 유교의 불교탄압은 찾아보기 어렵다. 일본의 불교는 가마꾸라 신불교로 인해 조악무애(造惡無碍), 즉 아미타불에 의해 구원받았으니 어떤 악을 행해도 상관없다는 주장에까지 이르게 되었다. 유교는 교육에 도움이 된다는 의미에서 불교와 상보적 지위에 있었다.

주변국은 유교와 불교가 별 갈등을 일으키지 않는데 유독 조선에서만 혹심한 불교탄압이 거의 500년간 지속되었다. 1895년 승려의 도성 출입금지가 해제되기까지 불교탄압은 대단했다. 왜 그토록 성리학자들은 불교를 탄압했을까? 중국이나 일본의 영향이 아님은 분명하다. 그렇다면 내부에서 원인을 찾아야 할 것이다. 나는 성리학이 불교의 타력구제 사상에서 자력구제 사상으로의 전환을 시도했다고 생각한다. 즉 자신이 아닌 다른 존재의 힘에 의해 운명이 결정되는 것이 아니라, 자신의 힘과 이성으로 운명을 개척하고 세계를 파악하고자 하는 혁명적 운동이 일어난 것이라 말하고 싶다. 이런 운동은 서양에서는 르네쌍스부터 근대에까지 일어났던 것인데, 한국에서도 비슷한 운동이 자력에 의해 일어난 것이다. 시기적으로도 비슷한데 물론 차이점도 많이 있다. 조선의 성리학은 한국의 근대화 문제와 연결되어 있기에 그 특징을 세심히 살필 필요가 있다. 조선이 성리학 체제를 유지하고도 과연 근대화를 열 수 있었는가? 근대화가 개인의 발견이 그 핵심이라면 과연 성리학에서도 개인이 발견될 수 있었는가? 또한 조선은 어떤 구조였기에 임진왜란과 병자호란이란 대규모 전쟁을 겪은 후에도 살아남아 수백년을 지탱할 수 있었는가? 사상이 문화의 핵심이며 사상이 뿌리라면 문화현상은 꽃이나 잎에 해당될 것이다. 왜 한국인들이 아직도 예(禮)를 중시하는지도 자연스럽게 설명할 수 있을 것이다. 조선 성리학의 특징을 다음 몇가지로 생각해보자.

1. 주자학은 정교일치의 숨쉴 틈 없는 체제다

1970년대 유신독재가 한창 기승을 부릴 때 수배자들은 성당과 교회를 찾았다. 숨막히던 그 시절, 종교단체는 숨을 쉴 수 있는 공간이었다. 많은 사람들이 종교에서 위안을 받았다. 아무리 독재정권이라 할지라도 정교분리의 원칙에 따라 행동할 수밖에 없었기 때문이다. 민주화가 되자 성당과 교회는 민주화투쟁의 성지가 아닌 종교의 공간으로 돌아갔다. 한국은 정교분리가 실행되는 곳이다. 즉 정치와 종교는 독립적으로 작동하는 것이 원칙이다. 사람들이 정치에서 고통을 받으면 종교에서 위로받을 수 있는 구조라는 것이다. 현대에 정교분리 원칙은 상식이다. 미국 대통령도 로마 교황에게는 예의를 갖춰야 하며 존중해야만 한다. 고려시대에도 상황은 비슷했다. 하지만 조선은 고려와도 현대와도 전혀 다른 체제였다.

조선의 사대부들은 부역이 면제되었고 후기에는 병역과 세금도 면제된 특권계층이었다. 경제적으로도 특권을 누렸지만 그 이상의 것이 사대부들에게는 있었다. 그것은 제사를 중심으로 백성의 정신을 장악하는 힘과 성리학으로 왕을 교화하는 힘이었다. 다시 말해서 조선은 사대부의 나라로, 사대부가 성리학을 통해 왕과 백성을 교화하려 했다고 볼 수 있다.

사대부에 집중된 권력

조선은 사대부에게는 아주 좋은 세상이었을지 몰라도 일반백성에게는 탈출구가 없는 숨이 막히는 체제였을 것이다. 억울한 일을 당해도 호소할 곳이나 사람이 없었을 것이기 때문이다. 가령 지주가 부당하게 착취하였다고 해도 자신의 억울함을 호소할 사찰이나 종교적 단체는 존재하지 않았던 것이다. 절은 아주 멀리 있었고, 절에 호소를 한다 해도 승려는 사회적으로 아무런 힘이 없었다. 그렇다고 지방관리에게 말해보아도 아무 소용이 없었을 것이다. 토착지주와 관리들은 다 사대부들이었고, 사대부들이 자신들의 특권을 백성과 나눌 리 만무했을 것이기 때문이다. '어흠' 한마디로 통치가 가능한 체제가 바로 조선이었다. 오로지 사대부의 선정(善政)만을 기대할 수밖에 없었던 것이다. 정교일치의 체제에서 개인을 발견하기는 어렵다. 사대부는 수양을 강조하고 개인적 수양을 쌓는 데 열중했지만, 사대부를 제외한 일반백성에게는 개인이라는 인식을 가질 수 없도록 봉쇄했다. 서양의 경우 중세에 교황이 지배하였다고 해도 여전히 왕과 교황은 분리되어 있었고, 특수한 경우를 제외하고는 정치와 종교는 여전히 긴장관계에 있었다. 하지만 조선은 사대부가 정치가이자 사제였기에 근본적으로 긴장관계는 존재하지 않았다. 긴장관계가 있다면 그것은 사대부 사이에서만 존재할 수 있었다. 물론 왕과 사대부도 성리학 이념의 실천 문제로 긴장관계에 있었는데, 그것은 사대부의 싸움에 얽힌 것이었다. 게다가 사대부들은 성리학이라는 이데올로기에 혈통과 세습을 더해 송나라 유학자들도 꿈에도 생각지 못했을 체제를 만들었다.

조선사회에는 재구성된 문인계급이 일어났는데, 이들은 한편으로는 혈통과 세습을 기초로 지도적인 역할을 주장하면서, 또 한편으로는 신유학적 지식을 이데올로기의 도구로 생각했다. 이같은 도구로 사대부들은 송나라의 신유학자들이라면 꿈에도 가능하지 않았을 정도로까지 사회·정치적 환경을 다시 만드는 데 성공하였던 것이다.[70]

왜 혈통과 세습이 더해졌는가는 조금 후에 보기로 하겠다. 보통 정교일치의 체제라고 하면 이슬람을 떠올린다. 물론 잘못 알려진 것이지만 한 손에는 칼, 다른 한 손에는 꾸란을 들고 백성을 통치한다는 것이다. 이슬람의 경우는 종교를 중심으로 한 정교일치이고, 아마도 북한의 경우는 정치를 중심으로 한 정교일치일 것이다. 그렇다면 조선은 어떠했는가? 조선의 정교일치는 중국 고전을 경전으로 하여 전개되었다. 하지만 조선의 성리학자들은 자신들이 중국과는 다르다는 것을 잘 알고 있었고, 또 다른 것을 자랑스럽게 여겼다. 조선 특유의 성리학체계를 확립한 것이다. 즉 중국 고전을 토대로 삼았지만 조선의 유학자들은 중국보다 훨씬 더 근본주의적 태도를 갖고 있었다.

2. 주자학은 근본주의적이다

청와대 정책실장을 지낸 이정우(李廷雨) 경북대 교수가 한 강연에서, "참여정부는 해방 후 최초로 나타난 비(非)우파정권"이라고 규정하고, "대통령 산하 위원회야말로 해방 후 처음 등장한 개혁을 추진할 사림파(士林派)였다며 안타까운 것은 열린우리당조차 '위원회 공화국'이라고 비판한 것"이라고 말했다.[71] 흥미를 끄는 것은 조선의 사림파라는 말이 21세기 정책담당 실세였던 사람의 입에서 나왔다는 것이다. 문화적 전통의 끈질김을 말해주는 예가 될 것이다. 그런데 사림파가 정말로 개혁파였는가? 사림파는 개혁파라기보다는 근본주의자에 가깝다고 생각한다. 우리는 흔히 사림파의 시조로 조광조를 꼽고, 조광조를 선비의 표상처럼 평가하고 있다. 하지만 조광조는 개혁주의자라기보다는 근본주의자로 보는 것이 더 옳지 않을까 생각한다. 유명한 소격서 문제를 보자. 소격서는 가뭄이나 홍수의 피해가 클 때 나라에서 종묘사직과 산천, 일월성신에 제사를 지내는 것을 관장하는 기구였는데, 별로 대수롭지 않은 기구였다. 이런 관례는 매우 오래된 것이었고, 도교와 연관되었다 해도 관행이었기에 문제가 된 적은 없었다. 그런데 조광조가 중종에게 소격서가 성리학의 가르침과 어긋난다고 하며 폐지를 강력히 주장해 문제가 발생한 것이다. 세종도 성종도 모두 정도에서 벗어나는 것이기는 하지만, 오랜 관행이므로 폐지할 수 없다고 한 일이었는데도 조광조는 끈질기게 폐지를 주장했다.

도와 정치를 일체화하는 근본주의

조광조는 '도와 정치'가 하나라고 역설한다. 정교일치를 주장하면서 왕도 도에 충실해야 한다고 권고하면서 소격서를 폐지해야 한다고 간언하고 있다. 소격서 문제는 조광조가 정교일치를 넘어, 그 자신이 근본주의자임을 증명하는 좋은 사례이다. 정치를 도를 실천하는 장으로 생각할 수는 있으나 그것을 철두철미하게 끝까지 밀고 나아가면 근본주의자가 되고 만다. 게다가 정치는 현실을 대상으로 하는 것이고 타협을 바탕으로 한다. 개혁도 현실을 바탕으로 타협의 기술을 최대한 발휘해야 이루어지는 것이다. 그런데 조광조에게는 타협이 없었다. 대수롭지 않은 기구이며 관습에 속하는 소격서까지 꼭 없애야만 한다고 주장하였다. 이런 근본주의적 태도는 조광조의 죽음으로 사라지지 않고, 그후 조선을 지배하는 사림파의 기본태도가 되고 말았다. 근본주의자들끼리 정권을 두고 다툰다면 죽음 외에 다른 선택은 없었을 것이다. 조선에서 계속되는 당쟁과 사약의 순환에는 근본주의가 도사리고 있다.

조선 성리학의 근본주의는 중국과의 차별화로도 나타났다. 흔히 조선의 조공이나 사대는 외교적 수단이었을 뿐이라고 해석하는데, 성리학의 관점에서 보자면 조선은 중국을 섬기는 나라가 아니었다. 조선은 자신들이 이상국가로 여겼던 모델을 재현하려고 했기 때문에 중국보다 우월하다고 여겼다. 그리고 그 모델은 중국의 고대국가인 요·순과 하·은·주였지, 중국의 송이나 원 또는 명, 청이 아니었다. 조선의 성리학자들은 명나라와는 다른 기준을 적용하여 문묘에 모셨다.

숙종 40년(1714)에는 송시열의 유명을 받들어 그 제자들이 주돈이, 정호, 정이, 장재, 소옹(1011~1077), 주희 등 송조 6현을 대성전 내 철위(哲位)에 승향 조치하였다. 이는 명나라에서도 행하지 않은 조치로, 주자학적 명분과 이념이 조선땅에서 지고의 지위에 올랐음을 의미한다. 명에서 선현위에 종사한 송조 6현을 조선에서 한층 격상시켜 철위에 올린 일은 중국보다도 조선에서 더욱 강하게 성리학적 이념이 존숭되었음을 시사하는 것이다. 또한 명에서 문묘에 종사했던 육구연, 왕수인, 진헌장 등의 육왕학자를 조선에서는 철저하게 배제하고 배향하지 않은 것을 보아도 이 땅에서 주자학 일변도의 도통론이 강화되었음을 알 수 있다.[72]

도이힐러(M. Deuchler)는 조선의 주자학자들이 과거에 검증받은 사회제도를 재창조하는 것을 당대의 사명으로 삼았다고 말한다.

주자는 고전을 해석하고 주석을 달면서 복잡한 고대세계에 접근하는 길을 열어놓고, 고대 중국왕조의 안정과 장수를 보장했던 사회제도를 보여주었다. 한국인들은 과거에 검증받은 사회제도를 재창조하는 것을 당대의 최우선 사명으로 삼았다.[73]

중국을 넘어 이상국가를 지향하다

명이나 청을 모델로 삼지 않고 이제는 사라진 고대국가를 모델로 삼았다는 점에서 조선의 유학자들이 더욱더 근본주의자가 될 가능성이 높았다. 조선이란 국호를 기자(箕子)와 연결시킨 것도 고대의 모델을 따르겠다는 의지표명으로 보인다.

태조 3권 2년 3월 9일 (갑인)002 / 국호를 승인한 은혜를 사례하는 표문을 올리고, 공민왕대에 내린 금인 1개를 돌려보내다.

문하시랑찬성사(門下侍郎贊成事) 최영지(崔永沚)를 보내어 중국 서울에 가서 표문(表文)을 받들어 은혜를 사례하게 하였다. "황제의 은혜가 한없이 넓고, 황제의 훈계가 정녕(丁寧)하시오니, 온 나라 사람들이 함께 영광으로 여기며, 자신을 돌아보고 감격함을 알겠습니다. 삼가 생각하옵건대, 다행히 밝은 세상을 만나 먼 곳의 임시 군장(君長)으로 있으면서, 일찍이 털끝만 한 도움도 없었으므로 다만 천일(天日)만을 우두커니 바라볼 뿐이었습니다. 지난번에 천한 사신(賤介)이 돌아오매 특별히 천자의 명령이 내리심을 받았사온데, 나라 이름을 마땅히 고쳐야 될 것임을 지시하여 빨리 달려와서 보고하기를 명하였으니, 신(臣)은 나라 사람들과 더불어 감격함을 견디지 못하겠습니다. 간절히 생각하옵건대, 옛날 기자(箕子)의 시대에 있어서도 이미 조선(朝鮮)이란 칭호가 있었으므로, 이에 아뢰어 진술(陳述)하여 감히 천자께서 들어주시기를 청했는데, 유음(兪音)이 곧 내리시니 특별한 은혜가 더욱 치우쳤습니다. 이미 백성을 다스리라는 말로써 경계하시고, 또 후사(後嗣)를 번성하게 하라는 말로써 권장하시니, 깊이 마음속에 느껴서 분골쇄신(粉骨碎

身)이 되더라도 보답하기 어렵겠습니다. 이것이 대개 구중궁궐(九重宮闕)에서 천하를 다스리면서 만리(萬里) 밖의 일을 환하게 보시어, 신(臣)이 부지런히 힘써 조심함을 살피시고, 신이 성실하여 딴마음이 없음을 어여삐 여기시어, 이에 소방(小邦)으로 하여금 새 국호(國號)를 얻게 했던 것입니다. 신은 삼가 마땅히 번병(藩屛)이 되어 더욱 직공(職貢)의 바침을 조심하고, 자나 깨나 항상 천자에게 강녕(康寧)하시라는 축원에 간절하겠습니다."

외교적 수사(修辭)를 제외한다면 이 글은 조선이 기자를 이어받겠다는 의지로 해석된다. 이때 기자가 실존인물인지 아닌지는 중요한 문제가 아니다. 기자가 중국인이라는 것도 중요한 문제가 아니다. 당시 조선의 유학자들이 접할 수 있었던 범위 내에서 찾아낸 가장 이상적 모델인 중국의 고대국가와 조선을 연결하는 끈으로서의 역할을 기자가 할 수 있다면 그것으로 충분한 것이었다.

근본주의는 경전이라는 확고한 기반을 토대로 한다. 조선의 성리학자들도 중국의 고전을 경전으로 삼았기에 흔들릴 수 없다고 생각한 것이었다. 다시 말해서, 현실에서 문제가 생긴다면 그것은 모델의 오류가 아니라 모델을 제대로 따르지 못한 지금 사람들의 오류가 되는 것이다. 따라서 현실에서 좌절을 거듭할수록 모델에 대한 집착은 강해지게 마련이다. 임진왜란이란 큰 전쟁을 겪은 후에 당연히 반성이 뒤따르고 반성은 체제에 대한 반성으로 나아갈 것으로 생각되지만 실제로는 반대로 진행되었다. 즉 임진왜란 후에 조선의 성리학은 더욱 강화되어 중국에서도 유례를 찾을 수 없었던 장자 상속이 완결된다. 다시 말해서, 전쟁 후 잘못은 모델을 제대로 실천하지 못한 점에 있다는 결론을 내렸기 때문에 모델이 제대로 시행되도록 더욱더 근본주의적 태도를 취하게 된 것이다.

3. 예로써 인간개조를 꿈꾸다

노인과 젊은이가 예의 때문에 시비가 종종 붙는다. 왜 한국인들은 예에 집착할까? 그것은 주자학의 유산으로 보인다.

고려 말 불교의 타락은 정도를 넘었던 것으로 보인다. 불교 자체가 한국에 들어올 때 인간적인 모습으로 들어오긴 했지만 불교에 대한 본격적인 비판은 고려 말에 시작된 것으로 보인다. 정도전이 비판하고자 했던 바는 세상일은 부처의 손에 달린 것이 아니라 사람에게 달려 있다는 것이다. 정도전은 스스로 "이러한 것으로 보자면 부처가 말했듯이 살아 있을 때 선한 행위를 하고 악한 행위를 한 것이 다 보응(報應)을 받은 것 아니겠소? 다시 말해 전생에 살았을 때 행한 선악이 곧 '인(因)'이고 내생에 받은 보응을 '과(果)'라 하는 것이라오. 불교에서 말하는 이 말 역시 도리가 있는 것이 아닐까요?"라는 물음을 던진 후 여러 사례를 든 후 다음과 같이 말한다.

이른바 음양·오행의 기는 서로 추동하고 교대로 운행하면서 서로 엇섞이어 고르지 않은 것이다. 이에 사람과 사물이 수많은 변화를 거쳐 생겨나는 것이니, 그 이치란 것도 역시 이와 같다. 성인(聖人)이 가르침을 세운 것은 배우는 사람들에게 자신의 기질(氣質)을 변화시켜 성현(聖賢)에 이르도록 하는 것이며, 국가를 다스리는 사람에게 혼란함과 쇠망함을 바꾸어 편안하고 질서있게 다스려지도록 하고자 하는 것이다. 이것이 바로 성인이 음양의 기를 되돌이켜 만물을 생성하는 천지(天地)에 함께 참여하면서 천지를 돕는 까닭이다. 불씨의 인과응보설이 어떻게 이 세상에 유행할 수 있겠는가?[74)]

자력구제로의 획기적 전환

정도전은 불교의 타력구제 신앙을 비판하고 유교의 자력구제를 주장한 것이다. 이것은 한국 사상사에서 획기적인 전환이었다. 불교의 타락에 절망한 유학자들은 주자학에서 희망을 보았으며, 이런 전환이 매우 어려운 것임을 잘 알고 있었기에 철저히 단행하려 했다. 즉 중국의 고대국가를 모델로 삼고 중국의 고전을 경전으로 하여 철저한 개혁을 통해 조선을 새로운 국가로 만들려 했던 것이다. 물론 개혁을 통해 부패와 몽골 지배의 흔적을 지우려는 목적도 있었다.

조선 초기 정도전은 한국은 중국의 고대관습에 완벽히 동화되어야 한다고 매우 강력하게 주장하였다. 그렇게 해야 부패한 고유관습과 몽골 지배의 흔적이 사라질 수 있고 새로운 제도가 '충만한 세기'를 위해 영구히 지속될 것이라고 주장했다. 정도전에게 합리화란 단순한 것이었다. 그는 기자를 한국이 '제례와 범절'의 나라라는 명성을 얻도록 초석을 닦은 인물로 인식하였고, 고려왕조는 중국의 귀감에 따라 일부 제도를 모델로 삼았지만 여기에는 바로잡지 못한 고유의 관습이 어느정도 남아 있다고 보았다. 그러므로 정도전은 태조의 왕조 등극이 기자가 시작한 임무를 완성할 수 있는 유일한 기회라고 믿었다. 그리하여 정도전에게 한국의 사회제도의 유교화 작업은 이중적인 성격을 띠게 된다. 즉 그의 신유학적 사고의 기본조건인 동시에 기자의 유산에 대한 의무를 최종적으로 실현하는 일이다.[75]

그렇다면 왜 정도전은 조선을 제례와 범절의 나라로 만들려 했는가? 그것은 정도전은 인간이 달라져야 정치가 달라질 수 있고, 정치가 달라지면 나라가 번성한다고 보았기 때문이었다. 또한 인간을 변화시키는 것은 인간 외부자극, 즉 예를 통해 가능하다고 믿었기 때문이다. 다시 말해서 인간은 외부자극에 의해 내면의 변화가 일어나기 때문에 무엇보다도 예라는 외부자극을 통해 인간을 변화시키는 것이 유교정치의 성공의 토대라고 여겼던 것이다. 따라서 제사라든가 예의범절은 변화의 진원이자 원동력이기 때문에 아무리 강조하고 강조해도 모자람이 없었던 것이다.

신유학의 어떠한 요소가 소수의 엘리뜨뿐만 아니라 사회 전체까지도 이러한 낙관론을 갖도록 정당화하였는가? 이 질의에 대한 답변의 핵심은 의심할 나위 없이 인간의 본성이 정말로 착한가 나쁜가와 관계없이 인간은 선해질 수 있다는 유교의 확신에 있다. (…) 예를 들면 부패한 불교 관습을 변화시키는 일은 어떻게 착수해야 하는가? 감정에서 출발해야 하는가? 제사를 잘 가다듬는 데에서 출발해야 하는가? 감정에서 출발한다면 이는 엄밀히 말해서 내면에서 출발함을 뜻하며, 제사를 가다듬는 데에서 출발한다면 이는 외부에서 출발함을 뜻한다. 정도전(1337?~1398)은, 잘못된 제사는 아버지에 대한 감정을 바른 길에서 벗어나도록 이끌 수 있으며, 따라서 개혁은 사람들에게 그들의 감정을 바로잡는 적합한 모범을 제시하는 것에서부터 출발해야 한다고 주장한다. 정도전만이 이러한 식견을 가진 것은 아니다. 조선 초기에는 인간은 외부의 자극을 통하여 인간다운 고유함으로 인도될 뿐 아니라 폭넓게 변화시킬 수 있다는 견해가 지배적이었다. 인간이 완전해질 수 있다는 견해가 지배적이었다. 인간이 완전해질 수 있다는 이러한 믿음은 인간 본성이 최고조로 실현될 수 있는 환경을 조성할 것을 요구한다. 그 같은 환경은 오로지 인간 본성의 변덕스러움을 고려하는 입법, 다시 말해 유교에 기초를 둔 입법을 통해 실현될 수 있다. 이러한 변환과정에서 핵심 역할은 예의에 주어졌다. 예와 의례는 외부영역에서 인간의 내면 기질에 심각한 영향을 행사하는 '올바른' 행위이다. 이를테면 어떻게 해야 예를 다해 제사를 치를 수 있을 것이며, 참여자들 가운데 조화를 창출하는 가장 좋은 방법은 무엇인가를 판단한다. 그리하여 예는 개인을 넘어서 친족 전체, 그리고 더욱 넓은 의미로는 사회 전체까지 지시한다. 예는 인간관계에서 발전한 본질로서 규범적인 사회정치적 질서의 일부를 형성한다.[76]

인간이 스스로 완전해질 수 있다는 믿음

요약하면 인간은 외부자극의 변화를 통해, 즉 예를 통해 인간 내면을 변화시킨다. 인간 내면의 변화는 인간을 변화시키고, 변화된 인간이 정치를 바꾸고, 바뀐 정치는 나라를 번성하게 한다는 것이다. 이에는 몇단계가 있음을 알 수 있다. 외부자극의 변화→인간 내면의 변화→인간의 변화→정치의 변화→나라의 번성의 순서를 밟게 된다. 단계별 정당화가 쉽지 않기 때문에 주자학은 우주관과 세계관 그리고 성인의 가르침 모두를 동원해 정당화를 시도했다. 외부자극의 변화가 인간 내면을 변화시킨다는 것이 주자학의 기본 전제가 된다. 이를 어떻게 정당화시킬 수 있는가? 이에 대해 이기동(李基東)은 다음과 같이 말한다.

본래 주돈이의 학문적 목적은 성인이 되는 것에 있는데, 그가 우주론을 전개하여 만물의 생성원리를 설명하는 이유는 어디에 있는 것일까? 우리는 이에 관하여 다음과 같이 추론해볼 수 있다. 주돈이의 사상이 목적으로 하는 성(性)을 회복하고 성인이 되는 것은 모두 내면적 반성에 있기 때문에 외면적·객관적 근거는 어디에도 없다. 결국 복성(復性)·성성(成聖)의 수양과정은 근거도 없고 보증도 없기 때문에 극히 주관적이고 또 막연한 것이다. 따라서 삶의 무상감으로 번뇌하는 사람들은 더욱 불안한 상태에 놓이게 되므로 필연적으로 객관적이면서 확실한 근거를 가진 방법을 추구하게 된다. 여기에서 착상한 것이 바로 외부세계이다. 외부세계에서 변화하는 외부의 사물을 관찰하여 그 안에서 변하지 않는 부분[不變子·性]을 발견할 수 있다면 그 외부의 사물을 자기에게 치환함으로써 자기의 성(性)을 인식하는 것이 가능하기 때문이다. 자기 스스로는 자신의 얼굴을 보는 것이 가능하지 않다. 따라서 자신의 얼굴을 보기 위해서는 얼굴을 거울에 비추어 객관화된 자기의 얼굴을 외부의 사물로 객관적으로 보고, 그것으로 미루어 자신의 얼굴을 인식하는 과정을 거친다. 외부의 사물은 바로 거울에 비추어 객체화시킨 자신의 얼굴이다. '수기지학(修己之學)'적 입장에서는 남도 나도 똑같이 천명(天命)의 성(性)을 본성으로 갖추고 있어 본래의 모습에서는 동일자이기 때문이다.[77]

군자문화와 신앙문화의 결합

이 인용문으로 외부자극이 인간의 내면을 변화시킨다는 것을 정당화하는 것이 얼마나 지난한 일인가를 짐작할 수 있다. 외부자극과 인간 내면의 관계를 다루기 전에 외부와 인간의 관계를 먼저 정당화하려하기 때문이다. 인간의 내면적 반성의 근거를 확보하기 위해 외부세계의 변하지 않는 것을 끌어들이는데 쉽지 않아 보인다. 하지만 이같은 작업은 엄밀히는 철학적 작업에 더 가깝다. 문화현상으로는 사람들에게 예를 강조하는 것이 관찰될 뿐이다. 주자학자들은 열심히 이런 정당화에 매달렸을지 몰라도 일반사람들에게는 예가 강조되는 사회였을 뿐이었다는 것이다. 즉 예의를 갖춰야 인간이 되고, 인간이 되어야 나라가 잘된다는 식의 매우 간결한 가르침이 문화를 지배했다는 것이다.

주자학 시대가 한국문화에 남긴 가장 큰 유산은 다른 존재에 기대지 않고 인간 스스로의 수양과 노력으로 군자가 될 수 있다는 정신일 것이다. 복잡하고 광대한 우주론과 세계관을 동원해 자신의 체계를 정당화하려던 노력은 또 하나의 문화적 유산일 수는 있겠으나, 삶의 양식으로서의 문화라는 기준에서 보면 그것은 철학적 유산이라고 해야 할 것이다. 주자학은 인간중심주의로 인생관을 전환시켰으며, 스스로의 노력을 강조함으로써 근대 발전의 토대가 되었던 근면, 성실, 인내심의 근원이 되었다. 또한 학문이 곧 정치인 시대였으므로 배움이 강조되는 유산을 남기게 되었다. 한국의 유별난 교육열의 바탕에는 바로 주자학 시대의 문화가 자리하고 있다. 아마도 불교시대가 계속되었다면 지금과 같은 교육열은 존재하지 않았을 것이다. 불교시대와 주자학 시대를 거치면서 비록 두 시대가 단절에 의한 진화를 했지만 타력구제의 신앙문화와 자기수양에 의한 군자문화라는 상반되는 두 문화가 한국문화에 자리매김하게 되었다. 다시 말해서, 조선이 끝나갈 무렵 자기 노력에 의한 문화를 주로 하고 타력구제 신앙을 보조로 하는 문화가 형성되었다는 것이다. 삶의 양식에서도 두 가지 문화가 포개져 있다. 자신을 갈고 닦고 인내하며 근면성실하게 자신의 인생을 개척하는 모습이 굳건히 자리하고 있다.

특강 2

문화를 보는 새로운 눈

외국여행을 하는 한국인은 종종 외국 문화재나 유적에 압도된다. 앙코르 와트 사원의 아름다움과 정교함에 감탄하게 되고, 로마 콜로쎄움의 규모에 놀라움을 금치 못한다. 뉴욕 자연사박물관의 방대함에 주눅이 들기도 하고, 런던 대영박물관의 전시품에 찬탄하기도 한다. 한국으로 돌아올 때에는 한국 문화가 빈약하다는 생각이 든다. 외국에는 종류도 다양하고 전통도 오래되고 수준도 높은 문화재가 많이 있는데, 왜 한국은 국립중앙박물관조차 빈약하게 느껴지는 것일까. 한국에 외국인 관광객이 많지 않은 이유는 결국 볼거리가 없기 때문이 아닐까 하는 생각이 드는 것이다. 이딸리아는 문화재로 먹고 산다는 부러움이 드는 것도 사실이다. 문화에 대한 오해를 불식할 필요가 있다. 문화재가 빈약하다고 문화가 빈약한 것은 아니다. 문화는 삶의 양식이기 때문에 문화재가 문화는 아닌 것이다. 또한 요즘 한국에는 한국문화의 원류는 유목문화라는 선전이 광범위하게 퍼지고 있다. 광대한 영토에 대한 동경이 줄을 잇고 있다. 과연 한국문화의 원류에 유목문화가 있다는 주장이 근거가 있는 것인가? 나는 이런 주장이 근거가 없음을 말하고자 한다. 개인의 유전자에는 집단의 삶의 양식인 문화가 내재되어 있지 않기 때문이다. 즉 유전자에는 문화가 없다. 문화는 유전되기보다는 학습되는 것이다. 총체적인 초유기체인 문화는 학습을 통해 전달되고 또한 단절된다. 문화란 총체적인 삶의 양식이라는 점을 말해보자.

1. 유전자에는 문화가 없다

생모가 입양된 딸을 만나러 벨기에까지 간다. 3살 무렵 입양된 후 소식을 몰랐다가 텔레비전 프로그램의 도움으로 가게 된 것이다. 텔레비전은 최대한 극적으로 만나는 장면을 연출한다. 감동적인 상봉과 끝없는 눈물. 하지만 두 사람은 서로 말이 통하지 않는다. 보편적인 감정을 표현하기는 하지만, 서로가 너무나 다른 환경에서 지내왔기에 모든 것이 조심스럽다. 그런데 만약 두 사람이 이제부터라도 같이 살게 된다면 어떻게 될까? 벨기에로 입양되었던 딸은 한국 핏줄이기 때문에 별문제 없이 같이 생활할 수 있을까? 아니면 문화의 차이로 인해 갈등을 겪을 것인가? 우리는 문화충격이라는 말을 흔하게 쓴다. 외국으로 유학가거나 이민간 사람은 누구나 문화충격을 겪는다고 한다. 그런데 아주 어려서 외국으로 입양되거나 이민간 사람은 문화충격을 별로 겪지는 않을 것이다. 즉 문화는 유전자에 숨겨져 있는 것이 아니라 환경과 조건에 따라 형성된다고 보는 것이 더 옳을 것이다. 문화가 유전자에 존재하는 것처럼 주장하는 입장을 비판적으로 검토해보자.

유전자 문화결정론의 허구성

과학이 인문학에 영향을 끼친 것이 어제오늘의 일이 아니지만 요즘 유전자를 통해 한국인의 기원을 밝히고 더 나아가 한국문화의 특질도 설명할 수 있다는 움직임이 있다. 즉 현대과학의 총아로 각광받는 유전자를 통해 한국인에 대한 모든 것을 밝힐 수 있다는 믿음이 유포되고 있는 것이다. 개인이 단행본으로 외롭게 홀로 주장하고 있는 것이 아니라, 언론을 통해 대대적으로 선전되고 있다. 문제는 이런 움직임이 한국문화를 탐구하는 데 도움이 되는 것이 아니라 오히려 걸림돌이 된다는 데 있다. 왜냐하면 유전자를 통해서는 한국인의 기원도 한국문화의 특성도 밝힐 수 없기 때문이다. 그럼 우선 유전자를 통해 한국인의 기원을 밝힌다는 기사들을 보자.

한민족의 기원이 러시아의 바이칼 호수에서 시작되었다는 설이 있다. 의사·언어학자 등 40여명으로 구성된 '바이칼포럼'이 주장한다. 이들은 몇가지 근거를 제시한다. 포럼의 멤버인 이홍규 교수의 연구에 의하면, 바이칼호 주변에 거주하는 브리야트족의 DNA가 한민족과 일치한다. 또 브리야트족은 아이들의 이름을 부를 때 본명을 부르지 않고 '개똥이' '쇠똥이' 등으로 부르는 관습이 있다. 아이들의 명을 길게 하기 위한 의도라고 한다.[78]

한국생명공학연구원 박홍석 박사는 "동양인과 서양인의 염기서열은 불과 0.1% 차이가 난다"고 설명했다. 아무리 인종이 달라도 인간은 DNA가 99.9% 같다는 뜻이다. (…) 동양인 사이에서는 유전적인 차이가 얼마나 될까. 한국인, 중국인, 일본인 사이의 염기서열은 얼마나 다를까. 분명 0.1%보다 적어질 것이다. 지난해 질병관리본부 조인호 박사와 이종은 박사 팀은 한국인을 대상으로

8333개의 SNP를 조사했다. (…) 그 결과 유전적으로 매우 유사한 민족으로 추정됐던 한국인, 일본인, 중국인 간에도 미세한 차이가 존재한다는 사실이 처음 밝혀졌다. 특히 한국인은 유전적으로 일본인과 더 가까운 것으로 나타났다. 한국인과 일본인의 차이는 5.86%에 불과하다. 그렇다면 0.1%의 염기 중에서 한국인은 유전적으로 제일 가깝다는 일본인과 5.86% 차이가 나니 수치로만 따진다면 한국인은 유전적으로 0.00586%만큼의 '한국인 유전자'를 갖고 있는 셈이 된다. 혹시 이것이 '한류 DNA'가 아닐까? (…) 생물학적으로 인간은 '호모 싸피엔스'라는 하나의 종밖에 없고, '인종'이라는 개념은 다분히 사회학적인 구분이다. 이를 부정하는 것은 아니다. 다만 0.00586%라는 극히 작은 유전적인 차이가 외형의 차이를 낳고, 이런 유전적인 형질을 지닌 집단이 환경에 적응하며 수천 년을 지내는 동안 한국인의 얼굴이, 한국인의 습성이, 한국인의 문화가 만들어졌을 것이다. (…) 물론 유전자와 환경, 즉 네이처(nature)와 너처(nurture)를 떼어놓고 민족을 정의하기는 불가능하다. 한류 역시 '한류 DNA'와 다양한 사회문화적 요인이 한데 어우러진 결과일 것이다. 그럼에도 불구하고 러시아인이 전통적으로 보드카를 많이 즐기는 이유가 칭기즈칸에 의해 형성된 몽골인의 유전자를 갖고 있기 때문이라거나, 세계 최고의 장수 민족인 일본의 오끼나와인이 체외에서 침투하는 병원체를 막아주는 면역기능과 관련된 유전자를 갖고 있다는 사실은 유전학적으로 매우 구미가 당기는 얘기다. 한국인에게도 '냄비근성 유전자'나 '빨리빨리 유전자'가 있는 것은 아닐까?[79]

잘 읽어보면 교묘한 짜깁기이다. 과학자의 사실 설명을 인용한 후에 곧바로 그것이 한국인의 특성과 연관되는 것처럼 기술하고 있다. 그것도 추측이라는 단서를 달고. 실례를 보자. '다만 0.00586%라는 극히 작은 유전적인 차이가 외형의 차이를 낳고, 이런 유전적인 형질을 지닌 집단이 환경에 적응하며 수천년을 지내는 동안 한국인의 얼굴이, 한국인의 습성이, 한국인의 문화가 만들어졌을 것이다'라고 말한다. 즉 0.00586%의 유전적 차이가 결국 환경과 결합하여 한국인의 얼굴, 습성, 문화를 만들었을 것이라고 추정하고 있다. 과연 그런 추정이 정당한가? 과학자들은 단지 사실을 탐구했을 뿐인데, 즉 유전자의 차이가 문화의 차이를 가져온다고 발언하지 않았는데, 다른 사람들이 함부로 해석하고 있는 것이다. 마치 5.86%의 유전적 차이가 한일 양국의 차이의 근본원인인 것처럼 기술하는 것은 교묘한 선동이다.

한국문화의 기원을 밝히려는 욕망
유전자를 통해 한국인의 기원이나 한국문화를 설명하려는 시도에 대해 이선복(李鮮馥)은 매우 논리적으로 논파하고 있다. 덧붙일 필요가 없는 결정적 논박이기에 그대로 옮긴다.

다시 말해, 생물학적 증거는 그 자체만으로는 한국인이건 어느 다른 집단이건 주어진 집단의 기원을 밝혀주는 결정적인 증거가 될 수 없음에 유념해야 한다. 특정 집단이 모종의 유전적·형질적 특징을 지니게 된 과정을 밝히는 것은 불가능한 일이지만, 설령 그런 과정을 밝힐 수 있다손 치더라도 인간집단의 생물학적 특징의 변화는 이루 다 미루어 짐작할 수 없는 다양한 이유 때문에 일어난다는 점을 기억해야 한다. 그러므로 설령 한국인의 생물학적 특징이 형성되어온 과정을 밝힐 수 있다손 치더라도, 그것으로부터 한국인의 기원을 알게 되는 것은 아니다. 신체적 특성에서 이해할 수 있는 주민집단의 생물학적 특징은 집단의 언어적·문화적 혹은 역사적 특징의 변화를 말해주는 것은 아니다. 또 집단의 생물학적 구성의 변화는 다양한 유전학적 이유에서 기인하기 때문에, 화석자료로부터 특정 형질을 지닌 개체를 확인할 수 있다고 해서 그것이 생물학적 집단 그 자체의 기원을 말해주는 것도 아님을 기억할 필요가 있다.[80]

생물학적 특징이 집단의 언어적·문화적·역사적 특징을 설명할 수 있다면, 남한과 북한의 문화가 왜 이토록 다른지를 설명할 수 있어야 할 것이다. 하지만 사실은 전혀 그렇지 못하다. 또 유전자가 생물학적 집단의 기원을 말해주지 않는다고 한다면 바이칼호 주변을 헤맬 필요도 없을 것이다. 어쨌든 유전자를 추적해서는 한국인의 기원도 한국문화의 기원도 추적할 수 없다. 그런데 왜 이런 일이 지금 일어나고 있는가? 이 문제에 대해 이선복은 다음과 같이 말한다.

한민족의 기원과 형성에 대해 공허한 대답을 얻지 않으려면, 한민족이 언제 어떻게 이루어진 것인가를 묻기에 앞서 우리는 구체적으로 무엇을 알고자 하며 왜 그것을 알고자 하는가에 대해 먼저 스스로 물어봐야 할 것이다.[81]

우리는 왜 한민족의 기원에 대해 알고자 하는 것일까? 단순한 학문적 호기심만은 아닌 것 같다. 즉 한민족이 유목민족에서 비롯되었기에 아직도 우리는 유목문화의 흔적을 가지고 있다는 것을 보이고 싶어하는 것 같다. 그리고 유목문화는 기마민족과 결합하여 능동적 기상과 대륙을 호령하던 기개를 부활하는 데에도 한몫을 하고 있는 것으로 보인다. 그것은 한국문화를 여성으로 규정하는 데에 대한 반발 내지 보완에서 비롯된 것 같다.

2. 한국문화는 유목문화가 아니다

한국문화의 특징 중 하나로 흔히 거론되는 '한(恨)'은 보통 여성의 것으로 해석된다. 여자가 한을 품으면 오뉴월에도 서리가 내린다는 속담에서도 볼 수 있듯이 한은 여성의 정조로 이해된다. 그런데 문제는 한은 한국문화의 특징을 나타내는 하나의 표징에 불과하다는 것이다. 한국문화는 일본의 지배를 거치면서 여성적인 것으로 여겨지게 되었다. 즉 일본의 지배기를 거치면서 한국문화는 수동적이고 주체적이지 않은 여성으로 탈바꿈하게 되었고, 이런 흐름은 최근에까지 별로 바뀌지 않았다. 아마도 이런 흐름을 주도한 대표적인 사람은 야나기 무네요시(柳宗悦)일 것이다. 이 사람은 한국문화를 사랑한 업적으로 1984년 대한민국 정부로부터 보관문화훈장을 받았는데, 야나기가 한국문화를 여성적으로 파악한 점에 대해 박유하(朴裕河)는 다음과 같이 날카롭게 비판한다.

> 야나기는 도자기만을 '여성'화하는 것이 아니라 한국 전체에 대해 언급할 때도 자주 '그녀'라는 호칭을 쓰고 있다(『조선의 미술』 외). 그에 걸맞게 화자의 어조 또한 여성에 대한 남성의 어투가 사용된다. 말하자면 조선을 '사랑'해야 할 주체로서의 자기 인식이 야나기로 하여금 스스로를 능동적인 사랑의 주체에 걸맞은 '남성'으로 주체화시키고 있는 것이다. '남성'으로서의 야나기=‘일본’에 있어 조선의 도자기란 혹은 조선은 고통스럽더라도 '감정을 나타내지 않는' '사려'와 '인내심'을 함께 갖는 기특한 '여성'이었다. 침묵 속에 위무=‘위안’하는 '여성'이었다. 중요한 것은 이러한 담론이 실은 식민지 정치에 대한 조선의 저항적 '감정'의 폭발을 억압하는 것이었다는 점이다.[82]

다시 말해 일본은 남성, 조선은 여성으로 규정된다는 것이다. 이때 여성은 고통을 말없이 감수하고 안으로 안으로 감정을 감추는 눈물과 약함 그리고 순종의 상징이다. 이렇게 한국을 여성으로 파악한 것에 대한 반발이 당연히 일어났을 것이다. 한쪽으로는 야나기를 비판하기도 하였지만, 다른 한쪽으로는 한이 아닌 '흥(興)'을 한국문화의 특징으로 대체하려고 하였다. 이러한 움직임은 박유하에 의하면 1960년대에 시작되었다고 한다.

예컨대 시인 김지하는 1969년에 "이조 속화에서 이 연속성의 차단에 의한 공간의 역동화가 강하게 나타난다"면서 "비애보다도 약동을, 내면화보다는 저항과 극복을 고취하는 활력있는 남성미"를 발견하려 했고, 시인 최하림은 1974년에 "선(線)은 현실[面]에 만족하지 않고 이상을 추구한 동양인의 사유방식이 미술에 나타난 성질"이라며, "동아시아의 강자였던 고구려를 비롯한 삼국의 위력, 고려 전기/조선 전기의 그 힘의 장대함이나 문화의 발흥은 주변의 어떤 나라 못지않게 찬란한 것이었"고 "그것들은 시달리고 비애에 젖은 자의 기구 양식이 아니라 완성을 향한 정진의 의지"였다고 주장했다.[83]

'여성성' 규정에 반발하며 시작된 '남성성' 복원

한국문화를 여성이 아닌 남성으로 규정하기 시작했을 때 고구려가 등장하고 힘의 장대함이나 활력 등이 강조되기 시작하였다. 조선 특히 조선 후기는 야나기가 지적한 대로 사랑을 해줘야 하는 가련한 여자였을지 몰라도 고구려, 고려, 조선 전기는 활력과 힘이 넘쳐나는 남자였다는 주장이 제기된 것이다. 이런 현상은 야나기의 잘못을 바로잡는다는 측면도 있지만, 그것보다는 민족적 자긍심을 높이기 위해 의식적으로 남성성을 강조하기 위한 것으로 보인다.

한국문화에서 남성성을 강조하는 일은 단순히 문화의 한 면을 말하고자 하는 것이 아니다. 그것은 진취적 기상을 드높이고 대륙을 호령하던 기개를 되찾아 민족의 발전을 이룩하자는 다짐으로 이어진다. 이런 주장에 정당성을 부여하기 위해 근래에 활발하게 벌어지는 작업은 한국문화의 원류가 유목문화라는 것을 증명하는 것이다. 즉 '한국인의 뿌리는 유목민족이고, 따라서 한국인에게는 유목문화의 피가 흐르고 있다. 그런데 현대는 유목문화가 융성하는 시기이다. 따라서 한국인은 현대에 알맞은 문화를 이미 갖고 있다'는 것이다. 즉 남성성의 회복이나 발견이 유목민족이나 유목문화의 발견으로 전개되고 있는 것이다. 그리하여 한국인이 유목민족인 것처럼 말하는 일이 잦아지고 있다. 이런 가설도 등장했다.

김운회 동양대 교수(국제통상학)는 최근 발간한 저서 『대쥬신을 찾아서』(전2권, 해냄)에서 몽골, 만주, 한반도, 일본을 연결하는 문명사적 벨트의 주역이자 공통의 민족적 시원으로서 이들 지역에 금속문명을 전파한 '쥬신'이라는 유목민족을 제시했다. (…) 그는 이를 종합해 기원전 7세기경 알타이산맥에서 출원한 고도의 청동기 기술을 갖춘 유목민족이 중국 허베이(河北)성과 산둥(山東)성까지 남하했다가 다시 한족에 쫓겨 만주로 이동했으며, 그중 일부는 몽골로 서진하고 일부는 한반도, 일본으로 남진했다고 분석했다.

(…) 그는 "중국 한족의 민족의식 수원지가 한(漢)이라면 쥬신족의 수원지는 고구려"라며 "중국에 고구려를 내주면 몽골-만주-한국-일본을 잇는 과거와 미래의 공동체로서의 쥬신은 사막화할 수밖에 없다"고 경고했다.[84]

역시 민족의 원류를 찾고 있고 그 원류가 쥬신이라는 추정을 내놓고 있는데, 예상대로 유목민족이다. 그리고 쥬신족의 원류지가 고구려라고 주장하면서, 그것을 잃으면 미래 공동체까지 사막화될 수 있다고 경고까지 하고 있다. 즉 단순한 호기심으로 민족의 원류를 탐구한 것이 아니라는 것을 분명히하고 있다. 원류 탐구, 유목민족, 고구려, 경고 등의 키워드에 주목해보면 요즘의 고조선이나 고구려를 다루고 있는 책이나 드라마와 유사하다는 것을 알 수 있다. 드라마 「주몽」이나 「연개소문」이 좋은 예가 될 것이다.

고구려 열풍과 유목문화 신화

그렇다면 이런 현상에 근거가 있는가? 우선 민족의 원류를 찾는다 해도, 즉 한민족의 뿌리가 유목민족이라고 해도 한국의 문화가 유목문화라고 말할 수는 없다. 앞서 본 바와 같이 유목민족의 DNA가 존재한다 해도 DNA에 유목문화가 들어 있는 것은 아니기 때문이다. 그렇다면 몽골처럼 우리가 유목문화를 유지해왔는가 하는 문제가 생긴다. 한국인은 자신을 기마민족 혹은 유목민족의 후예라고 말하면서 그 증거를 찾고 있지만 이는 상식과 어긋난다. 한국인은 한반도에서 적어도

234

2000여년간 정착하여 살았다. 즉 땅에 뿌리를 두고 농경에 힘쓴 정주 문화였던 것이다. 백과사전을 보자. 유목문화란 물이나 목초지를 찾아 가축을 이끌고 이동생활을 되풀이하는 형태의 유목생활을 주체로 하는 문화이다. 몽골·중앙아시아·페르시아·아라비아 등 건조지대의 초원이나 반 사막지대에 거주하는 민족들이 가꾸어온 문화로… 등등. 한국은 어디에도 해당되지 않는다. 그런데도 원래 조상은 유목민족이라고 주장하고, 그것을 현재와 미래에까지 연장시켜 경고까지 하는 것은 분명 잘못되었다. 하지만 한국인의 뿌리가 유목민족이고 고구려는 유목문화의 국가였고 한국의 뿌리라는 주장은 상당 기간 수그러들지 않을 것이다. 왜냐하면 한국은 여전히 문화에서 남성성이 결핍되어 있기 때문이다. 최근에는 이런 기사가 났다.

한국과 일본의 공동연구진이 귀에서 나오는 때인 '귀지'의 유전자 분석을 통해 한국인은 순수 몽골인종인 데 비해 일본인은 몽골인종에 남방 계통이 섞여 있다는 사실을 밝혀냈다. (…) 김교수는 "이번 귀지분석 결과는 유적 연구를 통해 알려진 한국인의 북방기원설과 인류화석과 Y염색체 등의 분석을 통해 알려진 인류의 아프리카 기원설을 뒷받침한다.[85]

앞으로 또 어떤 것이 한국인의 북방기원설의 증거로 등장할까? 우리는 지금 유목민족, 유목문화를 꿈꾸고 있는 것이다. 그럼 유목문화가 옛날에 있었지만 지금은 잊혔다고 할 수 있는가? 이렇게 말할 수는 있을 것이다. 고려시대에 100여년 이상 유목민족인 몽골의 지배를 받았기에 그 흔적이 지금도 남아 있다고. 흔히 드는 예로 연지곤지, 소주 등이 있다. 하지만 이런 것들은 몽골 지배의 흔적들이지 유목문화의 상존이라고 말할 수 없을 것이다. 우리가 자랑하는 온돌이 유목문화와 무슨 상관이 있겠는가. 다른 가능성은 현대는 유목문화가 정주문화보다 유용하므로 유목문화를 배우자고 하는 것이다. 충분히 일리가 있는 얘기다. 예를 들어, 유목문화에서 배우는 벤처경영이라는 강연회에서는 칭기즈칸의 성공요인을 꼽고, 그 요인들이 현대에도 통할 수 있다고 주장한다. 즉 끊임없이 이동하는 자만이 살아남을 것이며, 성을 쌓고 사는 자는 망한다거나 속도가 필수조건이라든가, 모든 이익은 공동 분배한다든가 등을 주장할 수 있다. 이런 것들이 과연 역사적 사실과 부합하느냐는 두번째 문제라고 치자. 무엇이든 배우고자 하는 것은 좋은 것이니까. 하지만 몽골의 성공 분석에 그치지 않고, 원래 한국의 문화는 유목민족의 문화에 기원을 두고 있으므로 지금 그 기상을 되살려야 한다고 주장하면 곤란하다. 우리가 유목문화를 꿈꾸는 것은 한국문화에 남성성이 결핍되었다고 느끼기 때문이다. 균형이 잡히면 고구려 열풍도 유목문화의 신화도 사라질 것이다.

3. 문화재가 문화는 아니다

민속촌에 가보면 옛날의 생활을 그대로 재현해놓은 것을 볼 수 있다. 꽤 넓은 땅에 과거를 재현해놓았기 때문에 한참을 둘러보면 옛날의 생활을 조금이나마 엿볼 수 있다. 낙안읍성에 가면 실제로 사람들이 낙안읍성의 집에 거주하기 때문에 생생함이 더하다. 하지만 민속촌이나 낙안읍성에서 우리가 보고 느끼는 것은 현대의 우리의 감정이다. 그 당시의 생활을 할 수는 없기 때문이다. 민속촌이나 낙안읍성은 현대에는 관광자원으로 기능하고 있다. 민속촌이나 낙안읍성은 옛날의 문화가 숨쉬는 생활공간이 아니라 고립된 관광지역일 뿐이다. 이런 현상은 지역이 아니라 낱낱의 물건을 대상으로 할 때 훨씬 더 심화된다. 국립중앙박물관 유리상자 속에 놓인 신라의 금관을 보자. 금관의 아름다움에 누구나 감탄하지만 금관은 이제 더이상 생활에서 쓰이지 않는다. 누가 금관을 쓰고 현대생활을 할 수 있겠는가. 금관은 신라의 문화를 알려주는 기호이자 높은 미적 수준을 지닌 대상으로 우리에게 남아있다. 금관은 현재의 생활양식 즉 현재의 문화에 속하지 않으며, 박물관에서 학문적 기능, 관광적 그리고 국가홍보의 기능을 하고 있을 뿐이다. 생활과 유리된 대상들은 그것이 문화재라 불린다 해도 문화의 일부는 아니다.

현재적 의미를 획득해야 문화다

1970년대 초반 경주 첨성대에 간 적이 있었다. 친구들과 기념사진도 찍었다. 교과서에서 보던 첨성대를 실제로 만져보니 어딘가 어색했다. 많은 시간을 뛰어넘었기 때문에 지금 시대에는 낯선 것이었기 때문이었는지는 잘 모르겠다. 그런데 지금 사정과 비교해보면 그래도 그

때가 조금 더 생활에 가까웠다. 지금은 첨성대를 만질 수 없기 때문이다. 첨성대는 박물관의 문화재처럼 철저히 격리돼 보호받고 있다. 일정 거리를 두고 볼 수만 있을 뿐 만지거나 기댈 수 없게 되었다. 철저히 생활에서 제외되어 관광자원이나 문화재로서의 의미만 지닐 뿐이다. 캄보디아의 앙코르와트는 첨성대와는 경우가 다르다. 앙코르와트는 세계적인 문화재이지만 그 안 구석구석을 직접 들어가 살펴볼 수 있다. 아마도 얼마 지나지 않으면 문화재 보호를 이유로 일정 거리를 두고 구경만 하는 제도로 바뀔 것으로 보이지만, 현재는 동네사람들은 돈을 내지 않고 자유롭게 앙코르와트를 들락거릴 수 있다고 한다. 지금은 사원이 동네사람들에게 생활의 일부이겠지만, 시간이 지나면 박제된 문화재가 될 것이다. 물론 돈을 가져다주겠지만.

우리는 문화재와 문화를 혼동한다. 눈부신 문화재를 가진 국가가 훌륭한 문화를 갖고 있다고 생각하는 경향이 있는 것 같다. 이집트의 신전과 미라를 보면서 찬란했던 이집트 문화를 떠올리고, 이집트가 문화강국이라고 생각하게 된다. 이딸리아도 마찬가지다. 수많은 유적지를 보면서 이딸리아 문화가 우수하다고 여기게 된다. 프랑스의 수많은 박물관과 미술관도 그런 생각을 불러일으킨다. 과연 그럴까? 문화는 삶의 총체적 방식이고 물리적 대상들은 인간 마음속에서 개념들로 표상될 때에만 의미를 지닌다. 문화재는 '문화적 가치가 있다고 인정되는 인류 문화활동의 소산'이라고 정의되어 있는데, 보통은 현재의 것을 제외한 옛날 것에서 지정된다. 즉 문화재라는 것 자체가 정의상 현재의 삶의 방식을 포함하고 있지 않다는 것이다. 설사 포함되어 있다

하더라도 문화재는 삶의 총체적 방식이 될 수는 없다. 예를 들어, 첨성대는 문화재이지만 첨성대 주변에서 장사를 하는 사람들의 삶의 방식은 문화이다. 첨성대 주변에서 장사하는 사람들은 첨성대를 포함하여 총체적인 삶의 방식을 갖고 있다. 그것이 문화이다. 이때 첨성대는 주변 사람들에게 관광자원이란 개념으로 표상되어 있을 것이다. 다시 말해서 첨성대는 어떤 개념으로 표상될 때에만 문화 속에서 의미를 획득한다. 신라시대의 문화에서 첨성대는 아마도 천문관측기구로서 의미를 획득했을 것이다. 지금처럼 관광자원으로서 의미를 획득하지 않았음은 분명하다.

문화재를 둘러싼 삶의 방식에 주목해야

동일한 것도 문화에 따라 의미가 다르다. 광개토왕비도 당시에는 귀족들에게 경고하기 위한 비였지만, 지금은 고구려의 웅대한 기상을 나타내는 문화재로 의미를 새롭게 획득했다. 문화는 총체적인 삶의 방식이고, 물리적 대상은 그 총체적 삶의 방식에서 의미를 획득함으로써 문화가 되는 것이다. 추사 김정희의 작품은 뛰어난 예술작품이지만 작품 자체가 우리의 생활의 방식을 구성하고 있지는 않다. 오히려 추사의 작품을 놓고 경매를 벌이거나 밀거래를 하는 행태가 문화의 일부가 될 것이다. 동일한 것이 문화에 따라 다른 의미를 획득하는 것은 문화가 단절을 통해 진행되기 때문이다. 문화가 연속적으로 단절 없이 계승되고 전달된다면, 다시 말해서 삶의 총체적 방식이 변하지 않는다면 동일한 물리적 대상은 동일한 의미를 확보할 것이다. 하지만 문화는 단절을 통해 진화한다. 따라서 동일한 대상이 상이한 문화 속에서 상이한 의미를 획득하는 것은 자연스럽다. 이런 점을 염두에 둔다면 문화재를 연결함으로써 문화를 구성하는 시도는 잘못되었다는 것을 알 수 있다.

한국 문화재 또는 한국 문화유산을 통해 한국문화를 논하는 경우를 흔히 볼 수 있다. 문화유산을 통해서 한국문화의 특징을 찾아낸다는 것이다. 나는 이런 시도가 잘못되었다고 생각한다. 그것은 첫째, 문화는 단절을 통해 진화하기 때문에 문화재가 갖는 의미는 시대에 따라 다르기 때문이다. 지금의 관점에서 예전 것을 제대로 평가할 수는 없다. 둘째, 문화는 삶의 방식이지 눈에 보이는 물건이 아니기 때문이다. 한국문화는 각 시대의 한국사람의 삶의 방식에서 추출되어야 하지 대상으로서의 문화재에서 추출되어서는 안된다. 고려청자 자체에서 한국문화의 특징을 추론하지 말고 고려청자를 만든 사람들의 삶의 방식에서 한국문화의 특징을 추론해야 한다는 것이다. 삶의 방식과 대상을 더이상 혼동해서는 안된다.

완고한 원전중심주의 비판

문화가 낱낱의 대상이 아니라 총체적인 삶의 방식이라고 한다면, 한국문화를 논할 때 흔히 등장하는 원전중심주의도 비판되어야 한다. 즉 문화현상을 중요시하지 않고 원전을 가장 우선하는 경향이 있다. 원전이 아니라 원전을 둘러싸고 어떤 현상이 있는가가 삶의 방식 그리고 당대의 문화와 연관이 있는 것이다. 이런 현상을 원전 콤플렉스라고 부를 수 있는데, 누가 원전을 정확히 해석했느냐를 놓고 치열한 논쟁을 벌이곤 한다. 그런데 문화는 심지어 오역에서도 비롯된다. 즉 오역을 했는데 오역이 새로운 영감을 불어넣을 수도 있는 것이다. 문화에는 정오표가 없다. 그때그때의 현상이 바로 문화 자체가 될 수 있는 것이다. 문화는 흘러가는 물과 같은 것으로 변화에 변화를 거듭한다. 그런데도 한국에는 아직도 원전에 매달려 원형으로 돌아가려는 강력한 움직임이 있다. 이것은 뒤에 기술하겠지만 조선의 성리학의 잔재로 추정되는데 아직 정리되지 않고 있다. 아직 잔존하는 원전 콤플렉스의 사례를 들어보자. 칸트철학이 수입된 지 100여년 만에 처음으로 완전히 새롭게 번역됐다고 한다.

백종현(白琮鉉) 서울대 철학과 교수에 따르면 지금까지 국내에 번역된 『순수이성비판』은 8종. 대부분 칸트철학이 처음 수입된 일본의 번역서에 크게 의존하고 있다. (…) "1781년에 쓰인 『순수이성비판』에 대해 간과되는 사실 중 하나는 이 책이 독일어로 쓰인 최초의 철학서라는 점입니다. 칸트를 포함해 그전의 독일 철학자들이 모두 라틴어로 철학적 사유와 저술활동을 펼쳤습니다. 따라서 『순수이성비판』은 칸트의 머릿속에서 라틴어에서 독일어로 번역이 이뤄진 것입니다." 라틴어의 자장(磁場) 아래서 이 책을 이해할 필요가 있다는 말이다. 이는 곧 한국에 수용된 『순수이성비판』이 라틴어-독일어-일본어-한국어라는 여러 겹의 언어적 전회(轉回)를 거쳐 이뤄졌음을 의미한다. (…) 그동안 '오성(悟性)'으로 번역돼온 '페어슈탄트(Verstand)'도 그런 사례 중 하나다. 이 단어는 감성에 대비되는 '지성' 혹은 '이해'를 뜻한다. 일본어에서는 오(悟)가 '안다'는 뜻도 있지만 한국어에서는 '깨닫다'는 뜻만 있다는 차이를 간과했다는 것이다. "『순수이성비판』 한국어판을 독일어로 다시 번역하면 칸트의 원저와 똑같아야 한다는 것이 제 소신입니다. 그러기 위해서는 문맥에 따라 같은 단어를 다르게 사용하는 것을 최소화해야 합니다." 같은 맥락에서 '선험성'은 '초월성'으로, '합리론'은 '이성주의'로 번역됐다.[86]

요지는 일본어 중역이 못마땅할 뿐 아니라 잘못되었다는 것이다. 그리하여 독일어 원전을 직접 번역하였을 뿐 아니라 당시의 칸트의 머릿속으로 들어가 라틴어도 염두에 두었다고 한다. 게다가 한국어판 번역을 다시 독일어로 번역하면 칸트의 원저와 똑같아야 한다는 주장까지 한다. 원전을 직접 번역하는 것이 잘못되었다거나 바람직하지 않다는 것은 결코 아니다. 될 수 있는 한 원전을 번역해야 하고, 그것도 정확히 번역해야만 한다. 하지만 문화란 측면에서는 그리 만만하지가 않다. 만약 백종현의 주장이 옳다면 한국의 불교는 강독을 전면 중단하고 불경의 원전 번역에 착수해야 할 것이기 때문이다. 지금의 우리가 갖고 있는 불경도 기사에서 지적한 바와 같은 여러 겹의 언어적 전회를 거쳤기 때문이다. 즉 쌍스크리트어-서역어-중국어-한국어의 순서를 밟았다는 것이다.

서역불교는 순수한 인도불교가 아니라 인도불교를 바탕으로 서역문화가 가미되고 다시 다소의 변화를 거듭한 후에 서역불교가 이루어진 것이다. 예를 들면 사문, 외도, 출가와 같은 말은 범어에서 번역된 것이 아니라, 서역 여러 나라의 언어를 번역한 것이며, 십이인연설과 같은 단어도 범어에서 번역된 것이 아닌 서역 도화라어의 경문에서 번역되었다는 점도 이를 입증하고 있다. 이렇게 인도불교가 서역에 전해지면서 경전이 서역어로 번역되자 거기서 서역불교가 성립되었으며, 그것이 다시 중국으로 전해져서 중국불교가 이루어졌다.[87)]

문화에 만고불변이란 없다

이 주장이 옳다면, 중국불교란 중국어로 표기된 경전을 바탕으로 하는 불교를 말하는 것이 될 것이다. 즉 중국은 승려들을 직접 인도에 보내기도 하였지만 서역을 통한 수입에도 많은 빚을 지고 있다는 것이다. 그렇다면 한국은 어떻게 되는가? 한국은 직접 싼스크리트에서 번역을 시도한 적이 거의 없으며 대부분의 불교 경전을 중국에서 받아들였다. 그리고 다시 한국어로 번역한 것이다. 칸트의 『순수이성비판』의 번역경로와 다른 점이 있는가. 용어를 따지자면 더할 것이다. 우리가 흔히 쓰는 '출가'라는 단어도 싼스크리트에서 번역된 것이 아니라 서역 도화라어의 경문에서 번역된 것이라면, 우리는 출가라는 단어가 원전에 없다는 이유를 들어 없애야 할 것인가? 출가라는 단어를 없애고 이제는 한국불교를 말하기 어려울 것이다.

원전에는 없던 용어가 현재 한국문화의 한자리를 차지하고 있는데, 원전에 없다고 해서 바로잡을 수는 없을 것이다. 즉 문화는 원전과는 별 관계가 없는 것이다. 한국에 불교의 원형이 있다면 한국에 수입될 당시의 모습이지 인도의 원시불교는 아닐 것이다. 이 점은 중국이나 일본도 마찬가지일 것이다. 게다가 수입 당시의 원형이 있다 해도 문화는 끊임없이 변하는 것이므로 수입 당시의 원형도 큰 의미가 없을 것이다. 마치 갓난아기의 성장과 같은 것이다. 갓난아기가 태어날 때의 모습을 평생 갖고 가지는 않는다. 성장하면서 끊임없이 변하고 또 변한다. 이런 관점에서 보자면 한국어판 칸트 책을 독일어로 번역하면 칸트의 원전과 똑같아야 한다는 주장은 이해하기 어려울 뿐 아니라 위험하기까지 하다. 물론 이번에 나온 칸트 번역서가 기점이 되어서 새로운 문화가 생겨날 수도 있다. 이렇게 된다면 이 역시 하나의 문화현상으로 기록될 것이다. 하지만 이토록 완고하게 원전에 집착하는 것은 분명 문화에 대한 이해부족이나 오해를 보여주는 사례가 될 것이다.

문화에 대한 오해를 세 가지 면에서 살펴보았다. 즉 유전자에는 문화가 없으며 따라서 한국문화가 유목문화라는 주장은 성립하지 않으며, 문화재는 문화가 아니라는 것이다. 그렇다면 문화는 무엇인가?

4. 문화는 삶의 총체적 양식이다

문화가 삶의 총체적 양식이라는 점을 말하기 전에 문화적이라는 말에 대해 생각해보자. 문화적이라는 말은 정신적 가치를 존중하고 누리는 태도를 일컫는 것으로 보인다. 즉 어떤 사람이 문화적이 아니라고 하는 말은 그 사람이 미술도 모르고 예술작품에 대한 흥미도 없으며 세속적인 물질만 추구한다는 의미로 들린다는 것이다. 예를 들면 이런 경우이다. "나는 변변치 못한 학자의 신분으로 살아가면서, 오늘날 우리 사회가 보여주고 있는 문화적 삭막함에 몸서리칠 때가 많다. 경제성장으로 국민소득이 증가하면서 문화의 외양은 풍성하고 화려해진 것 같지만, 내면은 황폐하기 이를 데 없다. 정체되지 못한 이기심의 만연으로 '만가(萬家)에 의한 만가(萬家)의 투쟁'이 전개되면서 전쟁 이후보다 더욱 비열한 야만의 상태가 지속되고 있다. 선망의 대상이 되는 학교를 나와서 지극히 높은 위치에 올라, 우리 사회를 대표하는 권위와 지성처럼 으스대던 인물이 계속 감옥으로 끌려가고 있으니, 어떻게 그들의 머릿속에 문화가 존재한다고 말할 수 있으며, 그들이 사는 세상 또한 문화의 세계라고 말할 수 있겠는가?"[88] 여기에서 문화적이란 말은 야만적의 반대말로 쓰이고 있다. 정신적 가치를 결여한 상태를 문화적이 아니라고 하고 있다. 하지만 문화는 이와는 다르다. 즉 야만도 야만의 문화가 있는 것이다. 문화와 야만의 이분법이 아니라, 어떤 집단이든 사회든 문화를 갖는다는 것이고, 그 문화에 대한 평가가 각기 다를 수 있다는 것이다. 최봉영은 현대의 한국문화를 정신적 가치를 결여한 야만적인 것으로 평가하고 있다. 하지만 감옥에 끌려간 사람들의 머릿속에 정신적 가치로서의 문화적인 것이 없을 수도 있겠지만 그들도 한국사회의 일원으로서 한국사회의 삶의 양식을 머릿속

이 아니라 온몸에 담고 있다고 할 수 있다. 몸에 젖어든 문화는 전생애
를 통해 학습된 것이다.

문화에 대한 단순화의 오류

앞에서 우리는 유목문화와 한국문화를 성급하게 접목시키려는 노
력을 보았다. 현실적 필요성도 있겠지만 문화 자체에 대한 이해부족도
일정 부분 작용했다고 본다. 문화를 너무 단순화시키는 오류를 범하고
있다는 것이다. 한민족의 기원을 밝히면 한국문화의 상당 부분이 밝혀
질 것이라는 믿음이나 가설은 문화가 얼마나 복잡한 것인가를 간과한
데에서 비롯된다. 문화가 무엇인가를 살펴보자. 『통섭』(Consilience)
에 다음과 같은 질문과 답이 나온다.

문화라고 불리는 이 이상하기 짝이 없는 창조물은 도대체 무엇
인가? 이 초유기체는 정확히 무엇인가? 우선 수많은 사례들을 분석
해온 인류학자들이 이 질문에 답을 줘야 한다. 그들은 문화를 삶의
총체적인 방식으로 본다. 즉 종교, 신화, 예술, 기술, 스포츠를 비롯
한 모든 체계적 지식으로서 다음 세대로 전달되는 그 무엇의 총체
가 문화이다. 1952년에 앨프리드 크로버와 클라이드 클럭혼은 문
화에 대한 이전의 정의 164가지를 다음과 같이 하나로 녹여버렸
다. "문화는 하나의 산물이다. 그리고 역사적이며 아이디어, 패턴,
가치 등을 포함하고 있다. 또한 선택적이고 학습되며 기호들에 기
초해 있다. 그리고 행동으로부터의 추상이며 행동의 산물이다."

크로버가 전에 선언했듯이 문화는 또한 전일적이다. 왜냐하면 "분리된 부분들과 대량의 유입물들이 그 속에서 작동 가능한 하나의 체계를 이루기 때문이다." 이 부분들 가운데는 인공물들이 있다. 그러나 이런 물리적 대상들은 인간 마음속에서 개념들로 표상될 때에만 의미를 지닌다.[89]

이 인용문에서 몇가지를 주목해보자. 첫째, 문화는 삶의 총체적인 방식이다. 둘째, 문화는 선택적이고 학습된다. 셋째, 문화는 기호에 기초한다. 즉 물리적 대상들은 인간 마음속에서 개념들로 표상될 때에만 의미를 지닌다. 먼저 문화는 선택적이고 학습된다는 주장을 살펴보자. 문화가 학습된다는 것은 유전되지 않는다는 것을 의미한다. 미국으로 입양된 아이는 미국문화를 학습하고 미국문화를 지니고 살게 되고, 필리핀에서 건너온 부모를 둔 필리핀계 한국아이는 한국문화를 학습하고 한국적 삶의 방식대로 살게 된다는 것이다. 평범해 보이는 이런 사실들을 조금 더 깊게 들여다보자. 이를 위해서는 문화를 보편적 인간성과 구별해야 하고 동시에 개인적 성격과도 구별해야 한다.

문화·인간성·개성의 구별

문화가 유전보다는 학습의 문제라는 것은 남북한을 비교해보면 쉽게 알 수 있다. 남북한은 최근의 60여년을 제외하고는 적어도 거의 2000년간을 줄곧 동일한 공간 속에서 동일한 체험을 해왔는데 왜 지금은 노력하지 않으면 알 수 없을 정도로 서로 다른 문화를 갖게 되었는가? 서로의 사고방식을 이해하지 못할 뿐 아니라 어휘조차도 번역이 필요할 지경에 놓이게 된 원인은 어디에 있을까? 문화에 대한 여러가지 견해 중 나는 문화를 컴퓨터의 프로그램으로, 즉 정신적 프로그램으로 이해하는 견해에 동의한다. 즉 인간은 99.9% 하드웨어가 같은 상태에서 태어난다. 하지만 거의 동일한 하드웨어에 어떤 쏘프트웨어를 돌리느냐에 따라 무엇을 하는지가 결정된다고 믿는다. 호프슈테더(G. Hofstede)는 다음과 같이 말한다.

문화란 한 집단 또는 한 범주를 구성하는 사람들을 다른 집단 또는 범주의 성원들과 달라지게 만드는 집합적 정신프로그램이다. 문화는 학습되는 것이지 유전되는 것이 아니다. 또한 문화는 개인의 사회환경에서 나오는 것이지 유전인자에서 나오는 것이 아니다. 문화는 한편으로는 인간성(human nature)과 구별해야 하지만, 또다른 한편으로는 개인의 성격(personality)과도 구별해야 한다. 인간성과 문화 사이, 그리고 성격과 문화 사이의 경계선이 정확히 어디냐에 대해서는 사회과학자들 사이에서도 이론이 분분하다.[90]

호프슈테더는 인간성, 문화, 개인의 성격을 구별한다. 즉 인간성이란 보편적인 성질이고, 개인의 성격이란 글자 그대로 개인 특유의 성격이다. 그렇다면 문화는 무엇인가? 그것은 인간의 보편적 성질이 구현되는 방식이라고 할 수 있다. 예를 들면, 인간은 누구나 부모의 죽음을 슬퍼하고 장례를 치른다. 여기까지는 보편적 인간성의 영역이다.

하지만 어떤 방식으로 슬퍼하고 장례를 치르는가는 문화에 따라 다르다. 곡을 하기도 하고 기도를 하기도 하며, 또한 화장을 하기도 하고 매장을 하기도 하며, 또한 검은옷을 입기도 하며 흰옷을 입기도 한다. 지역에 따라 국가에 따라 문화는 서로 다르다. 물론 인간성과 개성과 문화를 예리하게 구분할 수는 없을 것이다. 같은 문화권에 사는 사람들도 각자의 성격에 따라 슬픔을 표출하는 방식이 다르고 같은 유형의 장례식을 해도 각자의 특유의 성격이 드러나게 마련이다. 하지만 보편적이고 유전되는 인간성, 집단이나 범주에 한정되면서 학습되는 문화, 그리고 개인에 한정되면서 유전되고 학습되는 성격의 구별만은 지켜져야 할 것이다. 호프슈테더는 인간성에 대해 다음과 같이 말한다.

인간성은 모든 인간, 즉 러시아 교수들로부터 오스트레일리아 원주민에 이르기까지의 모든 인간이 공유하는 것으로서, 개인의 정신쏘프트웨어 중 보편적 수준을 나타낸다. 이 인간성은 유전인자를 통해 유전된다. 컴퓨터에 비유한다면, 이것은 사람의 신체 및 기본 심리기능을 결정하는 '운영체계'이다. 인간이 두려움, 노여움, 사랑, 기쁨, 또는 슬픔을 느낄 수 있는 능력, 그리고 다른 사람들과 어울리려는 욕구, 놀이를 하고 운동하려는 욕구, 주변 환경을 관찰하고 본 것에 대해 다른 사람들과 이야기할 수 있는 재능 등 이 모든 것들이 이 수준의 정신프로그램에 속한다.[91]

그리고 문화에 대해서는 아래와 같이 말한다.

그러나 인간이 이런 느낌들을 어떻게 처리하는가, 즉 공포, 기쁨, 관찰 등을 어떻게 표현하는가 하는 것은 문화에 따라 수정된다. 인간성은 말처럼 그렇게 '인간적인' 것만은 아니다. 왜냐하면, 인간성의 어떤 면은 동물들과 공유하는 것이기 때문이다.[92]

그리고 개인의 성격은 다음과 같은 특성이 있다고 말한다.

한편, 개인의 성격은 다른 사람과 공유하지 않는 그 사람 특유의 정신프로그램들의 모음이다. 성격을 구성하는 특성들은 얼마간은 개인 특유의 유전자들과 함께 유전된 것이고 나머지는 학습된 것이다. '학습된다'는 의미는 집합적 프로그램(즉 문화)의 영향 못지않게 독특한 개체 경험의 영향에 의해서도 수정된다는 뜻이다.[93]

이런 구별이 옳다면 한국의 '빨리빨리' 현상을 어떻게 해석해야 할까? 한국의 빨리빨리 현상은 인간성에 속하지 않는 것 같다. '빨리빨리'를 인간의 보편적 현상이라고 할 수는 없을 것이다. 그렇다면 개인의 성격에 속하는가? 즉 개인에 한정되고 유전되면서 학습되는 현상인가? 아니라고 할 수 있다. '빨리빨리'라는 특성이 개인의 고유의 것이라고 할 수도 없을 것이다. 그렇다면 빨리빨리 현상은 역시 문화에 속한다고 해야 할 것이다. 그런데 문화를 집합적 프로그램이라고 한다면 빨리빨리 현상도 한국이란 집단에서 학습되는 것이라고 할 수 있다. 나는 문화란 유전되는 것이 아니라 학습되는 것이고, 그것이 개인이나 인간의 보편성이 아닌 한 집단의 특성이라는 점에 주목해야 한다고 생각한다. 인간의 보편적 특성도 아니고 개인의 특이한 성질도 아닌 집단의 특성으로서의 문화는 앞서 여러 사람이 말한 대로 선택적으로 학습된다고 할 수 있다. 한국문화의 몇가지 특성이 어떻게 학습돼왔는지 알아보자.

문화는 학습되는 것, 끊임없이 갈등하는 것

한국의 문화적 특성으로 흔히 거론되는 몇가지를 들어보자. 집단주의, 가부장제, 권위주의, 배타성, 평등주의 등이 그 예가 될 것이다. 이런 것들이 지금 한국의 문화적 특성이라는 것에 많은 사람이 동의하지만, 동시에 원래는 그런 모습이 아니었고 일제의 지배와 전쟁, 그리고 독재와 고도성장을 거치면서 굴절된 것이라고 항변한다. 따라서 원래의 우리의 문화를 되찾아야 한다고 역설한다. 즉 지금 우리 문화의 부정적 부분은 남의 탓이기 때문에 노력하여 원래의 모습을 찾아야 한다는 것이다. 과연 이런 자세가 바람직한가? 부정적 요인을 제거해야 한다는 것은 당연히 옳은 말이지만 우리의 전통이라고 일컫는 조선의 선비정신으로 되돌아가는 것이 바람직한 것인가를 묻고 싶다. 이런 자세에는 전통에 대한 숭상과 고전적 가치에 대한 경의가 도사리고 있는 것 같다. 하지만 더 큰 문제가 있다. 우리는 문화를 자연적 현상으로 파악하려는 경향을 갖고 있는 것 같다는 것이다. 흔히 문화는 물과 같아서 높은 곳에서 낮은 곳으로 흐른다고 한다. 물론 높은 수준의 문화가 자연스럽게 전파된다는 취지로 옳은 말이지만, 자연스럽다는 말이 오해를 일으킬 수 있다. 문화는 생각만큼 자연스럽게 전파되는 것이 아니다. 문화가 학습되는 것이라면 누군가 아니면 어떤 집단이 의도적으로 사람들을 학습시켜야 한다. 다시 말해서, 문화가 학습되는 것이라면 누군가를 의식적으로 학습시키는 주체가 있다는 것이다. 학습이라는 것 자체가 그리 자연스러운 일이 아니다. 무엇인가를 배운다는 것은 무의식적으로 배우는 것도 있지만 보통은 의식적으로 노력해서 습득하게 되는 것이다. 문화도 마찬가지이다. 누군가는 가르치고 누군가는 배운다.

한국문화를 지배한 종교 중 하나인 도교의 유입경위를 보면 문화라는 것이 처음에는 자연발생적일지 몰라도 전파에는 의도적인 노력이 있다는 것을 알 수 있다. 『삼국유사』는 이렇게 말한다.

『고구려본기』에 이렇게 말하였다. 고구려 말기인 무덕 정관 연간에 나라 사람들은 오두미교를 다투어 받들었다. 당나라 고조가 이 말을 듣고는 도사를 파견해 천존상을 보내고 『도덕경』을 강론하게 하여 왕과 나라 사람들이 들으니, 이때가 제27대 영류왕 즉위 7년째인 무덕 7년 갑신년(624년)이다. 이듬해 고구려에서 당나라에 사신을 보내 불교와 도교를 배울 것을 청하니, 당나라 황제가 허락하였다. 보장왕이 즉위할 때도 삼교를 모두 일으키고자 하였다. 당시 총애받던 재상 개소문이 왕을 설득하여 말하였다. "지금 유교와 불교는 모두 강성하지만 도교는 왕성하지 못하니, 특별히 당나라에 사신을 보내 도교를 구해야 합니다." 그때 보덕화상이 반룡사에 머물고 있었는데, 도교가 불교에 맞서게 되면 나라의 운명이 위태로워질 것을 염려하여 여러 차례 간하였으나 왕은 듣지 않았다.[94]

두 가지 점을 주목해보자. 첫째는 도교의 유입은 왕을 비롯한 권력층의 의도적 노력에서 비롯되었다는 것이다. 비록 백성들이 도교의 한 파인 오두미교를 먼저 받들기는 했지만 국가의 공식승인을 받음으로써 문화의 주류가 될 수 있었다. 연개소문이 당나라에 사신을 보내 도교를 구해야 한다고 적극적으로 말하는 것으로 보아도 문화의 유입에 권력자의 의지나 의도가 중요하다는 것을 알 수 있다. 둘째는 기존 종교와 충돌, 갈등을 빚을 상황에서는 의식적인 노력에 의해서 새로운 종교나 문화가 유입된다는 것이다. 그저 많은 사람이 믿고 따른다고 해서 문화가 되는 것이 아니고, 기존 문화와의 갈등을 이겨내야 자리를 잡는다는 것이다. 위의 경우에는 불교가 도교 유입에 반대한다. 이런 현상은 중국, 한국, 일본 등에 공통된 현상이었다. 유교, 불교, 도교 삼교 중 일상생활이나 자연적 심성에 가장 가까울 것으로 여겨지는 도교의 한반도 유입도 자연현상이 아니라 의도적인 계획이나 목적 그리고 노력에 의한 것이었다. 이런 과정을 통해 문화는 유입되고 많은 사람들에게 학습되는 것이다. 그럼 문화가 삶의 총체적인 방식이라는 것을 말해보자.

집단의 학습된 프로그램으로서의 문화

몇년 전 독일 텔레비전 방송에 한국 고등학생의 하루가 다큐멘터리로 방영된 적이 있다고 한다. 새벽부터 일어나 아침도 잘 먹지 못하고 등교하여 하루 종일 공부하고 그것도 모자라 저녁시간에 학원을 순회하고 밤늦게 잠자리에 드는 일상이 방영된 모양이다. 그런데 프로그램의 성격이 「세상에 이런 일이」에 가까웠다고 한다. 독일인이 보기에 한국학생들의 하루는 도저히 이해가 되지 않았던 것이다. 물론 한국인도 한국학생의 일상이 바람직하다고 여기지는 않는다. 그런데 왜 한국학생이 이런 생활을 해야 하는가를 설명하려면 그것은 대단히 커다란 작업이 되고 만다. 일류대학 진학만을 목표로 한 교육제도 때문이라고 말한다면 왜 일류대학에 가야 하냐고 물을 수 있고, 그에 대해 사회가 원하기 때문이라고 답할 수 있다. 그렇게 되면 더 복잡한 문제가 뒤따른다. 왜 사회는 일류대 나온 사람을 선호하는가? 실력보다 간판을 선호하는 이유는 무엇인가? 이런 문제에 답하려면 한국의 사회, 정치, 경제, 역사 등 모든 분야가 실타래처럼 엉켜 다 등장해야만 할 것이다. 다시 말해서, 문화는 초유기체이고 삶의 총체적인 방식인 것이다. 일상에서 행하는 거의 모든 것이 문화라고 할 수 있는데, 문화란 집단의 학습된 프로그램이라는 관점에서 살펴보자.

문화가 집단의 학습된 프로그램이라면, 그 프로그램은 집단의 삶의 양식으로 드러난다. 양식이란 말이 다소 어색하게 들릴 수도 있다. 하지만 생각보다 쉬운 말이다. 양식이란 'form'을 말한다. 다른 나라에 들어갈 때 쓰는 입국신고서를 생각해보자. 한국과 다를 뿐 아니라

나라마다 제각각이기 때문에 더 세심하게 써야 한다. 우리가 작성하는 입출국신고서가 바로 양식의 전형적인 예이다. 왜 한국은 이런 양식의 입국신고서를 택하고 캄보디아는 왜 저런 양식의 입국신고서를 요구하는가? 이것은 문화의 문제이다. 즉 문화는 삶의 양식이므로 커다란 사유의 방식으로부터 사소한 신고서 양식까지 지배하고 있는 것이다. 다시 말해서, 문화란 생활방식 'ways of life'나 생활양식 'forms of life'라고 할 수 있다. 여기서 몇 나라의 날짜 표기방식을 알아보자. 즉 연월일을 표기하는 방식을 보기로 하자. 편의상 아라비아숫자로 표기할 때를 알아봤다.

중국 : 1981. 2. 3
일본 : H. 17. 3. 6(H는 천황의 연호 헤이세이平成의 첫 영문자
　　　이고, 17은 헤이세이 17년을 뜻한다. 즉 2005년 3월 6일)
폴란드 : 11. 08. 82(1982년 8월 11일)
태국 : **วันที่** 13 **ตุลาคม พ.ศ**. 2551(2008년 10월 13일)

국가마다 고유의 표기방식을 갖고 있는데, 그것은 각 나라가 어떤 문화적 배경을 지녔는지를 말해주고 있다. 일본은 천황을 중심으로, 태국은 부처를 중심으로 한다. 한국과 중국은 동일한 점이 흥미롭다. 그런데 왜 이런 식으로 날짜를 표기할까? 그것은 앞서 말한 대로 문화가 다르기 때문인데, 문화가 사유방식부터 날짜 표기에 이르기까지 삶의 거의 모든 양식을 규정하기 때문이다. 사람을 만나면 어떻게 인사

를 하는지도 다르며, 줄을 서는 방식도 다르고, 식사예절도 각기 다르다. 이 모든 것이 문화이다. 왜냐하면 그런 것들이 삶의 양식이기 때문이다.

삶의 모든 것을 바꾸는 문화변동

그런데 삶의 양식인 문화는 항상 변한다. 인간이 하루에 세 끼를 먹는 것조차 역사적으로 보면 얼마 되지 않은 일이라고 한다. 즉 예전에는 두 끼를 먹었다는 것인데, 인간이 먹어야 한다는 것은 보편적이지만 하루에 몇번을 먹느냐 어떻게 먹느냐는 문화의 영역으로 가변적이다. 우리가 예전부터 있었을 거라 생각하는 것들 중 그렇지 않은 것이 꽤 많다는 것이다. 예를 들어, 지금은 누구나 성과 이름을 갖고 있으나 전세계적으로 이렇게 거의 모든 사람이 성과 이름을 갖게 된 것은 근대에 들어서라고 한다. 변하는 문화를 교체되는 프로그램에 비유할 수 있을 것이다. 하드웨어는 잘 변하지 않지만 그 위에 얹히는 프로그램은 언제든 변할 수 있고 또 실제로 변한다. 그렇다면 한국문화를 탐구하자면 여태껏 한국인이란 하드웨어 위에 얹혔던 프로그램을 찾아내고, 또 지금 얹힌 프로그램이 무엇인지를 알아내면 될 것이다. 문화가 변하는 것이라면 몇천년의 역사를 갖는 한국은 적어도 몇차례에 걸쳐 프로그램이 바뀌지 않았을까. 바뀌지 않았다면 오히려 이상할 것이다. 한국문화가 무엇인지를 밝히는 일에 착수하기에 앞서 우리는 문화가 집단의 학습된 프로그램으로 유전된 것이 아니고 집단에 한정된 것이며 보편적 인간성이나 개인의 성격과는 구별된다는 것을 유념해야 하고, 또한 문화가 학습된 것이라면 그것은 자연스러운 현상이 아니라 개인이든 집단이든 누군가에 의해 의도적으로 학습된 것이라는 것을 잊어서는 안될 것이다. 즉 프로그램 교체는 누군가 의도적으로 하는 것이지, 때가 되었기에 감나무에서 감이 떨어지듯 자연스럽게 되지는 않는다. 누군가 애써 수입하고 왕이나 권력층을 설득하거나 실제로 권력을 획득하여 때로는 법의 이름으로 강제로 주입시키거나 아니면 '문화진흥'이란 이름으로 확산시키거나 때때로 인간의 보편성에 호소하여 퍼뜨리기도 한다. 문화는 정치에 비해 부드럽게 느껴지지만 실제로는 그렇지 않다. 문화 뒤에는 거의 언제나 종교나 사상이 자리하고 있다. 종교나 사상이 정치나 경제 그리고 종국에는 문화를 변혁하려 한다.

문화란 하나의 전일적 체계로, 삶의 양식은 파편으로 존재하지 않고 하나의 체계로 존재한다. 한국이 서양의 문물을 받아들여 민주주의를 택하기로 했다면 민주주의만을 받아들이는 것이 아니라, 민주주의의 토대인 개인주의도 동시에 수용하는 것이며 개인주의는 시간이 걸릴 뿐 결국 한국인의 삶의 양식을 통째로 바꾼다는 것이다. 다시 말해서, 삶의 양식은 전일적인 하나의 체계의 문제라는 것이다.

| 주(註) |

제1강

1) 크리스티앙 들라캄파뉴 『20세기 서양 철학의 흐름』, 조현진·유서연 옮김, 이제이북스 2006, 429면.

2) 최봉영 『한국 문화의 성격』, 사계절 1997, 421~22면.

3) 스에키 후미히코 『일본불교사』, 이시준 옮김, 뿌리와이파리 2005, 344면.

4) 같은 책 177면.

5) 이성시 『만들어진 고대』, 박경희 옮김, 삼인 2001, 77면.

6) 강준만 『한국 생활문화 사전』, 인물과사상사 2006, 260~61면.

7) 『20세기 서양 철학의 흐름』 402면.

8) 김철준 『한국문화사론』, 서울대학교 출판부 1998, 36면.

9) 이사벨라 버드 비숍 『한국과 그 이웃나라들』, 이인화 옮김, 살림 1994, 276면.

10) 같은 책 277면.

11) 같은 책 276~77면.

12) 권태준 『한국의 세기 뛰어넘기』, 나남출판 2006, 111~12면.

13) 같은 책 337면.

14) 같은 책 341면.

제2강

15) 박성규 『주자철학의 귀신론』, 한국학술정보 2005, 212면.

16) 같은 책 7면.

17) 같은 책 180면.

18) 같은 책 157면.

19) 같은 책 162면.

20) 고야스 스부쿠니 『귀신론』, 이승연 옮김, 역사비평사 2006, 15~17면.

21) 나까무라 하지메 『불타의 세계』, 김지견 옮김, 김영사 2005, 432면.

22) 목정배 『한국불교학과 현대적 모색』, 동국대학교 출판부 2000, 299면.

23) 같은 책 294면.

24) 같은 책 288면.

제3강

25) 조선일보 2006.12.29.

제4강

26) 차인석 「탈전통의 문화」, 『문화철학』, 한국철학회 엮음, 철학과현실사 1995, 21면.

27) 같은 책 16면.

28) 같은 곳.

29) 같은 책 18면.

30) 같은 책 19면.

31) 같은 책 18~19면.

32) 엄정식 「민족문화와 민족적 자아」, 『문화철학』 165~66면.

33) 같은 글 164~55면.

제5강

34) KDI 정책토론회 '외국자본에 대한 의식조사', 2006.1.25.

35) 김동식 『프래그머티즘』, 아카넷 2002, 381면.

36) 같은 책 375~66면.

37) 같은 책 376면.

38) 같은 책 377면.

39) 같은 책 7면.

40) 『20세기 서양 철학의 흐름』 451~22면.

41) 『프래그머티즘』 386면.

42) 최준식 『한국인에게 문화는 있는가』, 사계절 1997, 220~21면.

43) 같은 책 220면.

44) 같은 책 225면.

제6강

45) 같은 책 153~54면.

46) 같은 책 171~22면.

47) 같은 책 223면.

특강 1

48) 미찌하다 료오슈 『중국불교사』, 계환 옮김, 우리출판사 1996, 14면.

49) 『일본불교사』 120면.

50) 같은 책 124면.

51) 『중국불교사』 120면.

52) 김영태 『한국불교사』, 경서원 2006, 19면.

53) 정도전 『불씨잡변』, 이기훈 역주, 계명대학교 출판부 2006, 49면.

54) 같은 책 51면.

55) 『중국불교사』 33면.

56) 『중국불교사』 62~63면.

57) 『불씨잡변』 74면.

58) 『불타의 세계』 433면.

59) 같은 책 434면.

60) 같은 곳.

61) 같은 책 432면.

62) 같은 책 431면.

63) 『일본불교사』 138~39면.

64) 같은 책 151면.

65) 같은 책 152면.

66) 동아일보 2006.1.27.

67) 『논어』, 김형찬 옮김, 홍익출판사 2005, 27면 주 2.

68) Roger T. Ames, Henry Rosemont Jr., *The Analects of Confucius*, New York: Ballantine Books The Random House Publishing Group 1998, 71면.

69) 이동철 외 엮음 『21세기의 동양철학: 60개의 키워드로 여는 동아시아의 미래』, 을유문화사 2005, 59~60면.

70) 마르티나 도이힐러 『한국 사회의 유교적 변환』, 이훈상 옮김, 아카넷 2003, 186면.

71) 조선일보 2006.9.11.

72) 이승환 『유교 담론의 지형학』, 푸른숲 2004, 147면.

73) 『한국 사회의 유교적 변환』 158면.

74) 『불씨잡변』 24~25면.

75) 『한국 사회의 유교적 변환』 179면.

76) 『한국 사회의 유교적 변환』 43~44면.

77) 이기동 『동양삼국의 주자학』, 정용선 옮김, 성균관대학교 출판부 2003, 98면.

특강 2

78) 조선일보 「조용헌 살롱」, 2006.2.21.

79) 『과학동아』 2006.1, 76~79면.

80) 이선복 『이선복 교수의 고고학 이야기』, 뿌리와이파리 2005, 160면.

81) 같은 책 161면.

82) 박유하 「상상된 미의식과 민족적 정체성」, 『기억과 역사의 투쟁』, 삼인 2002, 352면.

83) 같은 글 364~65면.

84) 동아일보 2006.3.14.

85) 동아일보 2006.3.1.

86) 동아일보 2006.7.11.

87) 『중국불교사』 14면.

88) 『한국 문화의 성격』 4면.

89) 에드워드 윌슨 『통섭』, 최재천·장대익 옮김, 사이언스북스 2005, 237면.

90) 기어트 호프슈테더 『세계의 문화와 조직』, 차재호·나은영 옮김, 학지사 1995, 26면.

91) 같은 책 26~27면.

92) 같은 책 27면.

93) 같은 곳.

94) 일연 『삼국유사』, 김원중 옮김, 을유문화사 2002, 292~93면.

한국인은 무엇으로 사는가

초판 1쇄 발행 • 2008년 11월 10일
초판 5쇄 발행 • 2015년 11월 14일

지은이 • 탁석산
펴낸이 • 강일우
책임편집 • 강영규
펴낸곳 • (주)창비
등록 • 1986년 8월 5일 제85호
주소 • 10881 경기도 파주시 회동길 184
전화 • 031-955-3333
팩시밀리 • 영업 031-955-3399 편집 031-955-3400
홈페이지 • www.changbi.com
전자우편 • nonfic@changbi.com

ⓒ 탁석산 2008
ISBN 978-89-364-7154-5 03810